KB127755

바람을
만드는
사람

바람을 만드는 사람

마윤제 장편소설

특별한서재

브루스 채트윈(Bruce Chatwin)과

폴커 한트로이크(Volker Handloik)를 위하여

차례

1

웨나를 만날 수 없다는 것은 죽음보다 깊은 고통이다

광활한 고원으로 달려온 바람이 에스탄시아* 변방의 작은 오두막을 덮쳤다. 지붕의 함석이 종잇장처럼 부풀고 돌쩌귀 틀어진 덧창이 덜컹거리는 소리에 노인은 눈을 떴다. 더께 앉은 유리창 너머로 보이는 별빛이 선명했다. 고원은 여전히 깊은 밤의 한가운데였다. 노인은 돌아누워 다시 잠을 청했지만 이미 깬 잠은 더 이상 돌아오지 않았다.

이리저리 뒤척이던 노인이 몸을 일으키자 낡은 침대가 요란하게 비명을 질러댔다. 노인은 차가운 마룻바닥에 발을 딛고 외딴 함석집을 뒤흔드는 바람 소리에 가만히 귀를 기울였다. 거칠게 휘몰아쳐오는 바람 속에서 얇은 금속들이 부딪치

* 대목장

는 소리가 희미하게 들려왔다.

어둠 속에서 노인의 눈동자가 반짝 빛났다. 벽에 걸린 겉옷을 걸쳐 입었다. 걸음을 뗄 때마다 마룻바닥에 흥건하게 고여 있던 달빛이 파문을 일으키며 번져나갔다.

문을 열고 밖으로 나서자 차가운 바람이 주름진 얼굴을 때렸다. 노인은 옷깃을 단단히 여미고 바람이 불어오는 평원을 바라보았다. 저 멀리 아득한 지평선 위로 별빛은 찬란했지만 지상의 불빛은 단 한 점도 보이지 않았다.

노인은 굶주린 짐승처럼 어둠의 장막을 갈기갈기 찢으며 불어오는 바람을 향해 몸을 내밀었다. 바람 속에서 사막의 뜨거운 열기와 무성한 정글의 습기와 대양의 짙은 소금기가 느껴졌다. 무너진 성의 잔해 속에 피어난 이끼 냄새와 초원을 달려가는 협궤 열차가 뿜어내는 매연 냄새가 묻어나왔다. 시위하는 군중의 일그러진 표정과 도로를 달려가는 자동차들의 행렬과 거대한 금속 날개가 회전하는 소리가 들려오는 것 같았다. 판잣집 창틀 뒤에 숨은 아이들의 겁에 질린 눈빛과 거리를 걸어가는 여인들의 더러운 발목이 떠올랐다. 이 모든 것은 바람이 지나쳐 온 세상의 편린이었다. 그러나 이제 곧 시간의 칼날에 잘려나간 세계의 단면과 불멸의 항상성은 흔적도 없이 사라질 것이다. 환청인가. 혼잣말을 되뇌는 노인의 눈빛에 짙은 실망감이 떠올랐다. 거칠게 몰아쳐오던 바람이 서서히 잦아들더니 한순간 아무 일 없었다는 듯 멈췄다. 정적에 휩싸인 평원을 바라보던 노인은 체념한 표정으로 함석집을 향해 천천히 걸어갔다.

집안으로 들어가서 문을 닫고 돌아서는 순간 불길한 기운이 엄습해왔다. 어두운 실내를 천천히 돌아보았지만 좁은 오두막에는 아무것도 보이지 않았다. 노인은 불길한 기운을 떨쳐내려는 듯 무쇠난로에 마른 장작을 가득 집어넣었다. 그러나 사위어가던 불길이 다시 활활 타올라도 일렁거리는 불안은 쉬이 가시질 않았다.

노인은 난로 뒷벽 선반을 눈으로 더듬었다. 거기에 30센티 크기의 목상木像 하나가 놓여 있었다. 가문비나무에 정교하게 새겨진 오칸의 눈빛이 선명하게 드러났다. 마음이 어지럽고 불안할 때 오칸의 눈을 들여다보면 마치 회당에서 모든 죄를 씻어낸 듯 마음이 가벼워졌다. 노인은 가끔 고원으로 들어갈 때 오칸의 목상을 가져갔다. 깊은 밤 고원에서 홀로 밤을 지샐 때 목상의 눈을 바라보면 자신이 광대무변의 땅에 홀로 존재하는 것이 아니라 오칸과 눈에 보이지 않는 끈으로 이어져 있다는 생각이 들었다. 그래서인지 노인은 적막함 속에서 그 어떤 두려움과 공포를 느끼지 않았다. 이처럼 오칸의 목상은 노인에게 하나의 신성한 성물聖物이었다. 그런데 오늘은 아무리 오칸의 눈을 들여다보아도 마음이 가라앉지 않고 불길한 기운은 성난 파도처럼 넘실거렸다.

노인은 서둘러 찻물을 준비했다. 마테 차를 마셔야 정체를 알 수 없는 불안을 잠재울 수 있을 것 같았다. 찻주전자가 덜거덕거리며 김을 뿜어내자 노인은 마테 차가 듬뿍 담긴 호리병박에 뜨거운 물을 가득 부었다. 짙은 차향이 재앙을 몰아내는 부적처럼 실내로 퍼져나갔다. 노인은 허리를 펴고 신성한 의식을 거행하듯 한 모금씩 차를 마시기 시작했다.

호리병박의 찻물을 세 번 비워낼 무렵 동창이 밝아왔다. 녹슨 철제 침대의 다릿발과 마룻바닥의 갈라진 틈이 선명하게 드러났고 벽에 걸린 퓨마의 가죽이 황금빛으로 빛났다. 오두막의 자질구레한 세간은 모두 낡았지만 정갈하게 제자리에 놓여 있었다.

봄빌라*로 마지막 남은 찻물을 빨아들인 노인은 호리병박을 내려놓고 고물 트랜지스터라디오를 켰다. 치직거리는 잡음이 걷히면서 귀에 익숙한 카를로스의 목소리가 흘러나왔다.

카를로스는 파타고니아 고원에 흩어져 있는 목장에서 일어나는 모든 소식을 전해주는 〈파타고니아 뉴스〉의 진행자였다. 가우초들은 그의 입을 통해 어느 목장의 말이 다리가 부러졌고, 누구의 개가 새끼를 몇 마리 낳았으며, 어떤 가우초가 몇 마리의 퓨마를 사냥했는지 알았다. 술을 좋아하는 카를로스는 간간이 술이 덜 깬 채 마이크를 켜놓은 채 아내와 걸쭉한 싸움을 벌여서 라디오를 듣는 사람들을 당혹스럽게 만들었다. 한바탕 싸움이 끝난 뒤에 카를로스는 이 광대한 땅

* 빨대

에서는 우리의 삶이 먼지보다 허망하다는 말을 무덤덤하게 던졌다. 그러면 라디오를 듣고 있던 가우초들은 누구 할 것 없이 고개를 끄덕거렸다.

카를로스는 양모 가격 폭락으로 새로 문을 닫은 목장을 차분하게 나열하면서 뉴스를 시작했는데 이내 흥분한 목소리로 퓨마의 습격으로 피해를 보는 목장이 늘어나고 있다는 소식을 전했다. 매년 겨울철이 다가오면 먹이를 구하지 못한 퓨마들이 저지대 목초지로 내려와서 양들을 습격했다. 굶주린 배만 채우면 그만인데 퓨마들은 잔혹한 유희를 즐기듯 양들을 닥치는 대로 물어 죽였다. 퓨마가 지나간 곳에는 가슴이 찢어져 심장이 사라진 양들의 시체가 산더미처럼 쌓였다. 양모 가격의 하락으로 운영이 어려워진 목장에서 퓨마 사냥에 손을 놓고 있는 사이 퓨마 개체 수가 급격하게 늘어나면서 그 피해 또한 눈덩이처럼 불어났다. 결국 퓨마들의 잔혹한 파티를 두고 볼 수 없었던 목장에서 대대적으로 사냥에 나설 움직임을 보였다.

카를로스는 한 번도 신을 부정한 적 없지만 아무짝에도 쓸모없는 퓨마를 창조한 것은 신의 명백한 실수라며 비난을 퍼부었다. 그리고 이 백해무익한 짐승들의 만행을 막기 위해 많은 가우초가 사냥에 동참해주길 바란다며 거듭 호소했다. 곧이어 그는 침울한 목소리로 지난주 세 명의 가우초가 자신들의 오두막에서 죽은 채 발견됐다는 소식을 전했다. 가우초들의 죽음은 이제 곧 고원지대에 혹독한 추위와 바람이 몰아닥친다는 예고였다. 카를로스는 세상에서 가장 무서운 바람 푸엘체가 임박했다고 만반의 준비를 해줄 것을 당부하며 〈파타고니아 뉴스〉를 마쳤다.

문득 며칠 전 자신을 찾아온 만물상 발터의 얼굴이 떠올랐다. 발터는 지붕 덮은 트럭에 안장, 편자, 뱃대끈 같은 마구馬具부터 총알, 파콘*, 가죽부츠, 봄바챠 바지를 비롯하여 벌거벗은 여자들이 등장하는 잡지를 싣고 대서양 연안에서 안데스에 이르는 광활한 고원지대를 돌아다니며 목장의 일꾼들을 상대로 잡화를 파는 장사꾼이었다. 그는 물건만 파는 것이 아니라 〈파타고니아 뉴스〉에서 다루지 않는 잡다한 소식을 전달해주는 배달부이기도 했다.

"어쩐 일인가?"

"차 한 잔 주십시오."

노인은 퓨마 가죽을 수거하는 날짜가 아닌데도 오두막을 찾아온 발터를 의아한 눈빛으로 바라보았다. 그는 탁자 위에 놓인 트랜지스터라디오를 만지작거리며 차를 준비하는 가우초 노인을 물끄러미 바라보았다. 노인의 오두막을 찾아올 때마다 고물 라디오를 버리고 새 걸로 하나 구입하라고 권했지만 노인은 싱긋 웃으며 고개를 흔들 뿐이었다.

노인이 마테 차가 든 손님용 호리병박을 탁자에 내려놓자

* 가우초들이 사용하는 단검

발터가 기다렸다는 듯 입을 열었다.

"페레스 목장에 다녀오는 길입니다."

"무슨 일로?"

"엽총 탄환이 떨어졌다는 연락이 왔습니다."

"퓨마는 잡았는가?"

발터가 고개를 흔들었다.

"새로운 소식을 들었습니다."

"무언가?"

"목장 주인 딸을 죽인 퓨마의 오른쪽 눈 밑에 길게 찢어진 상처가 있다고 합니다."

"상처가 있다고?"

"살인 퓨마를 구분할 수 있는 확실한 증표입니다."

한 달 전 페레스 목장을 습격한 퓨마가 우연히 맞닥뜨린 목장 주인의 일곱 살짜리 딸을 잔인하게 물어 죽이는 사건이 발생했다. 야행성인 퓨마가 사람을 해치는 일이 드물었기에 상당히 이례적인 일이었다. 딸의 죽음에 격분한 젊은 목장 주인이 인근 목장의 가우초들까지 동원하여 사냥에 나섰지만 끝내 살인 퓨마를 죽이지 못한 모양이었다.

발터는 이런 상황에 처한 목장 주인을 만나 기민하게 장사 수완을 발휘했다. 자신이 살인 퓨마의 가죽을 가져올 테니 대신 현상금을 달라고 요구한 것이었다. 딸의 복수에 혈안이 된 목장 주인은 어쩔 수 없이 발터의 제안을 받아들였다. 목장의 일꾼들이 언제까지 일을 팽개치고 퓨마 사냥에만 매달려 있을 수 없었기 때문이었다. 대신 그는 한 달 안에 퓨마 가죽을 가져오지 못하면 이런 내용을 〈파타고니아 뉴스〉에 공개한다는 조건을 내걸었다. 발터는 아무런 이의 없이 그 조건을 수락했다. 사실 발터는 퓨마를 사냥해본 적이 한 번도 없었다. 심지어 엽총을 쏴본 적도 없었다. 그저 가우초들이 사냥해온 퓨마 가죽을 헐값에 사들여 비싸게 되팔았을 뿐이었다. 그런 발터가 목장 주인에게 제안을 한 것은 일대에서 사냥 실력이 뛰어난 네레오 코르소 노인과 오랜 친분을 유지하고 있었기 때문이었다. 발터가 손에 들고 있던 상자를 탁자 위에 올려놓았다.

"이게 뭔가?"

"전에 말한 물건입니다."

"내가 언제 필요한 게 있다고 했던가?"

발터는 대답 대신 상자 속에서 망원경을 꺼내들었다.

"30킬로 밖에 있는 개미 다리가 몇 개인지 식별할 수 있는 고성능 망원경입니다."

그때서야 노인은 언젠가 지나가는 말로 먼 곳이 잘 보이지 않는다고 넋두리한 기억이 생각났다. 얼마 전까지 아무렇지 않던 시력이 요즘 들어 급격하게 악화되고 있었다.

"비싼 물건이겠군."

"그런 셈이지요."

발터는 노인 얼굴에 호기심이 떠오른 것을 놓치지 않았다.

"그걸 가져오면 이 망원경을 드리겠습니다."

"무슨 말인가?"

노인이 의아한 표정으로 발터를 쳐다보았다.

"살인 퓨마 가죽 말인가?"

"그렇습니다."

퓨마 사냥은 고원지대 목장에서 양을 키우는 가우초라면 당연히 해야 할 의무였다. 따라서 발터의 제안을 거부할 이유가 전혀 없었다. 발터가 미간을 찡그리며 말을 이어나갔다.

"일전에 내게 말한 퓨마 생각납니까?"

노인이 고개를 끄덕였다.

"눈 밑에 상처가 있었습니까?"

"그걸 확인하기엔 거리가 너무 멀었네."

"난 아무래도 그놈이 아이를 물어 죽인 퓨마 같습니다."

2주 전 노인은 고산에서 내려오던 길에 몸길이 2미터가 넘는 황갈색의 퓨마와 맞닥뜨렸다. 퓨마는 200미터 떨어진 곳에 있는 노인을 보았지만 몸을 피하지 않았다. 막 기울어가는 태양을 등진 퓨마의 당당한 모습에 노인은 놀라움을 금치 못했다. 수십 년 동안 퓨마를 사냥해왔지만 이렇게 담대한 짐승은 처음이었다.

노인은 시선을 고정하고 안장을 손으로 더듬었다. 그런데 늘 지니고 다니던 엽총이 손에 잡히질 않았다. 그때서야 고장

난 엽총을 수리하기 위해 맡겼다는 사실이 떠올랐다. 어쩔 수 없이 허리춤에 찬 권총을 뽑아들었다. 그때까지도 퓨마는 꼼짝하지 않고 노인을 지켜보고 있었다. 권총으로는 자신을 어찌할 수 없다는 사실을 알고 있는 듯한 눈빛이었다. 방아쇠를 당기자 귀를 찢는 총성과 함께 총알이 바위를 때렸지만 퓨마는 움직이지 않았다. 온몸에 소름이 돋았다. 붉은 노을을 배경으로 우뚝 선 짐승은 마치 활활 타오르는 불덩어리 같았다. 고원지대에서 가우초와 퓨마는 절대 공존할 수 없는 적이었다. 가우초들은 퓨마를 발견할 때마다 총을 쏘았다. 그들은 자신의 양을 보호하기 위해 주저하지 않고 방아쇠를 당겼던 것이다. 노인은 주저하는 말을 다독여 앞으로 나아갔다. 퓨마는 노인이 사정거리에 들어서자 섬뜩한 눈빛으로 인간을 노려본 다음 핏빛 노을 속으로 사라졌다. 노인에게 그 이야기를 전해 들은 발터가 그 황갈색 퓨마를 살인 퓨마라고 단정한 것이다.

노인은 사냥 채비에 들어갔다. 푸엘체가 불어오기 직전은 퓨마들의 먹이사냥이 가장 활발한 시기였다. 따라서 사냥할 수 있는 최적의 시기이기도 했다. 가장 먼저 엽총과 브라질산 권총을 챙긴 노인은 만일의 사태에 대비하여 충분한 양의 말린 양고기와 마테 차를 준비했다. 그런 다음 야영에 필요한 장비와 도구를 세심하게 확인해 말안장에 단단히 묶었다.

모든 채비를 끝낸 노인이 문을 열고 밖으로 나서자 잔뜩 흥분한 사냥개들이 말 주변을 맴돌았다. 말은 그런 개들이 성가신 듯 눈알을 희번덕거리며 신경질적으로 발길질을 해댔다. 모자를 깊이 눌러쓴 노인은 출입문을 잠그고 덧창을 하나씩 확인했고 마지막으로 지붕을 살폈다. 간밤에 불어닥친 강풍에 연통 주위 함석이 벌어져 있었다. 다행히 두 겹이라 한동안은 버틸 수 있지만 예상보다 빨리 푸엘체가 불어오면 지붕 전체가 날아갈 수 있었다. 사냥에서 돌아오는 대로 지붕의 함석에 단단하게 못을 박고 헐거워진 출입문과 덧창까지 손을 봐야겠다고 노인은 생각했다.

이윽고 노인이 말에 오르자 사냥개들이 기다렸다는 듯 앞서 달려갔다. 노인과 다섯 마리 개들은 앞서거니 뒤서거니 암갈색으로 변해가는 저지대 목초지를 가로질렀다. 사위가 트인 평원에 들어서자 거친 숨을 몰아쉬며 달려가는 개들 뒤로 흙먼지가 자욱하게 일어났다. 동남쪽 지평선에 구름 기둥이 하늘과 맞닿아 있었다. 거대한 회색빛 기둥을 응시하던 노인은 말의 머리를 북쪽으로 돌렸다. 그때부터 말은 제 갈 길을 알고 있다는 듯 타박타박 평원을 나아갔다.

정오 무렵 서쪽 지평선 위로 콘도르 한 마리가 솟구쳐 날아올랐다. 콘도르는 긴 날개를 펼친 채 공중을 선회하더니 돌연 협곡을 향해 급강하했다. 잠시 후 새의 날카로운 일지一指가 짐승의 두개골을 파고드는 섬뜩한 소리가 들려왔다. 곧이어 비상하는 새의 발톱에서 붉은 선혈이 뚝뚝 떨어져 내렸다.

노인과 개들은 묵묵히 끝없이 펼쳐진 평원을 나아갔다. 그들이 지나간 곳에는 그 어떤 흔적도 남지 않았다. 그저 허망하고 우둔한 기억만이 한 줌의 먼지처럼 흩어질 뿐이었다. 검은빛 점판암으로 형성된 산등성이가 나타났다. 개들이 서로 어깨를 밀쳐내며 경주하듯 가파른 비탈을 치고 올라갔다. 편자 소리가 귓전을 쩡쩡 울릴 때마다 검은 돌이 결대로 쩍쩍 갈라졌다.

한 시간 후 협곡 건너편 산등성이에 말을 탄 세 남자가 모습을 드러냈다. 그들을 발견한 노인이 말에서 내려 마른 이끼를 모아 불을 피웠다. 짙은 연기가 푸른 하늘을 향해 직선으로 올라갔다. 노인은 다시 빠른 동작으로 한 무더기의 불을 더 피웠다. 그런 다음 재빨리 모자를 벗어 연기를 두 번째로 보냈고 잠시 멈추었다가 다시 같은 동작을 반복했다. 건너편 산등성이의 남자들도 연기를 피워 올렸다. 노인이 오는 길인지 아니면 가는 길인지를 묻자 그들은 산을 넘어 남쪽으로 가는 길이라고 연기로 화답했다. 그들은 서로의 목적지를 확인한 다음 불을 끄고 말에 올랐다. 연기로 멀리 떨어진 상대와 의사를 소통하는 방식을 고안한 것은 이 땅에 처음 발을 들인 인디오들이었다. 수많은 세월이 흐르는 동안 그 방식은 끊어지지 않고 가우초들에게 이어져왔다.

묵언 수행하는 순례자처럼 평원을 나아가던 그들은 해 질 무렵에야 걸음을 멈추었다. 노인은 말의 다리에 밧줄을 느슨하게 묶어놓은 다음 주위를 돌아보았다. 바람을 타고 날아온 나뭇조각들이 죽은 짐승의 뼈처럼 갖가지 형상으로 흩어져 있었다. 노인은 전쟁터에서 사체를 수거하는 사람처럼 하얗게 탈색된 땔감을 주워 모았다.

어딘가로 사라졌던 개들이 돌아온 것은 모닥불이 활활 타오를 때였다. 개들은 자신들이 보고 들은 모든 것을 확신하지 못하는 듯 불안한 눈빛으로 일렁이는 불길을 바라보며 낮게 으르렁거렸다. 노인은 불가에 모여든 개들에게 말린 양고기를 균등하게 배분했다. 개들의 날카로운 이빨에 양들의 영혼이 잘게 부서져 사라졌다. 저녁 식사를 마친 그들은 일찍 잠자리에 들었다. 자정 무렵 잠시 눈을 뜬 노인은 나무를 집어넣어 불을 살려놓고 다시 잠을 청했다.

동트기 직전에 눈을 뜬 그들은 아침을 든든하게 챙겨 먹고 평원을 나아갔다. 태양이 머리 위쪽에 다다랐을 때 갑자기 동쪽 지평선이 어두워지면서 흙먼지가 섞인 강한 바람이 불어왔다. 노인은 황급히 말에서 내려 근처에 있는 바위 아래로 들어가서 담요로 말의 눈을 가려주고 자신도 뒤집어썼다. 개들이 낑낑거리며 서로의 품을 파고들었다. 한 시간 정도 지속되던 돌풍이 가라앉자 그때서야 서로에게서 벗어난 개들이 진저리치며 굳은 근육을 풀었다.

다시 말에 오른 노인은 깊은 적요에 휩싸인 평원을 느릿하게 나아갔다. 사냥개 한 마리가 무리를 벗어났다. 반시간 뒤에 돌아온 개의 주둥이에 시뻘건 피가 묻어 있었다. 다른 개들이 달려들어 주둥이에 묻은 피를 게걸스럽게 핥았다. 노인은 그런 개들을 흘깃 쳐다보았을 뿐 아무런 말을 하지 않았다.

이틀째 날이 저물어왔다. 짙은 구름을 꿰뚫은 빛의 화살이 사위로 날아갔다. 촉이 닿는 곳마다 염화의 꽃들이 앞다투어 피어났지만 이내 시들어버렸다. 이윽고 고산으로 올라가는 길목에 도착한 노인은 말을 멈추고 땔감을 주워 모았다. 어두운 지평선 위로 별들이 소용돌이치며 떠오르자 이에 화답하듯 지상에서 유일한 빛이 선연히 타올랐다. 저녁을 먹고 난 그들은 어제와 똑같이 일찍 잠이 들었다.

몇 시간 뒤 잠에서 깨어난 노인은 사위어가는 모닥불을 살리고 찻주전자를 걸었다. 어느새 일어난 개들이 불의 경계를 서성거렸다. 그때 저 멀리 협곡 너머에서 지축을 뒤흔드는 굉음이 터져 나왔다. 빙하가 무너지는 소리였다. 인디오들은 인간이 죽으면 그 영혼이 빙하에 갇힌다고 생각했다. 빙하 속에서 억겁의 시간을 기다린 영혼은 빙하가 붕괴되는 순간 봉함에서 풀려나 새로운 육신을 찾아갔다. 우린 때때로 온전히 혼자가 되었을 때 예기치 않게 불쑥 떠오르는 낯선 기억에 혼란스러워한다. 어떤 자들은 그것을 다가올 날들의 환영이라고 했고, 또 현시顯示라고 주장했다. 그러나 인디오들은 이 땅에 생명하는 모든 것은 새로운 것이 절대 존재하지 않는다고 믿었다.

문득 수십 년 전 부에노스아이레스에서 만난 아나의 얼굴이 떠올랐다. 리아추엘로 강에서 죽은 채 떠올랐던 아나의 영혼도 저 빙하 속에 갇혀 있는 걸까. 어쩌면 그녀는 오랜 기다림 끝에 봉합에서 풀려나서 자신이 간절하게 원했던 성 미카엘 병원의 복도를 서성거리고 있을지도 모른다. 노인은 아득한 시간을 떠올리며 잔향이 이어지는 협곡 너머를 오랫동안 바라보았다.

달이 떠오르자 노인은 엽총을 들고 완충지로 이어지는 산등성이를 걸어 올라갔다. 개들이 소리 없이 뒤를 따라왔다. 지대가 점차 높아지자 산등성이 왼편으로 협곡이 내려다보였다. 남북으로 끝없이 이어진 깊은 협곡에는 기암이 늘어서 있고 차가운 빙하수가 고요하게 흘러내리고 있었다.

은빛의 물줄기를 내려다보던 노인의 머릿속에서 섬광처럼 번득이던 퓨마의 눈빛이 떠올랐다. 퓨마는 무엇 때문에 연약한 소녀의 심장을 찢어발긴 걸까. 호기심 때문일까. 아니면 신의 영역이라도 꿈꾸는 걸까. 그날 이후 퓨마의 눈빛을 떠올릴 때마다 수치심과 모멸감이 든 노인은 아무 이유 없이 허공을 향해 방아쇠를 당기고는 했었다.

목덜미에 땀이 맺히고 가슴이 빽빽할 정도로 숨이 찼다. 양쪽 무릎에서 바늘로 찌르는 통증이 일었고 오래전 낙마로 다친 발목이 불에 덴 듯 화끈거렸다. 한 걸음씩 발을 내딛을 때마다 묵직한 통증이 척추를 타고 올라와서 머릿속을 텅텅 울렸다. 쇠락의 징후는 어린 시절 후안이 그러했던 것처럼 치아에서부터 시작되었다. 멀쩡하던 어금니 하나가 빠지자 견고한 제방이 무너진 것처럼 몸 여기저기서 통증이 터져나왔다. 허공으로 내던진 올가미가 느슨해지고 말의 몸통을 조인 허벅지가 헐겁게 풀어졌다. 매일 밤 자리에 누우면 몸이 거대한 암석에 짓눌려 땅속으로 밀려들어가는 것 같았다. 죽음은 두렵지 않았다. 그러나 웨나를 만날 수 없다는 것은 죽음보다 깊은 고통이었다. 남은 시간이 얼마 남지 않은 것은 분명했다. 발터의 제안을 받아들인 것도 그 때문이었을 것이다.

노인은 잠시 걸음을 멈추고 흐르는 땀을 닦았다. 개들의 귀가 먼 곳의 기척을 감지하는 듯 바짝 세워져 있었다. 이윽고 완충지 입구에 올라섰다. 왼편으론 협곡의 가장자리였고 오른쪽으론 커다란 바위들이 늘어서 있었다. 그 사이가 고산으로 이어지는 완충지였다. 황갈색 퓨마를 맞닥뜨린 장소가 바로 이곳이었다.

주변 지형을 주의 깊게 살핀 노인은 완충지가 내려다보이는 바위 뒤쪽으로 올라갔다. 그곳은 고산에서 내려오는 짐승들을 지켜볼 수 있는 최적의 위치였다. 노인은 이 광대한 고원에서 퓨마 한 마리를 표적으로 삼는 것이 얼마나 어리석은 짓인지 잘 알고 있었다. 하지만 퓨마를 만날 실낱같은 가능성이라도 있는 곳은 이곳밖에 없었다. 그날 만난 퓨마가 페레스 목장 주인의 딸을 해친 살인 퓨마인지는 알 수 없지만 평생을 고원에서 살아온 자신의 직감이 이곳을 가리키고 있었다.

주변을 돌아보던 개들이 노인의 발치에 배를 깔고 눕자 길고 지루한 사냥이 시작되었다. 대부분의 가우초들은 기름 먹인 횃불로 퓨마의 서식지를 들쑤시는 사냥을 했지만 노인은 그렇지 않았다. 그는 퓨마들이 먹이사냥을 오고 가는 경로를 찾아 기다리는 사냥을 선호했다. 시간이 많이 걸리고 굉장히 지루했지만 노인은 이런 사냥 방식이 편하고 맞았다.

무거운 돌을 매단 듯 시간이 느리게 흘러갔다. 거친 바람이 불어올 때마다 개들이 귀를 세우고 어둠을 뚫어지게 쳐다보았다. 자정 무렵 서쪽 지평선에 짙은 구름이 몰려들면서 달이 이지러졌다. 달은 좀처럼 구름을 벗어나지 못했다. 새벽녘 구름이 흩어지자 모습을 드러낸 달은 이미 시들어 있었다.

박명이 몰려오자 노인은 축축하게 젖은 담요를 걷어들고 바위를 돌아내려갔다. 고산 길목을 살폈지만 짐승이 지나간 흔적은 없었다. 산등성이를 돌아내려간 노인은 불을 피우고 허기진 배를 채운 다음 담요 속으로 들어갔다.

다음 날 아침 눈을 뜬 노인은 협곡의 가장자리로 갔다. 대지를 강제로 찢어낸 거대한 균열 속에서 곡벽의 층리層理가 적갈색 띠처럼 너울거리며 시계가 끝나는 곳까지 이어졌다. 협곡 너머는 황량한 평원이었고 그 끝에 만년설을 뒤집어쓴 산이 거대한 장벽처럼 늘어서 있었다. 살아 움직이는 것은 아무것도 없었다. 오로지 바람만이 장대한 시공을 유린하고 있을 뿐이었다. 상처 입은 수많은 영혼이 이 땅을 찾아와서 49일 동안 세상을 구원할 수 있는 진리를 찾아 헤매었지만 끝내 아무것도 찾지 못하고 견고한 적요에 떠밀려 고원을 떠나갔다. 불안한 햇살과 붕괴의 징조가 가득한 대기를 바라보던 노인은 시린 눈을 깜빡거렸다.

날이 어두워지자 노인은 다시 개들을 데리고 산등성이를 걸어 올라갔다. 어제처럼 바위 사이에 자리를 잡고 짐승이 나타나기를 기다렸다. 얼마나 걸릴지 알 수 없지만 가져온 식량이 떨어질 때까지 버텨볼 작정이었다. 그것만이 살인 퓨마를 사냥할 수 있고 또 다른 희생자를 막을 수 있는 유일한 방법이었다.

서너 시간쯤 지났을 때 죽은 듯 엎드려 있던 개들의 털이 뻣뻣하게 일어섰다. 남쪽으로 불어오는 바람에서 짐승의 체취가 희미하게 감지되었다. 노인은 흥분한 개들을 다독이며 고산 입구를 향해 총구를 겨누었다. 멀리서 바닥을 밟는 기척이 다가오고 있었다. 점차 가까워지는 기척에 개들이 몸을 강하게 떨었다.

이윽고 완충지로 내려서는 길목에 짐승의 형체가 나타났다. 바람을 등진 퓨마의 걸음은 경쾌하리만큼 가벼웠다. 어떤 의심도 없는 걸음이고 다가올 유희에 도취된 몸짓이었다. 숨을 죽이고 퓨마의 움직임을 쫓던 노인은 방아쇠를 당기지 않았다. 자신이 찾고 있는 퓨마가 아니었다. 체격이 작은 퓨마는 숨은 적들을 알아차리지 못하고 어둠 속으로 사라졌다. 방아쇠에서 손을 떼자 풍선처럼 부풀어 오른 개들의 몸통이 쪼그라들었다.

다시 고요가 시작되었다. 바람은 어떤 순서도 없이 사위에서 불어왔고, 절대 멈춰서는 안 될 지점에서 돌연 끊어졌다. 그 기이한 불문율을 알아차리지 못한 개들만이 어쩔 줄 몰라 했다. 눈앞이 가물가물했고 눈꺼풀이 자꾸만 내려앉았다.

얼마나 지났을까. 노인은 눈을 번쩍 떴다. 저 멀리 공중에 시퍼런 불덩어리 두 개가 떠 있었다. 짐승의 눈이었다. 뒤늦게 퓨마의 냄새를 맡은 개들이 털을 세우고 이빨을 드러냈다. 노인도 개들도 전혀 알아차리지 못한 짐승의 출현이었다.

노인은 딱딱하게 굳은 손가락을 방아쇠에 밀어 넣었다. 등허리가 서늘해졌다. 지금 저 앞에 서 있는 짐승은 분명 그날 만난 퓨마가 틀림없었다. 짐승의 몸짓에서 전혀 두려움이 느껴지지 않았기 때문이었다.

노인은 가늠쇠를 노려보며 천천히 숨을 내쉬었다. 심장이 두근거렸다. 오랫동안 퓨마 사냥을 해왔지만 처음 있는 일이었다. 노인은 굳은 어깨를 풀면서 거리를 가늠했다. 퓨마는 정확하게 사정거리 경계에 서 있었다. 지금 방아쇠를 당기면 적중시킬 순 있지만 치명상을 입힐 가능성은 낮았다. 첫발에 숨통을 끊기 위해선 좀 더 확실한 거리가 필요했다.

그때 푸르스름한 달빛을 뒤집어쓴 퓨마가 움직이기 시작했다. 순간 노인은 가슴이 덜컥 내려앉았다. 퓨마가 자신이 숨어 있는 곳을 향해 똑바로 다가오고 있었던 것이다. 짐승의 걸음은 거침이 없었다. 한 걸음씩 내딛을 때마다 달빛이 출렁거렸다. 방아쇠를 건 손가락이 파르르 떨렸다. 노인은 숫자를 세기 시작했다. 일곱을 헤아렸을 때 갑자기 퓨마가 귀가 찢어질 듯 포효했다. 온몸에 소름이 일었다. 노인은 퓨마의 적의 어린 눈빛을 바라보며 다시 숫자를 헤아렸다. 그리고 퓨마가 사정거리에 들어선 순간 부드럽게 방아쇠를 당겼다. 매캐한 화약 냄새가 코를 찔렀지만 짐승이 보이지 않았다. 노인은 자신의 첫발이 퓨마를 맞추지 못했다는 사실을 깨달았다.

그때 놀라운 일이 벌어졌다. 몸을 한껏 웅크리고 있던 개들이 땅을 박차고 앞으로 뛰어나간 것이다. 미처 제지할 틈도 없이 순식간에 벌어진 일이었다. 자신의 명령 없이 절대 공격에 나서지 않는 개들의 이상행동에 노인은 당황했다. 불길한 기운이 목덜미를 휘감았다. 몸을 일으키는 순간 어둠 속에서 날카로운 비명 소리가 터져 나왔다. 노인이 잠시 머뭇거리는 사이에 두 번째 비명이 들려왔다. 마른 대기 속에서 비릿한 피비린내가 퍼져 나왔다. 휘파람을 불었지만 개들은 반응이 없었다. 머릿속이 아득해졌다. 모든 회로가 마구 엉켜버린 느낌이었다. 짐승의 움직임을 전혀 감지할 수 없었다. 난생처음 겪는 상황에 노인은 극심한 혼란을 느꼈다.

또다시 날카로운 비명이 귓전을 파고들자 노인은 자신도

모르게 어둠 속을 향해 뛰어들었다. 아무것도 보이지 않았다. 도처에서 비명 소리와 거친 숨소리가 난무했지만 방향을 분간할 수 없었다. 발을 잘못 딛고 고꾸라지면서 손에 든 엽총을 놓쳤다. 그때 역한 피비린내를 풍기며 시커먼 물체가 달려들었다. 강한 충격이 어깨를 덮치면서 몸이 내동댕이쳐졌다. 피로 범벅이 된 두 마리의 개가 나타나서 퓨마의 목덜미를 물었다. 그러나 이미 중상을 입은 개들은 전혀 힘을 쓰지 못했다. 퓨마의 날카로운 이빨에 목이 찢어진 개들이 허공으로 날아갔다.

노인은 마지막 남은 개가 피를 철철 흘리며 도약하는 것을 지켜보면서 필사적으로 바닥을 더듬었다. 가까스로 찾아낸 엽총을 잡고 방아쇠를 당기는 순간 강렬한 충격이 몸을 덮쳤다.

*

노인은 시린 눈을 뜨고 하늘을 올려다보았다. 태양의 위치가 정오를 가리키고 있었다. 대기는 한껏 당겨진 현의 활처럼 팽팽했고 햇살은 전에도 그러했고 앞으로도 그렇듯 눈부시게 빛나고 있었다. 사유하는 모든 것이 형상을 이루었지만 그 빛 아래에서 형상을 이룬 모든 것이 한순간에 먼지가 되어 산산이 흩어졌다.

주위를 돌아본 노인은 자신이 가파른 사면 아래 누워 있다는 사실을 깨달았다. 비탈에는 무언가 굴러 떨어진 흔적이 흉터처럼 남아 있고 머리 뒤쪽의 불룩 튀어나온 침적암에는 검붉은 피가 말라붙어 있었다.

대체 얼마나 정신을 잃은 걸까. 개들은 어떻게 되었을까. 퓨마의 발톱에 찢겨 죽어가던 개들의 처절한 비명 소리가 귓전에 아련했다. 모든 것이 자신의 잘못이었다. 평정심을 잃고 어둠 속으로 뛰어든 것은 돌이킬 수 없는 실수였다. 입술을 깨물었지만 뒤늦은 후회일 뿐이었다.

야영지에 묶어둔 말이 떠올라 몸을 일으키는 순간 발목에서 불꽃이 튀었다. 그제서야 자신의 몸을 살펴본 노인은 어깨에 큰 상처가 나 있고 두 정강이 뼈가 완전히 동강났다는 사실을 개달았다. 이틀 걸려 찾아온 이곳은 초지라고는 없는 곳이다. 그것은 반경 수백 킬로 내에 사람 한 명 찾을 수 없다는 것을 의미했다. 야영지에 묶어둔 말을 탈 수만 있다면 목장으로 돌아갈 수 있었다. 그러나 이런 몸으론 한 걸음도 움직일 수 없었다.

불현듯 사냥을 떠나오던 날 새벽의 불길한 기운이 떠올랐다. 뒤늦게 그 실체를 알아차린 노인은 긴 한숨을 내쉬었다. 흙냄새가 밀려왔다. 축축하고 음습한 죽음의 냄새였다. 이런 상태로 얼마나 견딜 수 있을까. 사흘 정도일 것이다. 어쩌면 하루 이틀 정도 더 버틸 수 있겠지만 끝내 죽음을 피할 수는 없을 것이다. 마지막 남은 온기가 몸을 빠져나가기도 전에 고원의 사자死者들이 나타나서 깨끗하게 살을 발라낼 것이고 남은 뼈들은 바람에 부서져 한 줌의 흙으로 돌아갈 것이다. 이렇게 끝나는 걸까. 진정 이것이 내 생의 마지막이란 말인가. 노인의 입에서 흘러나온 탄식이 고요한 평원으로 퍼져 나갔다.

문득 작년 어느 봄날 저지대 초지를 홀로 배회하던 말 한 마리가 떠올랐다. 가슴에 회색 줄무늬가 선명한 그 말의 주인은 미구엘이었다. 본격적인 겨울철이 시작되면 가우초들은 자신들의 말을 저지대 목초지에 방목했다가 날이 풀리는 봄에 다시 거두어갔다. 가우초들은 오두막 문을 걸어 잠그고 저지대로 내려와서 동료들과 어울려 한 철을 보냈다. 이때가 일 년 내내 고원에서 홀로 살아가는 가우초들이 서로 얼굴을 맞대는 유일한 시기였다. 그러나 미구엘은 다른 사람들과 한 공간에서 부대끼는 것이 불편하다며 자신의 오두막에서 거친 눈바람을 견뎌냈다. 그리고 새싹이 돋아날 즈음 유령처럼 창백한 얼굴로 나타나서 자신의 말을 끌고 갔다.

그런데 작년에는 목초지의 말들이 모두 주인을 찾아갈 때까지 미구엘은 나타나지 않았다. 매일 목초지를 지나쳐가는 가우초들의 낯빛이 어두웠다. 그들은 침울한 눈빛으로 홀로 초지를 배회하는 말을 쳐다볼 뿐 미구엘의 이름을 입에 올리지 않았다. 여드레 날, 노인은 아침 일찍 목초지를 찾아왔다. 주인을 만나지 못한 말의 눈빛은 혼란이 가득하고 흙을 튕겨내는 발굽에는 불안이 짙게 배어 있었다. 한참 동안 말을 지켜보던 노인이 미구엘의 오두막을 향해 말을 몰았다.

산타크루스 주의 한 작은 도시에서 경찰관으로 일했던 미구엘은 어느 날 자신의 단골 술집에서 위스키 석 잔을 연거푸 들이킨 다음 배지와 권총을 반납하고 고원으로 올라와서 양을 키우는 가우초가 되었다. 세속을 떠난 가우초들은 어떤 관계의 책무도 없이, 누구에게도 의존하지 않고 철저하게 홀로 살아가는 사람들이었다. 따라서 그들은 상대가 과거에 어떤 사람이었든 묻지 않았고 궁금해하지 않았다. 사람을 죽인 살인자라도 가우초가 되는 순간 지난 과거의 흔적은 소멸되었다. 그는 적적할 때마다 노인의 오두막을 찾아와서 양들의 어리석음과 어느 곳에 좋은 풀이 있다는 등 자질구레한 말을 두서없이 늘어놓다 갑자기 자신의 내밀한 속을 털어놓았다. 그러나 그의 입에서 흘러나오는 말은 빛이 닿는 순간 산산이 부서지는 오래된 종이와 같았다. 그는 자신이 갈구하는 것이 무엇인지 몰랐고, 내면 깊은 곳에 침잠해 있는 것을 진실하게 드러낼 방법을 알지 못했던 것이다.

그런데 미구엘은 달랐다. 자신의 이야기를 하고 싶어 했다. 그러나 입에서 흘러나온 말은 빛이 닿는 순간 산산이 부서지는 오래된 종이와 같았다. 그는 자신이 갈구하는 것이 무엇인지 몰랐고, 내면 깊은 곳에 침잠해 있는 것을 진실하게 드러내는 방법을 알지 못했다.

노인은 봄나들이를 나온 듯 느릿하게 말을 몰았다. 주인의 의중을 파악한 말은 이제 막 돋아난 풀이 눈에 보일 때마다 걸음을 멈추고 맛있게 뜯어먹었다. 그러면 고삐를 늦춘 노인은 하염없이 먼 지평선을 바라볼 뿐이었다.

미구엘의 오두막은 문이 잠겨 있었다. 문을 두들겼지만 아무런 기척이 없었다. 오두막을 한 바퀴 돌아본 노인은 어쩔 수 없이 문을 부수고 들어갔다. 미구엘은 차갑게 식은 난로 앞에 앉아 있었다. 마룻바닥과 벽에 검게 말라붙은 핏자국만 없다면 혼곤한 잠에 빠진 듯한 모습이었다. 노인은 자신의 입에 총구를 밀어 넣고 방아쇠를 당겨버린 미구엘을 오랫동안 내려다보았다.

언젠가 미구엘은 자신의 저주받은 운명에 대해서 들려준 적이 있었다. 그가 열두 살이 되던 해 마을에 울긋불긋한 치마에 목걸이와 팔찌를 주렁주렁 매단 한 집시여자가 나타났다. 마을 아이들을 한자리에 모은 여자는 주사위놀이를 벌였다. 그녀는 아이 한 명을 지목하며 속으로 숫자를 고르게 한 다음 주사위로 맞추었다. 여자가 주사위를 뒤집을 때마다 자신이 생각한 숫자가 나타나자 아이들은 깜짝 놀랐다. 그런 아이들을 키득거리며 지켜보던 여자가 손때 묻어 반들반들한 주사위 두 개가 죽은 사람의 뼈로 만들어졌다고 말했다. 아이들의 눈에 공포와 호기심이 동시에 떠올랐다.

미구엘의 차례가 돌아왔다. 주사위가 죽은 사람의 대퇴부를 갈아 만들었다는 사실을 알고 난 미구엘은 심장이 목구멍 밖으로 튀어나올 것처럼 무서웠지만 친구들 앞에서 내색을 할 수 없었다. 그는 태연한 표정으로 여자를 쳐다보며 고개를 끄덕였다.

집시여자가 주사위를 그릇에 넣고 흔들었다. 그릇 속에서 주사위가 달가닥거리는 소리가 들려왔는데 마치 죽은 사람이 자신의 머릿속을 들여다보는 것 같았다. 이윽고 그릇을 바닥에 엎어놓은 집시여자가 미구엘을 빤히 쳐다보았다. 입이 마르고 등허리가 축축하게 젖었다. 여자가 그릇을 뒤집자 주사위 두 개가 나타났다. 숫자를 확인한 미구엘은 숨이 턱 막혔다. 여자와 친구들이 자신을 뚫어지게 바라보고 있었다. 미구엘은 침착한 표정으로 그들을 돌아보며 주사위가 만든 숫자가 자신이 생각한 숫자가 아니라고 말했다. 집시여자의 얼굴이 무섭게 일그러졌다. 순간 미구엘은 자신의 거짓을 후회했지만 이미 늦은 뒤였다. 무시무시한 눈빛으로 미구엘을 쏘아보던 여자가 미간을 풀고 부드러운 정말 숫자가 맞지 않느냐고 다시 물었다. 순간 진실을 말할 뻔했지만 미구엘은 다시 한 번 고개를 저었다. 그때 놀라운 일이 벌어졌다. 충혈된 눈으로 미구엘을 노려보던 집시여자의 입에서 탁한 남자의 목소리가 흘러나왔다. 혼비백산한 아이들은 비명을 지르며 미친 듯이 도망쳤다.

그날 밤 미구엘은 잠을 이루지 못했다. 눈을 감으면 자신이 영원히 세상을 떠돌다 쓸쓸이 죽어갈 것이라는 죽은 남자의 저주가 귓전을 울렸기 때문이었다. 그 저주 때문일까. 눈에 보이지 않는 운명의 사슬에 묶인 것처럼 미구엘은 인생의 중요한 전환점에서 스스로조차 이해할 수 없는 결정을 내리고 후회하는 과정을 수없이 반복했다. 충동적으로 도시를 떠나 고원으로 올라온 것도 그 저주 때문이었을 거라고 했다.

미구엘은 몇 년에 한 번씩 가우초 생활을 청산하고 자신이 살던 도시로 내려갔다. 그러나 그는 몇 개월도 견디지 못하고 도망치듯 고원으로 돌아왔다. 고원에서는 사람들이 북적거리는 도시가 생각나고 도시의 화려한 불빛 아래서는 하루 종일 바람이 불어오는 황량한 고원이 미치도록 그리워지는 이유를 모르겠다며 자신의 머리를 쥐어뜯었다.

많은 사람에게 둘러싸여 있는데도 마음이 공허해지는 이유는 무엇일까. 텅 빈 평원으로 불어오는 바람에서 어떤 위안을 얻은 걸까. 돌이켜보면 미구엘은 세상 어느 곳에서도 자신의 자리를 찾아 안주하지 못한 채 끝없이 부유했다. 어쩌면 자신의 입에 총구를 밀어 넣고 방아쇠를 당겨버린 행동만이 순수한 자신의 의지였을 것이다.

노인은 무서운 정적에 휩싸인 실내를 천천히 돌아보았다. 미구엘은 이 작은 오두막에서 20여 년을 홀로 살아왔다. 하루 종일 찾아오는 사람 없이 바람만이 문을 두드리는 오두막에서 해가 지면 말간 석유등 아래 혼자 카드놀이를 하고 총기를 분해해 기름칠하고 칼을 벼리면서 긴긴 밤을 보냈다. 과거와 현재와 미래의 시간이 뒤엉켜 흘러가는, 기쁨과 슬픔은 물론이고 작은 욕망조차 존재하지 않는 삶이었다. 미구엘의 그런 모습은 노인 자신의 일상이기도 했다.

그러나 노인은 미구엘의 삶과 달랐다. 고독하지 않았고 번민하지 않았다. 양들과 보내는 시간이 덧없고 권태롭지 않았다. 매일 아침 눈을 뜰 때마다 새로운 기대감이 영원히 마르지 않는 샘물처럼 솟아났다. 세상 누구도 모르는 자신만의 절대적인 존재가 있었기 때문이었다. 그것은 웨나였다. 웨나를 인식하는 것이 노인과 미구엘의 절대적인 차이였다.

노인은 손을 뻗어 미구엘의 눈을 감겨주고 오두막을 빠져나왔다. 이제 곧 그의 오두막은 깨끗하게 치워져 새로운 가우초의 보금자리가 될 것이고 저지대 목초지에 홀로 배회하는 그의 말도 새로운 주인을 만나서 뜨거운 숨결을 토해내며 마른 평원을 달려가게 될 것이다.

노인은 바람이 멈춘 하늘을 올려다보았다. 자신의 운명을 스스로 결정한 미구엘과 달리 노인은 자신에게 닥친 이 부당한 죽음을 온전히 받아들일 수 없었다. 자신에게는 반드시 해야 할 일이 남아 있었다. 그것만 아니라면 그 어떤 죽음도 두 팔을 벌려 기꺼이 맞이할 수 있었다. 그러나 그 전에는 이 공평하지 못한 신의 가혹한 처분을 절대 받아들일 수 없었다. 노인은 신의 결정에 반발하듯 눈을 부릅뜨고 향유처럼 쏟아지는 햇살을 올려다보았다. 목이 탔다. 마른 입술을 핥자 쇠 맛이 났다. 눈꺼풀이 묵직한 돌을 올려놓은 듯 자꾸만 내려앉았다.

*

노인은 천천히 눈을 떴다. 자신의 머리맡에 한 젊은 사내가 앉아 있었다. 햇볕을 등지고 앉은 사내의 턱이 움직일 때마다 찢어진 판초 사이로 햇살이 칼날처럼 번득였다. 꿈인가. 노인은 눈을 감았다가 다시 떴다. 환영이 아니라 분명 사람이었다. 머리와 어깨에 흙먼지가 잔뜩 내려앉은 사내는 노인이 말 안장에 묶어둔 가죽가방을 둘러메고 있었다. 허리에 찬 권총과 두 개의 파콘도 노인의 것이었다.

그때 기척을 알아차린 사내가 고개를 돌려 노인을 내려다보았다.

"깨어나셨군요."

"내 말을 보았소?"

"보지 못했습니다."

"그럼 그것들은 어떻게 된 거요?"

"오는 길에 주웠습니다."

사내가 가죽가방을 손으로 툭툭 치며 대답했다. 목장으로 돌아갈 마지막 기회가 사라진 노인은 침통한 눈빛으로 낯선 사내를 바라보았다. 가우초는 아니었다. 그들은 말을 타지 않고는 단 한 걸음도 움직이지 않는 사람들이었다. 그렇다면 이 낯선 사내는 누구란 말인가. 사내의 등 뒤에서 검은 망토가 펄럭거리듯 콘도르 한 마리가 날아올랐다. 검은 새가 긴 날개를 흔들며 공중을 선회했다.

"혹시, 개들을 보았소?"

"전부 죽어 있었습니다."

사내의 무심한 말에 노인의 입에서 짧은 비명이 흘러나왔다. 사내가 가죽가방을 열고 물통을 꺼내 벌컥벌컥 마시고는 다시 물었다.

"어떻게 된 겁니까?

"퓨마에게 당했소."

"그렇다면 개들도?

노인이 어두운 표정으로 고개를 끄덕였다.

"물 드릴까요?

"고맙소."

노인은 물통을 건네받아 조금씩 입 안으로 물을 흘려 넣었다. 차가운 물이 몸으로 스며들자 짙은 안개가 걷히듯 점차 머릿속이 맑아졌다. 그런 노인을 물끄러미 바라보던 사내가 공중을 선회하는 콘도르를 가리키며 말했다.

"내가 조금만 늦게 왔다면 저놈이 당신 눈을 파먹었을 겁니다."

노인은 공중에 정지한 듯 떠 있는 콘도르를 올려다보며 인상을 찡그렸다. 서쪽 지평선에서 검은 점 하나가 홀연히 떠올라 협곡을 횡단해왔다. 두 마리로 불어난 죽음의 사자들이 긴 날개를 흔들며 두 사람을 내려다보았다.

"일행은 어디 있소?"

사내가 고개를 절레절레 흔들었다.

"혼자란 말이오?"

"그렇습니다."

"어디서 오는 길이오?"

"동쪽에서요."

"어디로 가는 길이오?"

"서쪽에 있는 산맥을 찾아가고 있습니다."

노인이 고개를 돌려 새파란 하늘과 싯누런 대지로 갈라진 서쪽 지평선을 돌아보았다.

"그곳까지 가려면 얼마나 걸릴까요?"

"걸어서 말이오?"

"그렇습니다."

노인이 황망한 눈빛으로 사내를 쳐다보았다.

"무슨 일로 거기에 가려는 거요?"

"산맥을 넘어가려 합니다."

노인이 어이없다는 표정을 지었다.

"진심이오?"

"그렇습니다."

노인이 인상을 찡그리며 물었다.

"안데스를 아시오?"

"세상에 안데스를 모르는 사람이 있습니까?"

"가까이 가본 적 있소?"

"없습니다."

"그런데 그런 옷차림으로 해발 5000미터의 얼어붙은 산을 넘어가겠단 말이오?"

"나는 어떤 일이 있어도 산맥을 넘어가야 합니다."

"어리석은 짓은 하지 않는 게 좋소."

"안데스보다 더 높고 험준한 산이라도 넘어가야 합니다."

노인이 협곡을 가리키며 말했다.

"저기 보이는 협곡을 따라 북쪽으로 100킬로 정도 올라가면 안데스 산맥을 넘어가는 도로가 나타날 거요. 그 도로를 따라가면 안전하게 국경을 넘어갈 수 있소."

"난 그곳으로 갈 수 없습니다."

"그게 무슨 말이오?"

"국경검문소가 있기 때문입니다."

사내가 할 말을 잃은 노인에게 되물었다.

"다른 길은 없습니까?"

"있소."

"어디로 가야 합니까?"

"당신은 그 길을 찾을 수 없소."

사내의 얼굴에 잠시 화색이 떠올랐다가 빠르게 사라졌다.

"어째서입니까?"

"당신이 가우초가 아니기 때문이오."

사내가 입술을 지그시 깨물었다.

"세상에 찾을 수 없는 길은 없습니다."

광대한 고원은 내딛는 걸음마다 길이었다. 그러나 눈에 보이는 그 길은 활로活路가 아니었다. 생명의 길은 눈에 보이지 않는 곳에 교묘하게 숨겨져 있었다. 따라서 고원의 기호를 해석하지 못한 자는 절대 그 길을 찾을 수 없었다. 이 가혹한 형벌에서 자유로운 것은 오직 날개 달린 짐승들밖에 없었다. 그들만이 명명되지 않는 협곡과 빙하와 눈 덮인 산맥을 자유롭게 넘나들었다.

"아무리 척박한 사막이라도 우물 하나쯤은 숨겨져 있소. 그러나 누구나 그 우물을 찾아낼 수 있는 것은 아니오."

사내는 돌아갈 수 없는 지점에 당도해서야 그 선택이 잘못되었다는 사실을 깨달은 사람처럼 망연한 시선으로 짙은 구름을 뚫고 치솟은 산정을 바라보았다.

"대체 이곳은 어디입니까?"

"파타고니아 고원이오."

온몸에 흙먼지를 뒤집어쓴 사내의 얼굴에 불안의 그림자가 짙게 드리워져 있었다. 핏발 선 얼굴이 어딘지 모르게 낯익었다. 그러나 어디서 만났는지는 기억나지 않았다. 이 젊은 사내는 무슨 이유로 천상의 벽을 넘어가려는 걸까. 그 누구도 시도한 적 없는 그 길을 가려는 걸까.

"저 앞을 가로막은 협곡은 건너갈 수 있습니까?"

"협곡은 들어가지 않는 것이 좋을 거요."

"어째서입니까?"

"자칫하면 길을 잃고 빠져나오지 못할 수 있소."

사내가 이해할 수 없다는 눈빛으로 노인을 쳐다보았다.

"그 속이 전부 보이는데 뭐가 위험하다는 겁니까?"

"세상일이 그렇듯, 밖에서 보는 것과 안에서 보는 세상은 완전히 다르오. 차라리 협곡을 따라 남쪽으로 내려가시오. 그럼 협곡을 건널 수 있소."

"얼마나 가야 합니까?"

"한 닷새 정도면 충분할 거요."

"그곳에 사람이 살고 있겠군요."

"물론이오."

"그렇다면 난 그쪽으로 갈 수 없습니다."

딱딱하게 굳은 표정으로 머리를 흔들던 사내가 일어나서 노인에게 바짝 다가왔다.

"부탁입니다. 제발 산맥을 넘어갈 수 있는 방법을 알려주십시오."

"쉬운 길을 가지 않으려는 이유가 뭐요?"

"그건 말할 수 없습니다."

노인은 지친 표정으로 자신의 죽음을 기다리는 새들을 올려다보았다. 새들의 날카로운 부리가 자신의 살점을 뜯어내고 심장을 유린하는 소리에 머릿속이 어지러웠다.

"날 도와줄 수 있소?"

"무얼 도와드릴까요?"

"땔감을 모아 불을 피워주시오."

사내가 의아한 눈빛으로 노인의 부러진 발목을 쳐다보았다.

"연기가 필요하오."

"무엇 때문입니까?"

"연기가 올라오면 목장의 동료들이 날 찾아낼 수 있을 거요."

사내가 놀란 표정으로 고개를 저었다.

"그건 안 됩니다."

"왜 그러시오?"

"연기는 절대 피울 수 없습니다."

노인은 사내의 완강한 거부를 이해할 수 없었다.

"다시 한 번 부탁드립니다. 협곡을 건너 산맥을 넘어갈 수 있는 방법을 알려주십시오."

간절하게 호소하는 사내의 목소리가 귓전을 파고들었다. 이 광대한 고원은 곳곳에 이정표가 세워진 세상과 달랐다. 태양과 바람을 통해 시간을 읽을 수 없는 자는 숨겨진 길을 절대 찾아낼 수 없었다. 육화肉化되지 않는 시공은 곧 죽음을 의미했다. 그런데 이 모든 것을 눈앞에 있는 사내에게 이해시킬 수 있는 방법이 없었다. 다리가 부러져 한 걸음도 움직일 수 없는 노인의 침묵이 길어졌다.

"당신은 가우초입니까?"

"그렇소."

"가우초들은 죽을 때도 혼자입니까?"

"가우초들만이 아니라 세상 대부분의 사람이 그렇게 죽음을 맞이하오."

"그렇다면 다행이군요."

"무슨 뜻이오?"

"죽어가는 사람을 두고 떠나는 것이 마음에 걸렸는데."

사내가 더 이상 기대할 것이 없다는 듯 무릎을 펴고 일어났다. 그런 다음 뒤를 돌아보지 않고 협곡을 향해 걸어갔다. 점점 멀어져가는 사내의 뒷모습을 지켜보던 노인은 힘없이 눈을 감았다. 잠시 잊고 있던 통증이 밀물처럼 밀려왔다. 육신을 갈기갈기 찢으며 노도처럼 밀려오는 고통에 저항했지만 역부족이었다. 공중을 선회하던 콘도르들이 멀찍이 떨어진 바위에 날개를 접고 내려앉았다. 검은 새들은 딱딱한 부리를 흔들며 죽어가는 가우초 노인을 지켜보았다.

지상에 남은 마지막 빛이 사라지자 별 하나가 북쪽 하늘에 나타났다. 뒤이어 수많은 성단의 별들이 나타나서 서로를 밀치고 다툼을 벌이더니 어느새 자리를 잡고 찬란한 빛을 발했다. 그때 한 무리의 사람들이 등불을 높이 들고 어두운 평원으로 몰려나왔다. 제단 앞에 당도한 그들은 세상의 진리에 대해 난상토론을 벌였지만 그 어떤 결론도 내리지 못한 채 하나둘 지쳐 쓰러져갔다. 그리하여 매일 밤 심판의 날을 기다리는 저들의 입에서 악의가 빗발치듯 쏟아졌고 불신의 불길이 너울거리며 타올랐다. 배사층背斜層에서 흘러나온 달콤한 냄새에 땅속 깊이 숨어 있던 짐승들이 하나둘 깨어났다. 오랜 꿈에서 깨어난 짐승들은 길게 자란 발톱과 뻣뻣한 털을 앞세우고 세상을 향해 높고 길게 울었다.

그 기묘한 울음소리에 죽어가던 한 노인이 눈을 떴다. 바로 눈앞에 모닥불이 활활 타오르고 있었다. 가문비나무 수지의 들큼한 향이 바람을 타고 어두운 평원으로 퍼져나가고 있었다. 불쏘시개로 모닥불을 헤집던 사내가 고개를 들었다.

"정신이 드십니까?"

"어떻게 된 거요?"

"아주 깊이 잠이 들었습니다."

거대한 해일처럼 밀려오던 통증과 아득한 심연으로 가라앉는 듯한 수면을 무엇으로 분간할 수 있을까. 그것을 명확하게 밝힐 수 있는 자는 세상에 존재하지 않을 것이다. 노인은 여전히 살아 있는 자신의 거친 얼굴을 쓰다듬으며 암울한 환영처럼 어두운 하늘로 사라져가는 연기를 우두커니 지켜보았다.

"날 좀 일으켜주겠소?"

사내가 다가와서 노인이 무너진 흙더미에 등을 기댈 수 있도록 도와주었다. 노인은 통증이 가라앉을 때까지 숨을 헐떡거리며 기다렸다가 옷소매로 얼굴에 흥건한 땀을 닦았다.

"협곡에 들어갔소?"

사내가 말없이 고개를 끄덕였다.

"얼마나 있었소?"

"두세 시간, 어쩌면 그보다 더 오래일 겁니다."

사내의 목소리가 희미하게 떨렸다.

오래전 물을 길으러 협곡으로 내려갔을 때가 생각났다. 허물어진 곡벽谷壁을 따라 내려간 협곡의 내부는 지상에서 내려다보는 것과 완전히 달랐다. 그곳에는 최초의 균열에 의해 생겨난 갖가지 암석이 빽빽하게 늘어서 있었다. 오랜 물살과 바람에 깎여나간 암석들은 형상이 각기 달랐지만 한날한시에 새겨진 운명은 같았다. 고대의 영혼에 오늘의 시간이 차곡차곡 덧입혀지는 협곡의 내부에는 높고 낮은 굴곡을 따라 에메랄드빛 빙하수가 흘러내렸다.

물통에 물을 채우고 돌아서는데 협곡의 상류에서 이상한

소리가 들려왔다. 그 희미한 소리를 좇아 기암괴석을 헤치고 상류로 올라갔다. 얼마나 지났을까. 불길한 예감에 걸음을 멈춘 노인은 뒤를 돌아보았다. 무언가 이상했다. 조금 전 지나쳐 온 암석의 형상이 변했고 잔잔하게 흘러내리던 물살이 거칠어지고 있었다. 노인은 황급히 처음 장소를 향해 내려갔다. 그런데 길이 보이지 않았다. 느닷없이 수 미터 높이의 암석과 소沼가 나타나서 앞을 가로막았던 것이다. 노인이 길을 찾아 헤매는 동안 물살은 점점 더 거칠어졌다.

그로부터 두 시간 동안 악전고투한 끝에 노인은 간신히 처음 장소로 돌아왔다. 그런데 지상에 올라온 노인은 당혹감을 금치 못했다. 격류가 짓쳐 쏟아지던 협곡이 거짓말처럼 잔잔해져 있었다.

사내 역시 그날 노인이 겪었던 것처럼 똑같은 상황을 맞닥뜨린 것이다. 이처럼 고원은 우리의 상상을 뛰어넘는 일들이 부지기수였다. 사내의 초췌한 안색은 그것을 이미 경험한 듯 보였다.

"차를 마시고 싶소."

사내가 가죽가방을 열고 찻주전자와 호리병박을 꺼냈다. 그는 노인이 일러준 대로 돌을 쌓고 찻주전자를 올린 다음 물을 부었다. 잠시 후 물이 끓자 마테 차가 가득 든 호리병박에 따뜻한 물을 부어 노인에게 건네주었다. 잠시 찻물이 우러나오길 기다린 노인이 조심스럽게 차를 마셨다. 사내가 말린 양고기를 권했지만 노인은 고개를 저었다. 호리병박의 찻물을 거의 비워갈 무렵에야 납빛처럼 창백한 얼굴에 혈색이 희미하게 감돌았다.

"국경을 넘으려는 이유가 무엇이오?"

바람을 타고 날아가는 불씨를 바라보던 사내가 길게 한숨을 내쉬었다.

"나는 사형수입니다."

사내는 그렇게 운을 뗀 후 5일 전 다른 교도소로 이감되던 중 호송차가 산사태에 전복했고 그 틈을 타서 고원으로 도망쳐 왔다는 사실을 담담하게 털어놓았다. 도시로 갈 수 없었던 사내는 오로지 국경을 넘겠다는 일념으로 황량한 평원을 걸어온 것이었다.

"무슨 죄를 저질렀소?"

"그들이 말하길 내가 사람을 죽였다고 합니다."

"그게 무슨 말이오?"

"내가 어떤 사람도 해친 적이 없다는 뜻입니다."

"그런데 어째서 사형수가 되었단 말이오?"

"누군가 나에게 누명을 씌웠습니다."

"누가 그런 짓을?"

"그건 알 수 없습니다."

사내가 고통스런 표정으로 입술을 강하게 깨물었다.

"그렇다면 당신이 죽였다는 사람은 누구요?"

"……."

하늘을 올려다보니 짙은 구름이 흩어지며 별들이 하나둘 모습을 드러내고 있었다.

사내는 손에 든 불쏘시개로 모닥불을 한참이나 헤집더니 힘겹게 입을 열었다.

"제 어머니입니다."

"당신 친어머니 말이오?"

"그렇습니다."

노인이 놀란 눈빛으로 사내를 바라보았다. 사내가 두 손으로 무릎을 끌어안고 말을 이어갔다.

"난 하늘에 맹세코 어머니를 해친 기억이 없습니다."

"기억이 없다고?"

사내가 고개를 끄덕였다.

"그런데 그런 내 말을 믿어주는 사람이 단 한 사람도 없었습니다."

사내의 처연한 목소리가 모닥불 위에서 타닥타닥 타올랐다. 두 사람은 동시에 바람에 흩날린 불씨가 어둠의 바다에 상처를 남기며 사라져가는 모습을 지켜보며 자신들이 세상과 너무 멀리 떨어져 있다는 사실을 절감했다. 노인의 목소리가 묵직하게 가라앉은 고요를 깼다.

"찻물을 좀 더 주시오."

사내가 찻주전자에 남은 물을 호리병박에 부어주었다. 노인은 다시 호리병박의 찻물을 생명수처럼 마셨고 사내는 한 마리 짐승처럼 웅크린 채 타오르는 불길을 바라보았다. 시간이 갈수록 어둠은 더 짙어지고 별빛은 더 찬란했다. 빈 호리병박을 바닥에 내려놓은 노인이 사내를 쳐다보며 물었다.

"국경을 넘어가서 어쩔 생각이오?"

"산티아고로 갈 계획입니다."

"거긴 누가 있소?"

"아무도 없습니다."

"그런데 어째서 그곳으로 가려는 거요?"

"나를 알고 있는 사람이 없는 곳에서 새로운 삶을 살고 싶어서입니다."

사내는 그렇게 말하고 갈망하는 눈빛으로 일렁거리는 불길을 바라보았다. 자신의 어머니를 살해한 누명을 썼다는 사내의 말이 진실인지 거짓인지 알 수 없었다. 그러나 눈에 보이지 않는 어떤 운명의 사슬이 사내의 육신을 칭칭 옭아매고 있는 것만은 틀림없었다. 이 광대한 고원에서 사내가 노인을 만난 것은 모래사장에서 바늘을 찾아낸 것 같은 기적이었다.

"날이 밝는 대로 연기를 피울 수 있도록 해드리겠습니다. 단 내가 떠난 다음에 불을 피워주십시오."

노인이 고개를 끄덕였다.

"그렇다면 나도 최선의 길을 알려주겠소."

"고맙습니다."

그때서야 사내의 얼굴에 희망의 빛이 떠올랐다. 협곡은 얼마든지 건너갈 수 있었다. 그러나 눈 쌓인 안데스 산맥을 넘어가는 것은 불가능했다. 만약 세상에서 가장 무서운 바람 푸엘체가 예상보다 빨리 불어온다면 산맥에 도착할 수 있을지조차 장담할 수 없었다. 그때 먼 지평선에서 우르르 쾅쾅 하는 굉음이 들려왔다.

"무슨 소린가요?"

"푸엘체의 전조요."

"그게 무엇입니까?"

"우리의 모든 상상을 뛰어넘는 아주 무서운 바람이오."

푸엘체의 전조가 울려 퍼지는 남동쪽 지평선을 불안한 시선으로 바라보던 노인이 짧은 비명을 질렀다. 몸속 어딘가에서 벌겋게 달아오른 쇠꼬챙이가 살을 뚫고 있었다. 그 부위는 부러진 발목과 어깨가 아니라 명치였다. 통증이 빠르게 퍼져나가면서 몸이 장작처럼 뻣뻣해졌다. 노인은 거친 숨을 토하며 오늘 밤이 예순여덟 해 삶에서 가장 긴 시간이 될 거라고 생각했다.

의식이 아득해질 즈음 어디선가 찰캉찰캉 하는 소리가 들려왔다. 얇은 금속이 부딪치는 소리는 네레오 코르소 노인이 평생을 쫓아온 웨나의 소리였다. 노인은 꿈결처럼 들려오는 아련한 소리를 좇아 아득한 과거의 시간을 거슬러 올라갔다.

2

온전한 의미를 이해하기 전에 그 어떤 언어와 몸짓으로도 그를 말할 수 없다

1940년 9월 29일, 대서양 연안의 한 선술집에 여덟 살짜리 사내아이가 구석자리에 앉아 있었다. 술집을 가득 채운 사람들에게서 풍겨 나오는 담배와 알코올 냄새 때문에 얼굴이 하얗게 질린 아이는 머리가 어지럽고 속이 토할 듯 메스꺼웠다. 빈 술잔을 들고 바를 들락거리는 아버지는 밖으로 나가자는 아이의 호소를 무시했다. 호박색 액체를 조금씩 아껴 마시던 아버지는 술이 반 정도 남았을 때 도저히 참을 수 없다는 듯 벌컥벌컥 들이마셨다. 마지막으로 바에 다녀온 아버지는 빈 술잔을 들고 초조한 눈빛으로 연신 출입문을 쳐다보았다.

흐릿한 조명 아래 삼삼오오 머리를 맞댄 사람들은 대서양 너머서 한창인 전쟁 이야기에 푹 빠져 있었다. 그들은 침공

6주 만에 파리를 점령한 히틀러의 추종자도 아니었고 런던 대공습에 반발하여 베를린을 폭격한 처칠의 편도 아니었다. 그저 무책임한 신처럼 술잔에 담갔던 손가락으로 탁자 위에 함부로 전선을 그어댔다. 그렇게 만들어진 전선 위에서 수십 만 명의 젊은 병사들이 서로를 향해 총을 쏘며 피를 흘리고 죽어갔다. 약속 시간이 지나자 아버지의 안색이 점점 어두워졌다. 아이가 칭얼거릴 때마다 아버지는 잔뜩 일그러진 표정으로 고개를 내저었다.

겨울용 판초를 걸친 사내가 선술집 문을 열고 들어선 것은 그로부터 한 시간이 더 지난 뒤였다. 어두컴컴한 선술집을 한 바퀴 돌아본 사내는 구석자리에 앉은 두 사람을 향해 똑바로 걸어왔다. 빈자리에 엉덩이를 걸친 사내가 아버지를 무시한 채 날카로운 눈빛으로 아이를 노려보았다. 겁에 질린 아이는 사내의 번들거리는 앵글부츠만을 뚫어지게 쳐다보았다. 사내가 주머니에서 담배를 꺼내 불을 붙이고 연기를 길게 뿜어내자 아버지가 긴장한 표정으로 마른침을 꿀꺽 삼켰다.

이윽고 담배꽁초를 구둣발로 짓이긴 사내가 손가락을 까닥거리자 아버지가 아이의 등을 떠밀었다. 아이가 주춤주춤 다가가자 사내가 왼손으로 아이의 머리를 움켜잡고 다른 손으로 목과 팔과 다리의 뼈를 강하게 눌렀다. 아이의 몸이 사로잡힌 물고기처럼 파닥거렸다. 마지막으로 사내는 아이의 입을 벌려 손가락으로 치아를 흔들어보고 나서야 손을 놓았다.

그런 사내를 지켜보는 아버지의 눈빛이 불안하게 흔들렸다. 손수건을 꺼내 손을 닦은 사내가 싯누런 봉투를 내던지며 나직하게 지껄였다.

"빌어먹을 놈."

아버지가 봉투를 집어 들고 환하게 웃으며 바로 걸어갔다. 아이를 앞세운 사내가 술집을 빠져나갔다. 사내에게 떠밀려 가던 아이가 선술집 문설주를 붙잡고 울음 섞인 목소리로 아버지를 불렀다. 바텐더에게 받아든 술잔을 막 입으로 가져가던 아버지가 뒤를 돌아보았다. 그는 싯누런 이빨을 드러내고 손을 흔들었다. 그것이 아버지의 마지막 모습이었다.

그날 이후 네레오는 두 번 다시 아버지를 보지 못했다. 이따금 바람이 심하게 불어오는 날 선술집 어두운 조명 아래 손을 흔들던 아버지가 생각났지만 몇 년 지나자 유령 같은 그 모습이 점차 흐릿해졌고 나중에는 형체도 없이 사라졌다.

"떨어지면 목 부러진다."

노새를 탄 아이들이 꾸벅꾸벅 졸 때마다 말을 타고 뒤를 따르던 사내가 굵은 목소리로 경고했다. 그때마다 화들짝 놀란 아이는 노새의 고삐를 저주받은 세상에 내려진 유일한 밧줄인 듯 꽉 움켜잡았다. 아이 두 명을 태운 늙은 노새는 무게를 느끼지 못하는 듯 걸음이 가벼웠다. 네레오의 허리를 잡은 사내아이는 맨발이었다. 개울가에서 잠시 휴식을 취할 때 아이는 새카만 발로 물가의 질척한 땅을 꾹꾹 밟았다. 그러고는 자신이 만든 발자국을 신기한 듯 한참이나 들여다보았다. 늙은 노새는 개울에 머리를 처박고 철벅철벅 물을 마셨고, 사내는 멀찍이 떨어진 곳에서 담배 연기를 날리며 아이들을 지켜보았다.

고원으로 올라가는 길에는 야생화가 만발했다. 루핀과 푸치시아와 유니플로라 군락지가 차례로 나타났다. 꽃들은 전쟁을 벌이는 제국처럼 다른 종種을 밀어내고 자신들만의 세계를 형성한 채 강렬한 색과 아찔한 향기를 뿜어내고 있었다. 샛노란 아르힐리가 군락지를 지날 땐 독한 술을 마신 것처럼 얼굴이 붉어지고 머리가 어지러웠다. 지대가 높아지면서 꽃들의 색채가 점차 옅어지더니 어느 한순간 무채색으로 변했다. 노새의 고삐를 쥔 아이는 시시각각으로 달라지는 낯선 풍광을 두려운 눈빛으로 바라보았다. 그러나 사내아이는 텅 빈 평원을 바라보며 물기 마른 얼굴을 긁적거릴 뿐이었다.

정오 무렵 사내는 처음 도착한 목장에 맨발의 아이를 내려주었다. 햇볕을 등진 아이는 두 사람이 길을 떠나는 뒷모습을 무심한 표정으로 지켜보았다. 두 사람이 탄 노새와 말은 다시 평원을 가로질러 고원 깊숙이 들어갔다.

그들이 또 다른 목장에 도착한 것은 늦은 오후였다. 사내가 목조건물 입구에 매달린 종을 울리자 문이 벌컥 열리고 한 늙은 여자가 얼굴을 내밀었다. 여자는 푸른 눈동자로 노새 옆에 우두커니 서 있는 아이를 뚫어지게 쳐다보았다. 사내가 손가락으로 모자챙을 들어 올리자 늙은 여자가 고개를 끄덕거렸다. 아이가 늙은 여자를 따라 건물 안으로 들어가자 사내가 노새의 고삐를 자신의 말안장에 단단하게 묶고 느릿한 걸음으로 왔던 길을 되돌아갔다.

그날 밤 아이는 오두막 창가에서 늙은 여자가 든 칸델라 불빛이 멀어져가는 것을 지켜보았다. 어둠의 바다에 혼불처럼 둥실 떠가던 등불이 시야에서 사라질 때까지 아이는 석상처럼 움직이지 않았다. 한 시간을 기다렸지만 불빛이 돌아오지 않자 그때서야 아이는 축 늘어진 어깨로 힘없이 돌아섰다.

오두막은 가우초의 숙소였다. 한쪽 벽에는 온갖 종류의 마구馬具가 걸려 있고 바닥에는 밑창이 닳고 찢어진 가죽부츠가 나뒹굴었다. 아이는 삐걱거리는 낡은 침대에 누워 눅눅한 담요를 머리끝까지 뒤집어썼다. 잠이 오지 않았다. 흐릿한 유리창 너머로 보이는 달빛이 창백했다.

자정 무렵 석유램프의 불이 꺼졌다. 매캐한 석유 냄새가 코를 찔렀지만 아이는 꼼짝하지 않았다. 어둠 속에서 사각거리는 소리가 들려왔다. 쥐가 나무를 갉아대는 듯한 기묘한 소리가 마룻바닥과 벽에서 들려왔다. 아이는 귀를 틀어막았다.

잠시 후 귀를 자극하던 소리가 사라지면서 창문이 덜컹덜컹 흔들리더니 오두막 전체가 무너질 듯 흔들렸다. 아이는 담요를 내던지고 일어나 창가로 달려갔다. 달빛이 이지러진 평원으로 바람이 불어오고 있었다. 야성의 정령들이 칭칭 옭아맨 사슬을 끊고 준동하고 있었다. 죽은 자들이 벌이는 광란의 춤사위에 놀란 어린 양들이 어미의 품을 파고들었다. 새끼를 품은 어미 양의 눈에 눈물이 그렁그렁 맺혔다. 바람은 거대한 채찍이고 번득이는 창검이었다. 사위에서 도륙당한 짐승들의 비명이 난무했다. 천장에서 해묵은 먼지가 우수수 떨어져 내렸고 출입문이 삐걱삐걱 음산한 소리를 내질렀다.

고막을 쩌렁쩌렁 울리는 바람 소리에 놀란 아이는 문으로 달려갔다. 문이 열리지 않았다. 아이의 힘으론 바람에 밀린 문을 열 수 없었다. 공포에 질린 아이의 절규가 바람 소리에 흔적도 없이 묻혀버렸다. 아이는 창가에 달라붙었다. 단 한 점의 불빛도 보이지 않았다. 심장이 오그라들고 위가 경련을 일으켰다. 마룻바닥에 주저앉은 아이의 눈에서 닭똥 같은 눈물이 빗물처럼 흘러내렸다. 아이는 울고 또 울었다.

아이가 기억하는 바람은 구름 한 점 없이 맑은 날 울타리 위로 솟은 여린 나무 잎사귀의 흔들림이고 웅덩이 물이 만들어낸 주름이었다. 부드럽게 살갗을 간질이는 감미로움이고 뜨거운 공기를 밀어내는 청명함이었다. 그런데 저 문밖에서 불어오는 바람은 아니었다. 그 어떤 자비도 없이 오로지 악의만으로 짓쳐 몰려오는 바람은 두려움과 공포일 뿐이었다. 하루가 지나고 이틀이 지났지만 바람은 잠시도 쉬지 않고 휘몰아쳤고 아이의 두 눈에서 눈물이 끝없이 흘러내렸다.

사흘째 되던 날 마침내 바람이 가라앉았다. 그러나 담요를 뒤집어쓴 아이는 울음을 멈추지 않았다. 아이는 밤이고 낮이고 울었고 지쳐 쓰러져 잠들면 꿈속에서도 울었다. 아이의 울음소리는 유령처럼 에스탄시아를 저벅저벅 돌아다녔다. 음식과 물을 가져온 목장의 늙은 여자가 아이를 달랬지만 소용이 없었다. 인상 험악한 가우초들이 차례로 오두막을 찾아와서 윽박질렀지만 아이는 울음을 그치지 않았다. 일주일이 지나자 아이의 뺨이 쑥 들어갔고 어깨뼈가 드러났다. 몸속에 남은 한 방울의 수분까지 쥐어짜서 눈물을 만들고 있는 듯 아이는 계속 울고 울었다.

그런 어느 날 고산에서 막 내려온 한 늙은 가우초가 소식을 듣고 오두막을 찾아왔다. 늙은 가우초는 뼈만 앙상하게 남은 아이를 달래기 위해 파타고니아 고원에 구전으로 전해지는 전설을 들려주었다.

어느 마을에 한 소년이 살고 있었다. 소년은 가족은 물론이고 마을 사람들에게조차 미움을 받는 천덕꾸러기였다. 소년은 걸음이 느렸고 물을 무서워했으며 높은 곳에는 올라가지 못했다. 사냥을 나가선 토끼 한 마리 잡지 못했고 실수로 다 잡은 사냥감을 놓치게 만들기 일쑤였다.

그보다 소년이 사람들에게 배척을 받는 이유는 따로 있었다. 그것은 소년의 무지막지한 식탐이었다. 늘 식량이 부족했던 마을에서는 소식小食이 가장 큰 미덕이었다. 이런 탓에 다른 사람의 갑절을 먹고도 만족하지 못하는 소년은 미움을 받을 수밖에 없었다. 처음에는 소년이 불쌍해서 자신의 몫을 덜어주던 가족들도 시간이 지나면서 점점 더 심해지는 소년의 식탐에 두 손을 들었다. 그때부터 소년은 식사시간이면 가족들과 떨어져 자기 몫의 음식만을 먹어야 했다. 가족은 말할 것도 없고 마을 전체가 곤궁하여 먹는 양이 점차 줄었지만 소년의 위장은 이미 늘어난 상태였다. 소년은 굶주린 배를 채우기 위해 마을을 돌아다녔지만 빵 부스러기 하나 구할 수 없었다. 마을 사람들은 소년이 나타나면 먹을 것을 감추기 바빴다. 외톨이가 된 소년은 들판을 돌아다니며 짐승들이 먹고 남긴 것을 주워 먹었다.

이렇듯 모든 사람이 소년을 싫어했지만 단 한 명만은 예외였다. 마을에서 가장 착하고 아름다운 소녀가 자신의 먹을 것을 숨겨놓았다가 소년에게 슬쩍 건네주었던 것이다. 소년은 언제나 환하게 웃으며 맞아주는 소녀를 볼 때마다 심한 자괴감에 시달렸다. 두 번 다시 소녀를 찾아가지 않겠다고 맹세했지만 하루가 지나기도 전에 다시 소녀를 찾아갔다.

소년은 자신의 비정상적인 식탐을 증오하기 시작했다. 다른 사람은 몰라도 소녀에게만은 자신의 변화한 모습을 보여주고 싶었던 소년은 고민을 거듭한 끝에 자신의 혀를 잘라버리기로 결심했다. 주체할 수 없는 식탐의 원인이 혀라고 생각한 것이다. 혀가 없다면 이 무시무시한 식탐 또한 사라질 것이 분명했다.

다음 날 소년은 잘 벼린 칼을 들고 들판으로 갔다. 적당한 장소를 찾아가서 자리한 소년은 혀를 길게 내밀었다. 이 혀만 잘라내면 소녀는 물론이고 가족들과 마을 사람들에게서 잃어버린 신뢰와 사랑을 되찾을 수 있을 것 같았다. 소년은 한 손으로 혀를 잡고 칼을 높이 들었다. 순간 갑자기 강렬한 충동이 솟구쳤다. 혀를 잘라내기 전에 마지막으로 무언가를 먹고 싶었다. 그러나 들판에 먹을 게 있을 리 만무했다. 불현듯 풀을 맛있게 뜯어먹던 양이 생각났다. 소년은 손을 뻗어 한 주먹 풀을 뽑았다. 그리고 풀을 질근질근 씹는 순간 깜짝 놀랐다. 놀랍게도 풀에서 송아지 고기 맛이 났던 것이다.

그때부터 소년은 미친 듯 풀을 뜯어먹기 시작했다. 풀의 식감은 실제고기보다 더 뛰어났다. 풀을 배가 터지도록 뜯어먹은 소년은 포만감에 젖어 풀밭에 벌렁 드러누웠다. 그동안 받은 서러움이 복받쳐 눈물이 흘러내렸다. 송아지 고기 맛이 나는 풀은 들판에 지천이었다. 이제 더 이상 먹는 것 때문에 구차할 필요가 없었다. 그동안 전혀 쓸모가 없어 잘라버리려 했던 혀가 이 풀을 찾아낸 것이다. 그때서야 소년은 자신의 혀가 세상에서 가장 뛰어난 미각을 갖고 있다는 사실을 깨달았다. 누구에게서도 볼 수 없는 자신만의 특기를 발견한 소년은 하늘을 날아갈 듯한 기분이었다.

소년이 기쁨에 찬 소리를 지르자 입에서 불길이 화르르 뿜어져 나왔다. 소년은 다시 한 번 놀랐다. 숨을 내쉴 때마다 불길이 쏟아져 나오자 소년은 미친 듯 흥분했다.

마을로 달려간 소년은 곧바로 소녀의 집을 찾아갔다. 자신의 신기한 능력을 소녀에게 가장 먼저 보여주고 싶어서였다. 자신을 반갑게 맞으며 환하게 웃는 소녀를 보자 그동안의 수모와 치욕이 머릿속에 떠올랐다.

소년이 길게 숨을 내쉬자 화염방사기처럼 뿜어져 나온 불길이 소녀의 옷과 머리에 옮겨 붙었다. 깜짝 놀란 소년이 놀라 소리칠 때마다 불길이 활활 뿜어져 나왔다. 비명을 듣고 달려온 사람들은 이 참혹한 광경에 경악을 금치 못했다. 소녀의 몸이 새카만 숯 덩어리로 변하는 것을 지켜본 마을 사람들은 외마디 비명을 지르며 도망쳤다. 그들을 쫓아가며 억울함을 호소할 때마다 소년의 입에서 시뻘건 불길이 더욱 거칠게 뿜어져 나왔다. 결국 자신을 가장 아껴주던 소녀를 불태워 죽인 소년은 눈물을 흘리며 마을을 떠날 수밖에 없었다.

수년이 흐른 어느 날 마을의 한 집에서 불이 났다. 그런데 이상한 것은 화재의 원인을 찾을 수 없다는 것이었다. 며칠 뒤 다른 집에서 화재가 발생했다. 아무런 이유 없이 화재가 발생하는 집이 늘어나자 사람들은 공포에 휩싸였다. 화재를 막기 위해 불침번을 서고 물이 가득 담긴 양동이로 집을 에워쌌지만 소용이 없었다. 집을 잿더미로 만든 뒤에 저절로 전소되는 기묘한 현상이 확산되자 마을에는 온갖 흉흉한 소문이 나돌았고 사람들은 전전긍긍했다.

그런데 이상한 일이 있었다. 바로 앞뒷집이 불로 전소되었는데도 소녀의 집에는 불씨 하나 날아들지 않은 것이다. 사태를 주의 깊게 관찰하던 한 사람이 소녀가 입던 옷가지를 얻어 와서 자신의 집에 내걸었는데 놀랍게도 그 집만 불이 나지 않았다. 이런 사실을 알게 된 사람들은 앞다투어 소녀의 집으로 몰려가서 옷 조각을 얻어와 집에 걸었다. 그러자 신기하게도 더는 화재가 발생하지 않았다.

원인을 알 수 없는 화재가 종식되고 일 년쯤 지났을 때 마을 사람들은 북쪽 하늘에서 지금까지 보지 못한 새로운 별 하나를 발견했다. 모든 것을 집어삼킬 듯 타오르는 거대한 적색거성이었다. 그 별은 일 년에 한 번 나타나서 모든 별을 압도하며 활활 타올랐는데 그날이 바로 소녀가 불에 타서 죽은 날이었다. 마을 사람들은 누구라 할 것 없이 동시에 저주받은 소년의 얼굴을 떠올렸다. 그때부터 그 적색거성은 영원히 벗어날 수 없는 불행을 상징하는 별이 되었다.

늙은 가우초의 이야기가 끝났는데도 아이는 울음을 그치지 않았다. 아이는 슬픔의 심연에서 영원히 빠져나올 생각이 없는 듯했다. 한시도 멈추지 않고 울고 있는 아이를 지켜보던 늙은 가우초가 이번에는 보름달이 뜰 때마다 사람으로 변하는 양에 관한 이야기를 시작했다. 어느 보름날 사람으로 변신

한 양 사나이가 평소에 양들을 잘 돌보지 않는 가우초를 찾아가서 싸움을 걸고 난상토론을 벌인다는 이야기를 들려주었지만 아무런 효과가 없었다. 아이는 창문이 덜컹거릴 때마다 하얗게 질린 얼굴로 젖은 담요를 파고들 뿐이었다.

늙은 가우초는 뒤늦게야 아이가 울고 있는 이유를 알아차렸다. 그는 검버섯이 핀 손으로 아이의 얼굴을 부드럽게 쓰다듬으며 물었다.

"얘야, 저 바람이 무서운 게냐?"

아이가 눈물이 그렁그렁 맺힌 얼굴로 끄덕였다. 늙은 가우초가 일어나서 창문을 열고 손을 내밀었다. 잠시 생각에 잠겨 있던 늙은 가우초가 천천히 돌아서서 조금만 기다리면 바람이 멈출 거라고 선언했다. 잠시 후 거짓말처럼 오두막을 요란하게 흔들던 바람이 멈추었다. 아이가 눈을 동그랗게 뜨고 늙은 가우초를 올려다보았다.

늙은 가우초는 아이의 손을 잡고 파타고니아 고원에 전해져오는 또 다른 전설을 들려주었다. 그것은 바람을 만드는 남자 웨나 이야기였다. 신비하고 놀라운 이야기가 끝날 무렵 눅눅하게 젖은 담요를 빠져나온 아이는 늙은 가우초의 무릎에 앉아 초롱초롱한 눈망울로 이야기를 경청하고 있었다. 기나긴 이야기를 끝낸 늙은 가우초가 마침내 울음을 그친 아이의 호수처럼 맑은 눈을 들여다보며 환한 미소를 지었다.

그날 밤 또다시 강한 돌풍이 불어왔다. 창문과 문짝이 떨어져나갈 듯 무서운 바람이었지만 아이는 몸 한 번 뒤척이지 않고 죽은 듯 잠들었다. 꿈속에 한 남자가 나타났다. 검은 말을 타고 치렁치렁한 갈기 머리를 휘날리며 평원을 달려온 남자가 까마득히 높은 절벽 위에 우뚝 서서 세상을 내려다보았다. 이윽고 남자가 손을 흔들자 바람이 쏟아져 나왔다. 남자의 손에서 쏟아져 나온 바람은 깊은 협곡을 넘어 광대한 고원으로 퍼져 나갔다. 바람이 닿는 곳마다 눈이 녹아내리고 샘물이 솟아나고 새싹이 돋아나며 꽃들이 앞을 다퉈 형형색색으로 피어났다. 땅속 깊이 숨어 있던 짐승들이 몰려나와 흐드러지게 핀 꽃밭에서 희롱하고 교미하여 새끼들을 잉태하였다.

남자가 손을 흔들자 차가운 바람이 쏟아져 나왔다. 바람이 꽃과 풀의 숨결을 하나둘 거두어들였다. 시든 꽃들이 하나둘 떨어지고 모든 강물이 차갑게 얼어붙자 삼라만상이 눈으로 뒤덮여갔다. 바람이 그 생명 다한 것들을 거두어들인 세상은 다시 무위의 세계로 돌아갔다. 고원을 벗어난 바람은 안데스를 넘어 태평양으로 나아갔고, 북으로 올라간 바람은 대륙을 통과하여 극점을 향해 불어갔다. 대서양을 횡단한 바람은 유럽을 거쳐 검은 땅 아프리카로 나아갔다. 바람의 남자 웨나의 손에서 만들어진 바람은 수천 수만 개로 갈라져 저마다 다른 이름으로 세상 곳곳으로 퍼져나갔다.

며칠 뒤 아이는 스무 마리의 양을 몰고 가까운 초지로 나아갔다. 양을 돌보는 일은 쉽지 않았다. 양들은 너무나 제멋대로였다. 눈앞에 있는 풀에 정신이 팔려 낭떠러지를 보지 못했고 어미 양들은 자신의 배를 채우기 위해 젖을 찾는 새끼들을 매정하게 밀어냈다. 바람을 피해 몰려든 양들은 너무 밀착하는 바람에 질식해 죽었고 넘어진 양은 제 스스로 일어나지 못했다. 세상에서 가장 연약하고 이기적인 양들을 돌보느라 아이는 정신없이 바빴다. 하루 종일 양들과 씨름을 벌이고 돌아온 저녁이면 녹초가 되어 다음 날 해가 뜰 때까지 곯아떨어졌다.

계절이 한 바퀴 돌아가자 아이는 이제 양들을 다룰 수 있었다. 그러나 목동 없이는 한순간도 살 수 없는 양들에게는 또 다른 위험이 도사리고 있었다. 호시탐탐 양들의 뜨거운 심장을 노리는 퓨마들이었다. 퓨마는 세상에서 가장 잔혹한 양들의 천적이었다. 이 흉포한 퓨마들로부터 자신의 양을 지키기 위해 아이는 잠시도 마음을 놓을 수 없었다.

웨나의 이야기를 들려준 늙은 가우초가 수시로 아이를 찾아와서 자신의 경험을 전수해주었다. 그렇게 아이는 태양의 위치로 시간을 알았고 별자리의 이동과 달의 모양을 통해 계절의 변화를 미리 알 수 있었다. 가우초들의 칼 파콘을 사용하는 방법을 익혔고 퓨마를 사냥하기 위해 총 쏘는 연습을 시작했다. 고원의 시간이 빠르게 흘러가면서 아이가 돌보는 양의 숫자도 점차 늘어났다. 200마리가 넘어서자 양치기 개가 주어졌고 다시 배로 불어나자 말을 타기 시작했다. 이제 어린 목동은 매일 아침 말을 타고 양치기 개가 인도하는 양 떼를 몰고 초지를 찾아갔다.

고원에는 아무것도 없었다. 거미원숭이도 없었고 저글링을 하는 피에로도 없었다. 빙글빙글 돌아가는 회전목마도 없었고 밤하늘을 화려하게 수놓은 불꽃놀이도 없었다. 성당의 종소리도 없었고 또래 친구들의 싱그러운 웃음소리도 없었다. 브라스밴드가 연주하는 캐럴송도 없었고 근엄하신 신부님의 훈계도 없었다. 그럼에도 불구하고 아이는 매일 아침 눈을 뜰 때마다 가슴이 설렜다. 양 떼를 몰고 새로운 초지를 찾아갈 때마다 소풍을 나온 아이처럼 가슴이 두근거렸다.

파타고니아는 바람의 땅이었다. 이 황량한 땅으로 불어오는 바람은 세상의 바람과 달랐다. 고원에는 오로지 세상으로 나아갈 바람과 이미 세상을 휘돌아온 바람만이 존재했다. 고원의 바람은 지나간 시간과 다가올 시간의 경계를 무너뜨리고 죽은 짐승에겐 복종을, 산 짐승에게는 경배를 요구했다. 고원의 바람은 자신의 형상을 믿지 않고 의심하는 자들에게 무자비한 형벌로 징치하였기에 이 척박한 땅에서 살아가는 모든 짐승과 인간은 바람을 진심으로 숭배했다. 어린 목동은 아득히 먼 지평선에서 불어오는 바람을 맞노라면 말라버린 샘에 물이 넘치듯 마음 깊은 곳에서 기쁨과 행복이 솟아나고 충일로 몸이 뜨거워졌다. 새벽이슬을 머금은 바람에 호기심을 느꼈고 어둠을 끌고 오는 밤의 바람에 무한한 동경을 품었다. 고원의 모든 바람이 시작되는 곳에 그가 있었다. 아이는 바람의 결을 좇아가면 웨나가 미소 짓고 있을 거라고 생각했다.

아이가 살던 마을에서는 일곱 살이 되면 단 한 명도 빠짐없이 바다와 마을 사이에 있는 들판에 나무 한 그루를 심어야 했다. 이렇게 심어진 나무들은 오랜 세월 동안 아이들의 숫자만큼 늘어나서 해풍을 막아주는 훌륭한 방풍림이 되었다. 나무를 심는 것만으로 아이들의 의무가 끝난 것이 아니었다. 식목한 후 100일이 지나기 전에 마을에서 한참 떨어진 곳에 있는 엘 고르도 숲을 찾아가서 그 중심에 있는 호수의 물을 담아 와 자신의 나무에 뿌려주어야 했다. 아이들은 나무와 자신이 한 몸이라고 생각했다. 나무가 부러지면 자신이 다치고 나무가 병들면 자신도 그렇게 된다고 믿었다. 따라서 자신이 심은 나무가 건강하게 생장하여 여름이면 무성한 잎을 피우고 가을이면 크고 단단한 열매를 맺기 위해선 나무를 보호하고 지켜주는 성수聖水라고 전해져오는 엘 고르도 숲의 물로 나무를 적셔주는 의식이 필요했던 것이다. 이처럼 엘 고르도 숲의 물을 길어오는 일은 마을의 아이라면 누구를 막론하고 반드시 치러야 할 통과의례였기에 아이 역시 예외가 아니었다.

일곱 살 생일에 자신의 나무를 심은 아이는 두 달이 지난 어느 날 두 명의 친구들과 함께 엘 고르도 숲을 찾아갔다. 태양이 눈부시게 빛나는 여름날 정오 무렵이었다. 엘 고르도 숲에는 반드시 혼자 들어가야 한다는 규칙이 있었다. 동행한 두 명의 친구들은 의식을 치를 때 사용하는 물이 엘 고르도 숲에서 가져왔다는 사실을 증명해줄 증인이며 동시에 감시자였다. 투명한 유리병을 든 아이의 굳은 얼굴에 식은땀이 송골송골 맺혔다.

이윽고 아이는 두 명의 친구가 지켜보는 가운데 천천히 숲속으로 들어갔다. 수백 년 묵은 낙엽이 융단처럼 깔린 숲속은 서늘하고 어두웠다. 그 흔한 벌레 한 마리도 보이지 않고 새 울음소리조차 들리지 않았다. 시간이 멈춘 듯한 고요만이 있을 뿐이었다. 숲의 중간에 이르렀을 때 아이는 걸음을 멈추고 뒤를 돌아보았다. 저 멀리 숲 입구에 두 명의 친구가 두려운 눈빛으로 이편을 지켜보고 있었다. 아이는 도망치고 싶었다. 숲을 빠져나가 집으로 달려가고 싶었다. 그러나 엘 고르도 숲의 통과의례를 치르지 못한 아이들에게 벌어진, 팔다리가 부러지고 불구가 되는 끔찍한 사고들이 머릿속에 떠올랐다. 사람과 나무가 한 몸이 될 수 있는 걸까. 숲에 다녀온 아이들은 어째서 약속이라도 한 듯 입을 닫아버리는 걸까. 아이는 고장 난 인형처럼 어두운 숲 한가운데서 식은땀을 흘리며 서 있었다.

시간이 흘러갔다. 지금 자신이 선택할 수 있는 것은 오로지 두 가지밖에 없다는 사실에 머리가 터질 것 같았다. 발밑 축축하게 젖은 낙엽이 꿈틀거렸다. 깜짝 놀란 아이가 얼른 발을 뗐다. 시커멓게 썩은 낙엽 밑에서 시커먼 촉수 같은 것이 움직이는 것 같았다. 아이는 하얗게 질린 얼굴로 숲 입구를 돌아보았다. 친구들의 모습이 어느새 새카맣게 변해 있었다. 아이는 다시 뒤를 돌아보았다. 숲 저편이 마치 크게 아가리를 벌린 괴물의 입 같았다. 아이는 떨리는 마음을 가다듬기 위해 숨을 크게 내쉬었다. 그리고 형장으로 끌려가는 죄인처럼 무거운 걸음으로 숲속으로 들어갔다.

마침내 아이는 숲의 중심에 있는 호수 앞에 도착했다. 하늘을 뒤덮은 나무와 옅은 안개가 깔린 호수는 깊고 넓었다. 안개를 헤치고 나아가자 수면에 푸른빛을 띤 윤슬이 반짝거렸다. 호숫가 나무의 뿌리는 낯선 침입자의 틈입을 허락하지 않는 파수꾼처럼 굵고 성기었다. 아이는 자신의 몸보다 더 굵은 나무뿌리를 타 넘고 호수로 다가갔다. 비릿한 냄새가 콧속으로 밀려들었다. 축축한 습기를 머금은 공기와 수면에 어른거리는 빛의 산란이 손에 잡힐 듯 선명했다.

그때 아이는 목격했다. 정지된 시간의 균열 사이로 드러난, 우리 곁에 엄연히 존재하지만 눈에 보이지 않는 세계를. 그때서야 비로소 엘 고르도 숲에 다녀온 아이들이 침묵하는 이유를 깨달았다. 아이들은 자신이 본 모든 것을 온전히 이해할 수 없었고 그 어떤 언어와 몸짓으로도 그것을 표현할 수 없었던 것이다. 오직 긴 침묵만이 그것을 전달할 수 있었다. 아이 역시 그날 자신이 본 것을 아무에게도 말하지 않았다.

그런데 머릿속에 화인처럼 새겨진 엘 고르도 숲이 늙은 가우초에게 웨나에 대해 듣는 순간 신기루처럼 사라져버렸다. 호수에 유리병을 담그는 순간 폭죽처럼 터져 나온 곤충들의 울음소리와 새들이 쏟아낸 무수한 날갯짓과 온몸으로 스며들던 기운과 자신을 기다리던 두 아이의 얼굴이 작열하는 태양 아래 밀랍인형처럼 녹아내려버렸던 것이다.

웨나는 매일 밤 꿈속에 나타났다. 그는 검은 말을 타고 눈부신 광휘로 어둠을 밀어내며 평원을 달려와서 바람을 만들었다. 그러나 얼굴이 보이지 않았다. 웨나의 초상은 언제나 짙은 어둠에 휩싸여 있었다. 그렇지만 아이는 질주하는 말의 뜨거운 맥박과 약동하는 악의를 부여잡고 일곱 날에 걸쳐 지은 죄를 통회하는 짐승들의 울음에서 웨나의 존재를 확인했다. 한낮의 초지에서도 누군가 자신을 지켜보고 있다는 사실을 뚜렷하게 느끼곤 했다. 땅을 차는 말의 발굽과 양들의 분주한 발걸음에서 웨나의 숨결을 감지할 수 있었다. 그 인식은 상상도 환영도 아니었다. 그것은 오감으로 느끼는 실제였다. 눈에 보이지 않지만 웨나는 분명 자신의 주변에 존재하고 있었다.

어린 목동은 떠나온 집을 그리워하지 않았고 온종일 양 떼와 씨름하는 고단함을 잊어버렸다. 매일 아침 눈을 뜰 때마다 기대감으로 가슴이 설레고 기쁨으로 충만했다. 잠자리에 누우면 내일의 희망이 감미로운 꿈처럼 밀려왔다. 웨나를 떠올릴 때마다 온몸에서 기쁨과 행복이 넘쳐흘렀다. 어린 목동은 언젠가 이 광대한 고원에서 웨나와 만나는 순간이 있을 거라는 생각에 점점 깊이 빠져들었다.

어린 목동은 열두 살이 되었다. 매일 초지에서 돌아와서 늙은 가우초의 오두막을 찾아갔다. 한평생 고원에서 살아온 늙은 가우초는 몸이 쇠약해진 탓에 더는 양을 돌보지 못했다. 일주일에 한 번씩 식량을 가져다주는 가우초 감독관을 제외하면 늙은 가우초의 오두막을 찾아오는 사람은 아무도 없었다. 늙은 가우초와 어린 목동은 함께 저녁을 먹고 차를 마시며 웨나에 관한 이야기를 나누었다.

날이 갈수록 늙은 가우초의 건강이 나빠졌다. 손가락은 말의 발굽처럼 딱딱해졌고 안장에 짓눌린 엉덩이의 살이 시커멓게 썩어 들어갔다. 처음에는 집 앞에서 그를 맞이하던 늙은 가우초는 이제 온종일 침대에 누워 지냈다. 도시에 있는 병원을 찾아가야 한다고 권유했지만 늙은 가우초는 잿빛 수염이 가득한 얼굴을 말없이 가로저을 뿐이었다. 도시에서 날 기억하는 사람은 아무도 없어. 난 이미 오래전에 죽은 사람이지. 늙은 가우초의 눈빛에서는 그 어떤 기쁨도 슬픔도 찾아볼 수 없었다. 그로부터 일 년 뒤 늙은 가우초는 홀로 숨을 거두었고 고원에 묻혀 한 줌의 흙으로 돌아갔다.

늙은 가우초를 땅에 묻고 돌아오던 날 지금까지 한 번도 겪지 못한 거친 바람이 불어왔다. 자신을 친아들처럼 거두어주고 모든 것을 전수해준 늙은 가우초가 세상을 떠나자 어린 목동은 광대한 우주에 홀로 버려진 기분이었다. 그러나 어린 목동은 얼마 지나지 않아 상실의 슬픔과 고통에서 벗어날 수 있었다. 그것은 웨나가 있었기 때문이었다. 아이는 웨나가 불쌍한 늙은 가우초의 영혼을 데려갔을 거라고 믿었다.

늙은 가우초가 세상을 떠나자 웨나에 관한 상념은 더 간절하고 깊어졌다. 대부분의 가우초는 웨나가 신화와 전설 속의 인물이라고 여겼다. 그러나 늙은 가우초처럼 현실에 존재한다고 믿는 사람들도 있었고 또한 그를 직접 목격했다는 사람도 있었다. 목격자들의 말에 따르면 웨나는 안장 없는 검은 말을 타고 인적 없는 평원이나 깊은 협곡 또는 눈 쌓인 산 정상에 나타난다고 했다. 웨나의 생김새는 말하는 사람마다 전부 달랐다. 그들의 말을 종합하면 꿈에서 본 웨나와 비슷했고 때론 완전히 다른 사람 같았다. 그러나 웨나의 얼굴을 정확히 본 사람은 아무도 없었다. 웨나를 믿지 않는 사람들은 그 형상이 의식에서 투사된 착시현상이며 환영이라고 단정했다. 웨나를 목격했다는 곳이 사람이 올라갈 수 없는 수백 미터 높이의 절벽이었고 사람이 내려갈 수 없는 깊은 협곡이었기 때문이었다. 소년은 그런 목격담을 들을 때마다 흥분을 감추지 못했다.

그때부터 소년은 웨나의 흔적을 찾아 고원을 돌아다녔다. 파타고니아 고원은 인간의 발길이 닿지 않는 험준한 산과 계곡과 평원이 즐비했다. 소년은 그 낯선 땅을 돌아다니며 웨나의 흔적을 찾았다. 좀처럼 웨나의 흔적을 발견할 수 없었지만 소년은 실망하거나 포기하지 않았다. 언젠가 그와 만날 날이 있을 거라는 굳은 믿음으로 전인미답의 땅을 헤매고 다녔다. 고원은 모든 사물의 근원이었다. 높은 산에 올라 먼 곳을 바라보면 가슴이 벅차오르고 몸이 불덩어리처럼 뜨거워지는 고양高揚에 휩싸였다. 저 아득한 지평선 너머에 웨나가 있다는 생각에 심장이 요동쳤다. 그것은 맹목적인 추종이 아니라 순수한 피의 발현이었다. 소년은 이러한 자각이 자신의 인생을 송두리째 뒤흔들게 될 것이라고는 전혀 알지 못했다.

소년은 이따금 늙은 가우초가 묻힌 곳을 찾아갔다. 평지와 구분할 수 없는 무덤 앞에 서면 늙은 가우초의 마지막 목소리가 아련하게 들려왔다. 웨나는 전설 속에 존재하는 남자가 아니다. 그는 우리 눈에 보이지 않을 뿐 이 고원 어딘가에서 우리와 똑같이 살아 숨 쉬고 있단다. 바람이 우리 눈에 보이지 않듯 웨나도 그러하다. 만약 그가 존재하지 않는다면 이 고원의 바람은 모두 거짓일 수밖에 없단다.

소년은 바스락거리는 소리에 눈을 떴다. 모닥불은 사위었고 밤이슬에 젖은 담요가 축축했다. 동쪽 지평선에서 붉은 기운이 시작되었다. 하늘을 올려다보니 알데바란과 베텔게우

스가 자취를 감추었고 플레이아데스성단의 빛이 빠르게 사위어가고 있었다. 이제 곧 일곱 개 별을 거느린 알시오네가 사라지면 모든 성단이 문을 닫을 것이다.

바람이 멈춘 평원은 고요했다. 소년은 담요를 걷고 일어나 천천히 사위를 돌아보았다. 또다시 바스락거리는 소리가 들려왔다. 권총을 뽑아들고 조심스럽게 주위를 살피며 소년은 야영지 뒤쪽에 있는 산등성이를 향해 올라갔다. 지난 밤 모닥불을 피운 곳은 퓨마의 서식지와 가까운 곳이었다. 어느덧 열네 살이 된 소년이 위험을 감수하고 야영을 한 것은 이 근처에서 웨나를 목격했다는 말을 들었기 때문이었다.

산등성이에 오르자 저 멀리 협곡의 은빛 물줄기가 흘러가는 광경이 내려다보였다. 바스락거리는 소리는 더 이상 들려오지 않았다. 아마도 바람에 흙이 무너지는 소리인 것 같았다.

막 돌아서는 순간 협곡 건너에 말 한 마리가 홀연히 모습을 드러냈다. 안장 없는 말의 잔등에 한 남자가 어깨까지 내려온 긴 머리카락을 흩날리며 앉아 있었다. 소년은 숨이 턱 막혔다. 자신도 모르게 몸을 엎드리고 어둠에 휩싸인 협곡 건너를 주시했다. 거리가 멀어 얼굴을 확인할 수 없지만 남자의 벗은 상체가 눈을 찌를 듯 선명했다. 온몸에 소름이 돋았다. 이 깊은 새벽 협곡의 단애에 말을 타고 나타날 사람은 세상에 단 한 명밖에 없었다. 심장이 뜨겁게 요동쳤다.

남자가 천천히 손을 흔들자 한 줄기 바람이 쏟아져 나와 협곡을 향해 날아갔다. 바람이 수면에 닿는 순간 은빛의 파편이 공중으로 튀어 올랐다. 전율이 엄습했다. 믿을 수 없는 광경이 눈앞에서 일어나고 있었다. 오랫동안 고대해온 웨나가 마침내 자신 앞에 모습을 드러낸 것이었다. 콧날이 시큰해지며 눈물이 흘러내렸다.

그때 남자가 동작을 멈추고 소년이 숨어 있는 곳을 돌아보았다. 소년은 재빨리 머리를 숙였다. 얼마나 지났을까. 참았던 숨을 내쉬며 고개를 들었는데 협곡 건너편에 아무도 없었다. 그 자리에서 밤을 꼬박 새운 소년은 해가 중천에 다다르자 어쩔 수 없이 말을 타고 목장으로 돌아갔다.

소년은 하늘을 날아가는 듯한 기분이었다. 세상의 비밀을 혼자 알고 있는 듯 흥분에 휩싸였다. 그날 이후 소년은 갑자기 세상 이치를 깨달은 현자처럼 그동안 무심히 지나쳤던 것들에 의미를 부여하기 시작했다. 빛의 굴절에 의해 색이 변한 바위는 웨나의 감정을 나타내는 것이고 지평선으로 몰려왔다가 흩어지는 구름은 웨나가 보내는 은밀한 신호였다. 평원에 아무렇게나 놓인 돌들은 미래를 암시했고 협곡을 흐르는 빙하수의 굴곡진 흐름은 웨나의 생각을 드러낸 것이었다. 소년은 바람이 멈춘 정적조차 심오한 의미를 품고 있다고 생각했다.

일이 손에 잡히지 않았다. 절벽으로 굴러떨어지는 양을 막지 못했고 퓨마가 몰래 양을 물어가는 것을 알아차리지 못했다. 소년은 양치기 개의 불만 섞인 짖음을 무시하고 하루 종일 풀밭에 드러누워 그날 새벽 목격한 웨나의 모습을 끝없이 반추할 뿐이었다. 이따금 혼재된 기억 속에서 웨나의 초상이 불쑥 떠올랐다. 검고 긴 머리카락과 반듯한 이마, 우뚝 솟은 코, 선명한 인중, 두툼한 윤곽의 입술이 차례로 나타났다. 그러나 그 형상은 하나의 초상을 이루지 못한 채 산산이 흩어지고 말았다.

일주일 뒤 소년은 다시 협곡을 찾아갔다. 이번엔 불도 피우지 않고 담요를 겹겹이 두른 채 협곡을 지켜보았다. 해가 저물고 달이 뜨고 별이 하늘을 가득 채웠지만 웨나는 나타나지 않았다. 새벽녘 소년은 딱딱하게 굳은 몸을 풀고 협곡의 가장자리로 나아갔다. 깊은 협곡은 짙은 어둠이 차곡차곡 쌓인 평지였다. 한 걸음씩 앞으로 나아가면 협곡 건너편에 다다를 것 같았다. 짙은 어둠 속을 내려다보자 또다시 그날이 선명하게 떠올랐다. 너무나 아쉽고 안타까웠다. 오랫동안 고대해온 만남은 너무나 짧았고 웨나의 목소리도 얼굴도 보지 못했던 것이다.

오두막으로 돌아온 소년은 그 후에도 시간이 날 때마다 협곡을 찾아갔지만 웨나는 두 번 다시 모습을 드러내지 않았다.

웨나의 종적을 찾아 빙하지대와 협곡과 험준한 산을 오르내리는 동안 소년은 한 살씩 나이를 먹어갔다. 그리고 마침내 유년의 시간이 막을 내렸다. 동화에서 벗어나 현실 세계로 들어가게 된 것이다. 그런데 이상하게도 웨나에 관한 생각이 없어지는 것이 아니라 더 깊어지고 더 간절해졌다. 그것은 운명처럼 거부할 수 없는 강력한 끌림이었다.

소년은 자신의 내면에서 한곳으로 집약된 상념을 더 단단하게 결속하는 것이 중요하다고 생각했다. 그것이 자신의 삶을 행복하게 해줄 거라고 믿었다. 소년은 잿빛의 짙은 안개 속에서 길을 잃거나 갑자기 사람의 따뜻한 온기가 그리워질 때 웨나를 떠올렸다. 그러면 힘들고 외로운 마음이 눈처럼 녹아내렸다. 웨나는 이 척박하고 황량한 땅에서 친구 한 명 없이 양들과 함께 살아가는 소년에게 친구였고 보호자였다. 그 무엇과도 바꿀 수 없는 절대적인 존재였다.

어느 날 소년은 새로운 이야기를 들었다. 웨나가 평상시에 자신의 정체를 숨기고 가우초로 살다가 때가 되면 고원으로 올라가서 바람을 만든다는 것이었다. 오래전 늙은 가우초도 그와 비슷한 말을 한 적이 있었지만 그땐 귀담아듣지 않았었다. 그런데 다시 그 얘기를 듣는 순간 소년은 어쩌면 가우초로 자신의 정체를 숨긴 웨나를 알아볼 수 있을 것 같았다. 그때부터 소년은 고원에서 웨나의 종적을 찾는 일을 그만두고 자신이 일하는 목장은 물론이고 인근 지역을 돌아다니며 가우초들을 한 명씩 만나기 시작했다. 그러나 많은 가우초를 만났지만 웨나라고 확신이 드는 가우초는 없었다. 그럼에도 불구하고 소년은 계속 그 반경을 넓혀갔다.

고원의 시간이 빠르게 흘러갔다. 봄이면 양 떼를 방목하고 겨우내 동안 망가진 울타리와 오두막을 수리했다. 그러고 돌아서면 양털 깎기가 시작되는 여름이었다. 가을이면 교미를 위해 어린 양들을 어미로부터 떼어놓고 숫양 한 마리에 암컷 스물다섯 마리를 함께 두었다. 이빨이 닳아 더 이상 풀을 뜯지 못하는 양들은 도살했다. 겨울철에는 양들을 저지대 목초지에 몰아넣고 앞을 볼 수 있도록 눈가의 털을 깎아주고 추위를 피해 서로 엉켜 붙는 양들이 질식해서 죽지 않도록 떼어놓아야 했다.

강물처럼 흘러가는 일상 속에서 소년은 점차 한 명의 가우초로 성장해갔다. 소년이 열일곱 살 되던 해에 목장에 새로운 가우초 한 명이 나타났다. 그 가우초를 본 순간 소년은 심장이 철렁 내려앉았다. 그 가우초가 오랫동안 상상해온 웨나의 모습과 너무나 닮았기 때문이었다.

후안은 몸은 강인하고 날렵했다. 윤기 흐르는 머리카락은 어깨에 닿았고 반듯한 이마 아래 솟은 콧날이 곧았고 인중은 깊었으며 입술은 단정했다. 그가 고삐를 놓고 질주하는 말에서 던진 파콘과 총알은 백발백중 과녁을 적중시켰다. 이런 후안의 실력에 사람들은 감탄을 금치 못했다. 후안이 돌보는 양들은 풀의 뿌리를 뜯어먹지 않아 도살되는 숫자가 적었고 새끼를 많이 낳았고 양모 수확량 또한 월등하게 뛰어났다. 그는 술을 마시지 않았고 담배를 피우지 않았으며 도박에도 손을 대지 않았다. 대신 그는 책을 읽었다. 후안의 오두막에는 건축, 지리, 문학, 지질, 철학, 동식물에 관한 온갖 책들이 산더미처럼 쌓여 있었다. 초지에서 돌아온 그는 잠자리에 들 때까지 늘 책을 읽었다. 감독관과 목장 주인까지 찾아와서 목장 경영에 관한 조언을 구할 정도로 식견과 경험이 풍부했다.

후안은 고원지대 목장에서는 좀처럼 보기 힘든 일꾼이었다. 사람들은 그런 후안을 100년 전 파타고니아를 호령했던 영웅의 현신이라고 입을 모았다. 어느 목장에 가도 감독관을 할 수 있고 도시로 내려가도 좋은 일자리를 구할 수 있는 그가 박봉의 평범한 가우초로 살고 있다는 사실을 사람들은 의아하게 생각했다.

후안이 처음 목장에 나타났을 때부터 주의 깊게 살피던 네레오는 어느 날 그의 오두막을 찾아가서 글을 가르쳐달라고 부탁했다. 후안은 네레오의 부탁을 흔쾌히 받아주었다. 그때부터 매일 저녁 후안의 오두막에서 하루에 몇 시간씩 공부를 시작한 네레오는 불과 2년이라는 짧은 시간에 또래 청년들과 비슷한 지식을 갖추게 되었다. 네레오의 영특한 머리와 후안의 열성적인 가르침이 만들어낸 결과였다. 후안을 가까운 곳에서 지켜보기 위해 의도적으로 접근했던 네레오는 예상치 못한 결과를 얻은 셈이었다.

후안은 돈을 벌기 위해 가우초 생활을 하는 것이 아니었다. 도시에서 일어나는 일을 손바닥 들여다보듯 훤히 알고 있는 그는 그 어느 것에도 얽매이지 않고 자유롭게 살기 위해 가우초 생활을 하고 있었다. 네레오는 그런 후안이 정체를 숨긴 웨나라고 확신했지만 명확한 증거가 없었다.

어느 날 네레오는 후안이 이따금 오두막을 비운다는 사실을 알았다. 그가 새벽 늦게까지 오두막을 비우는 이유는 한 가지밖에 없었다. 아무도 찾지 않는 고원으로 올라가서 바람을 만드는 일이었다. 그것만이 후안의 수상한 외출을 설명할 수 있었다. 네레오는 후안의 뒤를 밟기로 결심했다. 그날부터 수업을 마친 네레오는 자신의 거처로 돌아가지 않고 오두막 주변에 몸을 숨긴 채 그가 나오기를 기다렸다.

일주일째 되던 날 마침내 오두막을 나서는 후안을 발견했다. 그는 말을 타지 않고 오두막 뒤편의 평원으로 걸어 올라갔다. 네레오는 고개를 갸웃했지만 멀찍이 떨어져 발소리를 죽인 채 뒤를 쫓아갔다. 후안은 일정한 보폭으로 완만한 경사지를 올라갔다. 깊은 생각에 잠긴 듯 그는 한 번도 뒤를 돌아보지 않았다. 지대가 높아지면서 점점이 흩어진 불빛이 모습을 드러냈다. 가우초들의 오두막에서 흘러나온 불빛은 서로 멀리 떨어져 있었고 바람이라도 불면 꺼질 듯 희미했다.

후안은 어느새 주변에서 가장 높은 언덕에 올라 뒷짐을 진 채 밤하늘을 올려다보고 있었다. 네레오는 바위 뒤에 몸을 숨기고 언덕을 올려다보았다. 이제 곧 후안의 정체를 확인할 수 있다는 생각에 심장이 두근거렸다. 모든 것이 완벽했다. 일주일 전부터 잠잠하던 바람이 어제 오후에 들어서자 완전히 멈추었다. 일 년 내내 쉬지 않고 바람이 불어오는 고원에서 이렇게 오랫동안 바람이 불지 않는 것은 보기 드문 현상이었다. 목장의 일꾼들은 바람의 침묵이 불안한 듯 자꾸만 적요한 지평선을 돌아보았다.

네레오는 이 무서운 정적이 새로운 바람이 태동할 수 있는 최적의 시기라고 생각했다. 그는 후안에게 우주의 생성과 팽창, 태양의 빛이 기후에 미치는 영향, 달의 중력으로 인한 조수간만의 차이를 비롯한 수많은 과학적 지식을 배웠다. 후안은 과학이 모호하고 불분명한 것을 규명하는 학문이라고 했다. 더 이상의 해석이 필요 없고 단 하나의 명제만이 존재하는 것이 과학이 추구하는 진리라는 것이었다. 바람이 그러했다. 바람은 더 이상 유추할 수 없고 더 이상 해석할 필요가 없는 완벽한 명제였다. 두 지점 간에 생긴 기압의 차이로 인한 공기의 흐름이 바람이었다.

그러나 네레오의 생각은 달랐다. 그는 과학이 아무리 발달해도 영원히 규명할 수 없는 세계가 존재한다고 생각했다. 왜냐하면 바람이 바로 그 규명되지 않는 세계의 바람이었다. 네레오에게 그것은 신성과도 같은 믿음이었다. 미동조차 않고 밤하늘을 올려다보는 후안의 모습은 신탁을 받아들이는 제사장처럼 엄숙하고 경건했다. 그 신탁은 천지간에 존재하는 모든 생명의 운명이 기록된 명부일 것이다.

그런데 아무리 기다려도 후안이 움직이지 않았다. 어떻게 된 걸까. 혹시 자신이 숨어서 지켜보고 있다는 사실을 알고 있는 걸까. 네레오는 불안한 마음으로 상념에 잠겨 있는 후안을 지켜보았다.

얼마나 지났을까. 마침내 후안이 뒷짐을 풀었다. 그러나 어떤 동작을 취한 것이 아니라 두 손으로 얼굴을 감싸고 긴 한숨을 내쉬고 있었다. 후안의 입에서 흘러나온 탄식이 우울한 그림자처럼 어두운 평원으로 퍼져나가자 네레오는 무언가 잘못되었다는 사실을 깨달았다. 이 또한 과정의 일부인가. 네레오는 흔들리는 눈빛으로 신성한 기운에 휩싸인 후안을 올려다보았다. 얼굴을 감쌌던 손을 내려놓은 후안이 벌써 언덕을 내려오고 있었다. 그는 수심이 가득한 표정으로 네레오가 숨어 있는 곳을 지나쳐서 자신의 오두막으로 돌아갔다.

후안의 뒷모습이 시야에서 사라지자 네레오는 언덕으로 올라갔다. 후안이 서 있던 자리에서 하늘을 올려다보았다. 아무것도 없었다. 언제나 똑같은 밤하늘이 장대하게 펼쳐져 있을 뿐이었다. 후안은 왜 바람을 만들지 않은 걸까. 짙은 의문이 차가운 밤공기처럼 옷깃을 파고들었다.

잠시 후 그는 후안이 그러한 것처럼 침울한 표정으로 왔던 길을 돌아 내려갔다. 후안의 오두막은 불이 꺼져 있었다. 네레오는 불 꺼진 오두막 문을 두들기고 싶었지만 참았다. 시간은 충분했다. 후안이 목장에 있는 동안 언젠가 그 정체를 확인할 때가 있을 것이었다. 느긋하게 기다리면 언젠가 그 진실을 확인할 수 있는 날이 올 거라고 생각하며 네레오는 자신의 오두막으로 돌아갔다.

여름철 양털 깎기 시즌이 시작되자 고산에 흩어져 있던 가우초들이 양 떼를 몰고 저지대 목장으로 내려왔다. 그들은 양 떼를 한곳으로 모은 다음 나이와 성별로 나누었다. 그런 다음 도살할 양과 거세할 양을 선별하는 작업을 끝내자 북부지역에서 내려와 대기하고 있던 양털 깎기 기술자들이 달려들어 90초에 한 마리씩 털을 깎았다.

기술자들이 구슬땀을 흘리며 양모를 깎는 동안 모처럼 일손을 놓은 가우초들은 일대 목장에서 가장 큰 목조 창고에 모여 짧은 여름날의 축제를 벌였다. 가우초들은 오래전부터 파콘을 들고 상대와 싸워 자신의 용맹을 과시했다. 그러나 이젠 무기를 들지 않고 오직 순수한 힘으로 상대를 제압하는 팔씨름으로 그것을 대신했다. 오랜만에 한자리에 모인 그들은 자신이 응원하는 선수에게 돈을 걸고는 거친 욕설을 퍼붓고 고함치며 가슴속에 쌓인 것들을 마구 쏟아냈다. 시합에서 승리한 자는 세상 전부를 얻은 듯 포효했고 패배한 자는 하늘이 무너진 듯 절망했다. 그러나 그들은 이 짧은 한여름 날의 축제가 끝나면 언제 그랬냐는 듯 광대한 고원으로 흩어져 거친 바람과 싸우며 홀로 살아갔다.

후안이 목장에 나타나기 전까지 이 여름 축제의 승리자는 황소 같은 힘으로 상대를 꺾는 돈 페드로였다. 그러나 홀연히 나타난 후안이 거칠고 강한 사내들을 차례로 이기고 결승에 올라와서 돈 페드로까지 이겨버리자 가우초들은 열광의 도가니에 빠져들었다. 특히 후안을 은밀하게 지켜보던 네레오는 그 누구보다 강렬한 희열을 느꼈다.

돈 페드로가 잃어버린 명예와 자존심을 되찾기 위해 절치부심하고 있다는 소식과 몇 명의 가우초가 높은 배당을 노리고 돈을 걸었다는 소문이 들려왔다. 그러나 네레오는 돈 페드로는 후안의 상대가 되지 못한다고 생각했다. 오직 우격다짐으로 밀어붙이는 돈 페드로는 힘과 기술을 겸비한 후안을 절대 이길 수 없었다. 따라서 그들이 기대하는 이변은 일어나지 않을 것이고 올해의 우승 또한 당연히 후안에게 돌아갈 것이다.

시합 전날 네레오는 후안의 오두막을 찾아갔다.

"돈 페드로가 단단히 준비를 한 모양이에요."

"걱정할 것 없어."

후안이 하얀 치아를 드러내며 환하게 웃었다. 그 맑고 싱그러운 웃음을 볼 때마다 네레오는 가슴이 뛰었다. 마테 차를 마시며 내일 있을 시합에 대해 얘기를 나누는데 갑자기 후안이 비명을 지르며 손으로 얼굴을 감쌌다. 잠시 후 그가 천천히 손을 떼었는데 피가 흥건하게 묻어 있었다. 자신의 손바닥에 올려진 피 묻은 앞니 두 개를 내려다보는 후안의 눈빛이 불안에 떨고 있었다. 놀란 네레오가 떨리는 목소리로 물었다.

"무슨 일이에요?"

후안이 무어라고 말을 했는데 도통 알아들을 수 없었다. 뒤늦게 그 사실을 알아차린 후안은 얼굴을 감싸고 바닥에 주저앉았다. 그 짧은 시간에 후안은 10년은 늙어버린 사람처럼 보였다. 신성한 기운이 서려 있던 얼굴은 수척했고 영민하고 사려 깊은 눈빛은 영혼을 잃은 듯 초점이 흐릿했다. 후안의 피 묻은 얼굴을 보는 순간 불길한 예감에 사로잡혔다. 그런 일은 절대 일어날 수 없었다. 네레오는 불길한 망상을 떨쳐내듯 강하게 머리를 흔들었다.

"괜찮아요?"

"아무것도 아냐."

후안이 입가에 묻은 피를 닦아내고 일어나서 창가로 걸어갔다. 그는 창문을 열고 피 묻은 치아 두 개를 내던지고 아무 일 없다는 듯 자리로 돌아왔다. 어느새 평정심을 되찾은 그가 네레오를 쳐다보며 희미하게 웃었다. 앞니 두 개가 빠져버린 것은 누구에게나 일어날 수 있는, 아무것도 아닌 아주 사소한 일이었다. 그걸 증명하듯 후안은 윗옷을 벗어던지고 마룻바닥에 두 손을 짚고 상체를 들어 올리는 운동을 시작했다. 굵은 땀이 맺힌 그의 등 근육이 리드미컬하게 움직이는 모습을 지켜본 뒤에야 네레오는 안도의 한숨을 내쉬며 움켜쥐고 있던 손을 풀었다.

다음 날 늦은 오후 시합이 벌어지는 목조 창고로 가우초들이 모여들었다. 검게 그을린 석유등이 내걸린 창고에는 썩은 건초 냄새와 거친 사내들의 몸에서 풍겨 나오는 땀 냄새가 진동했다. 대낮부터 술을 퍼마신 가우초들은 독한 담배 연기를 뿜어내며 평소 말 한마디 하지 않고 살아온 사람들이 맞나 싶을 정도로 미친 듯이 떠들어댔다. 그들은 별것 아닌 말에 박장대소했고 무심코 던진 말 한마디에 얼굴을 붉히며 주먹을 휘두르며 서로의 몸에서 풍겨 나오는 체취에 흥분했다.

이윽고 판돈이 걸린 시합이 임박하자 100여 명의 사내들이 북적거리는 창고는 솥단지 속의 물처럼 끓어오르기 시작했다. 그들은 핏발 선 눈으로 승자에게는 뜨거운 박수를, 패자에겐 가혹한 비난을 퍼부을 준비를 하고 있었다.

창고 안의 사람들은 뜨거운 열기 속으로 빠져 들어갔지만 한구석에 자리를 잡은 네레오의 표정은 어두웠다. 아침에 눈을 떴을 때 찾아온 불안감 때문이었다. 후안의 오두막을 찾아가보고 싶었지만 또 다른 일이 생겼을지 모른다는 두려움에 포기하고 온몸이 흠뻑 젖을 정도로 말을 타고 평원을 내달리다 시합 시간이 임박해서 창고에 찾아들었다.

마침내 준결승전이 시작되자 가우초들의 숨소리가 거칠어

졌다. 그들은 창고가 무너질 듯 소리치며 의미를 알 수 없는 말을 쏟아냈다. 시합은 모두가 예상한 대로 흘러갔다. 돈 페드로와 후안이 동시에 상대를 물리치고 무난하게 결승에 진출한 것이다. 후안이 승리하자 구석 자리에 숨어 있던 네레오가 한 걸음 앞으로 나왔다.

결승에 오른 돈 페드로의 기세가 심상치 않았다. 그는 작년의 실수를 되풀이할 수 없다는 듯 눈알을 부라리며 좌중을 돌아보았다. 가우초들이 돈 페드로의 눈빛에 열광적으로 반응했다. 그들은 승부보다 이 짧은 축제가 끝나고 다시 찾아올 죽음 같은 고요를 두려워하는 듯했다. 그 다가오는 시간을 조금이라도 늦추기 위해 발을 구르고 괴성을 질러대고 있는 것 같았다.

후안과 돈 페드로의 시합이 다가오자 그때까지 눈치를 보고 있던 가우초들이 돈을 걸기 시작했다. 판돈이 빠르게 쌓여갔다.

마침내 두 사람이 창고 안으로 들어섰다. 상의를 벗은 후안의 모습은 여느 때보다 침착했다. 그의 강인한 근육을 본 가우초들의 입에서 나직한 탄성이 흘러나왔다. 후안은 칼과 방패를 들지 않은 불멸의 전사 아레스였다. 하지만 그는 닥치는 대로 부수고 죽이는 야만의 전사가 아니라 팔라스의 지혜를 갖춘 용맹한 전사였다. 그의 바위처럼 단단한 육신은 썩지 않는 영원불멸이었다. 네레오는 잠시 그를 의심한 자신을 자책

하며 석유등 불빛 아래 우뚝 서 있는 후안을 숭배의 시선으로 바라보았다.

이윽고 두 사람이 손을 맞잡자 뜨거운 박수가 쏟아져 나왔다. 축제의 마지막 날이었다. 내일이면 양털 깎기를 끝낸 기술자들이 목장을 떠날 것이고 가우초들은 벌거벗은 양 떼를 몰고 초지를 찾아나서야 했다. 가우초들은 그것이 못내 아쉬운 듯 미친 듯 소리를 내질렀다.

심판이 신중한 표정으로 휘슬을 불자 후안과 돈 페드로가 손을 맞잡았다. 두 사람은 기름을 바른 듯 번들거리는 몸으로 어깨를 밀어내며 거친 숨소리를 뿜어냈다. 돈 페드로가 먼저 공격을 해왔지만 후안이 가볍게 막아냈다. 한 치도 물러서지 않는 대치가 이어졌다. 벌겋게 달아오른 두 사람의 얼굴에서 땀이 비 오듯 흘러내렸다. 이번에는 후안이 공격에 나섰지만 돈 페드로 역시 꿈쩍하지 않았다.

후안을 지켜보는 네레오의 표정이 점점 어두워졌다. 시간이 지체되고 있었다. 후안은 시간을 오래 끌지 않았다. 휘슬을 부는 것과 동시에 전광석화처럼 상대의 팔을 꺾어 승부를 짓는 것이 후안의 특기였다. 그런데 그 타이밍을 놓쳐버린 것이다. 그것이 네레오를 초조하게 만들었다.

돈 페드로가 날카로운 괴성을 내지르자 두 사람의 손이 살아 있는 뱀처럼 꿈틀거렸다. 순간 네레오는 자신의 눈을 의심했다. 후안의 손이 꺾인 채 바닥을 향해 내려가자 가우초들의 안색이 흙빛으로 변했다. 네레오는 숨을 쉴 수 없었다. 눈앞이 흐릿해지면서 온몸의 힘이 빠져나갔다. 도저히 믿을 수 없는 광경이 눈앞에서 벌어지고 있었다. 후안의 입이 천천히 벌어지고 앞니 빠진 시커먼 공동이 드러났다. 네레오의 입에서 짧은 비명이 터져 나오는 것과 동시에 후안의 손등이 바닥에 닿았다. 후안의 잔뜩 일그러진 얼굴이 네레오의 눈을 찔렀다.

한여름 밤의 축제가 끝났다. 돈 페드로에게 돈을 걸었던 가우초들이 두 팔을 치켜들고 환호했고 후안에게 돈을 걸었던 가우초들은 망연자실했다. 뜨겁게 끓어오르던 열기가 순식간에 식어버렸다. 가우초들이 하나둘 떠나고 난 창고는 마치 전쟁을 치른 것처럼 황폐했다.

홀로 남은 네레오는 조금 전 후안이 서 있던 자리에 서 있었다. 석유등 불빛이 직선으로 떨어지는 허리 높이의 탁자가 두 사람이 흘린 땀으로 축축하게 젖어 있었다. 그는 텅 빈 창고를 돌아보며 땀으로 얼룩진 탁자를 오랫동안 어루만졌다.

창고를 빠져나와 말에 오르는데 등자에서 발이 자꾸만 미끄러졌다. 네레오는 패배의 고통에 시달리고 있을 후안을 위로하러 가고 싶지 않았다. 지금 위로를 받아야 할 사람은 후안이 아니라 바로 자신이었다. 무엇이 잘못된 걸까. 후안은 바람의 남자 웨나였다. 그런 후안이 돈 페드로에게 패배한 것이다. 고작 앞니 두 개가 빠졌다고 시합에서 진다는 것은 있을 수 없는 일이었다.

어두운 평원을 달려가던 네레오는 고삐를 강하게 끌어당겼다. 그는 비로소 깨달았다. 후안은 웨나가 아니었다. 그는 단지 뛰어난 가우초였을 뿐이었다. 그가 웨나라고 생각한 것은 순전히 자신의 착각이었다. 그렇다면 웨나는 어디에 있는 걸까. 네레오는 말의 고삐를 잡고 바람이 불어오는 지평선을 오랫동안 쳐다보았다. 그리고 혼란했던 마음을 정리하듯 박차를 가해 바람이 불어오는 평원을 질주했다.

다음 날 아침 일찍 네레오는 후안의 오두막을 찾아갔다. 그러나 그를 만나지 못한 채 돌아올 수밖에 없었다. 후안이 문을 걸어 잠그고 아무도 만나지 않으려 했기 때문이었다. 하루아침에 돌변한 후안의 행동이 당혹스러웠다. 판돈이 걸렸다고 하지만 팔씨름 시합은 가우초들이 즐기는 한여름 밤의 축제일 뿐이었다. 그런 시합에 패했다고 문을 걸어 잠근 후안을 이해할 수 없었다. 어쨌든 후안은 이 목장에서 자신과 가장 가까운 친구이며 동시에 스승이었다. 네레오는 매일 후안의 오두막을 찾아갔지만 언제나 굳게 잠긴 문 앞에서 돌아설 수밖에 없었다.

두문불출하던 후안이 문을 열어준 것은 축제가 끝난 지 한 달쯤 지났을 때였다. 그날 처음으로 후안을 본 네레오는 엄청난 충격에 휩싸였다. 후안은 완전히 다른 사람이 되어 있었다. 흑단처럼 치렁치렁하던 머리는 백발로 변해 있었고 신성한 기운이 서려 있던 얼굴에는 깊은 주름이 가득했다. 구릿빛의 탄력 넘치던 몸은 바람 빠진 풍선처럼 쪼그라들었고 사물을 꿰뚫던 형형한 안광은 죽어가는 사람의 눈빛이었다. 파타고니아를 호령했던 영웅의 현신이라고 불리던 후안이 불과 한 달 만에 병색이 완연한 늙은이가 되어버린 것이다. 그의 오두막 또한 마찬가지였다. 한쪽 벽에 정연하게 쌓여 있던 책들은 허물어졌고 어디선가에서 썩어가는 악취가 진동했다. 고작 치아 몇 개 빠지고 팔씨름 시합에서 패했다고 하루아침에 사람이 이렇게 변할 수 있는 걸까.

후안이 초점 잃은 눈으로 허공을 쳐다보며 무어라고 중얼거렸지만 전혀 말을 알아들을 수 없었다. 네레오가 손으로 귀를 가리키자 후안이 천천히 입을 벌렸다. 치아가 하나도 없었다. 남은 치아가 전부 빠져버린 것이다. 자신의 앞에 놓인 마테 차를 더러운 오물처럼 바라보던 네레오는 결국 무언가 알 수 없는 말을 중얼거리는 후안을 내버려두고 오두막을 돌아 나와버렸다.

그로부터 일주일 뒤 가우초 감독관이 후안의 오두막을 다녀간 뒤에 그가 키우던 양이 다른 가우초들에게 배분되었고 말과 개들도 회수되었다. 한때 가우초들의 영웅이었던 후안은 그렇게 사람들의 뇌리에서 잊혀져갔다.

몇 개월 뒤 고산에서 내려온 네레오는 후안의 오두막을 찾아갔다. 문을 두들기자 낯선 사내가 얼굴을 내밀었다.

"후안은 이곳에 없습니다."

"그는 어디로 갔나요?"

"아무도 알지 못합니다."

새로 온 가우초가 고개를 저으며 무심한 표정으로 말하고는 문을 닫았다.

어느 날 갑자기 목장에 나타났던 후안은 그렇게 어떤 흔적도 남기지 않고 사라졌다. 지난 몇 년 동안 그의 오두막을 드나들던 추억이 하나둘 스쳐 지나갔다.

그날 밤 잠을 이루지 못하고 뒤척이던 네레오는 문을 열고 밖으로 나갔다. 평원 저 끝에서 바람이 불어오고 있었다. 그러나 아무런 느낌이 없었다. 웨나의 숨결도 온기도 느낄 수 없는 그저 무미건조한 바람일 뿐이었다. 불현듯 네레오는 웨나가 이 고원에 존재하지 않는다는 사실을 깨달았다. 그가 있는 곳은 이곳이 아니라 저 산 아래에 있는 도시였다. 웨나는 평범한 사람들 속에서 정체를 숨기고 살다가 때가 되면 고원으로 올라와서 바람을 만드는 것이었다.

그로부터 일주일 뒤 여덟 살에 낯선 사내의 손에 이끌려 고원의 목동이 된 네레오 코르소는 스무 살의 청년이 되어 노새를 타고 올라왔던 길을 돌아 내려갔다.

3

찬란하게 빛나는 불빛은
그 밝기만큼의 어둠이 공존한다

낡은 버스 한 대가 자욱한 흙먼지를 날리며 달려와서 정류장에 멈춰 섰다. 버스는 한 노파와 청년을 내려놓은 후 검은 매연을 울컥울컥 토해내며 대서양 연안을 따라 북쪽으로 올라갔다. 허리가 구부정한 노파가 노란 양산을 꺼내 펴고 걸어가는 모습을 물끄러미 지켜보던 네레오는 감회 어린 시선으로 지붕 낮은 집들이 늘어선 거리를 돌아보았다. 그는 텅 빈 정류장을 떠나 마을을 향해 느릿하게 걸어갔다. 작은 광장을 가로지르자 고색창연한 교회가 나타났다. 예배당으로 올라가는 석조 계단은 곳곳에 금이 가 있고 스테인드글라스는 시커멓게 변색되어 있었다. 정면 벽에는 총알 자국이 그대로 남아 있었다.

네레오는 크기가 현저하게 줄어든 듯한 계단을 밟고 예배당으로 올라갔다. 출입문을 열자 5인용 나무의자가 단상을 향해 한 치의 흐트러짐 없이 줄 지어 늘어서 있었다. 먼지 한 점 없이 정갈한 마룻바닥을 비춘 햇살을 보자 갑자기 오랫동안 봉인되어 있던 기억이 봇물처럼 쏟아져 나왔다. 웅장하고 경건한 성가, 옷을 단정하게 차려입고 엄숙한 표정으로 앉은 사람들의 몸에서 풍겨 나오던 화장품과 비누 냄새, 연단에선 목사의 천장과 벽을 때리고 울려 퍼지던 카랑카랑한 목소리, 예배를 마치고 석조 계단을 내려가는 사람들의 밝고 환한 표정이 전생의 기억처럼 떠올랐다.

예배당을 돌아 나온 네레오는 출입문 옆 벽에 난 총알 자국을 향해 손을 뻗었다. 오래전 올려다보던 총알 자국에 손이 닿았다. 가만 주위를 돌아보니 어렸을 때 엄청나게 보이던 모든 사물이 전부 줄어 있었다. 그때서야 네레오는 자신이 어른이 되었다는 사실을 깨달았다.

1921년 겨울, 파타고니아 남부 지역을 휩쓴 무정부주의자들이 약탈과 방화를 하며 동쪽 해안을 따라 북상하던 중 이리고옌 대통령의 진압 명령을 받고 출동한 바렐라 대령과 부딪쳤다. 진압군의 무자비한 화력과 공세에 밀려 도망치던 그들 중 일부가 이 교회에 숨어들었는데 교회 벽의 총알 자국은 당시 치열했던 전투가 남긴 흔적이었다.

총알이 빗발처럼 쏟아지던 그때 아버지는 단상 밑에 몸을 숨기고 있었다. 아버지는 프루동*과 바쿠닌**이 누군지 알지 못했다. 그런데도 무정부주의자 무리에 합류한 것은 어느 날 우연히 본 안토니오 소토의 연설에 마음을 빼앗겼기 때문이었다.

부둣가 일꾼이었던 소토는 적색당을 이끌고 파타고니아를 발화점으로 국가 전체를 집어삼키려는 혁명을 꿈꾸었다. 그러나 그들 무리에 합류한 대부분의 사람들은 아버지처럼 무정부주의가 무엇을 지향하는지 알지 못했다. 그들은 체제의 변혁보다는 지금까지 다른 세상에 살고 있던 지주와 외국인 농장주들이 자신들 앞에 무릎을 꿇고 살려달라고 애원하는 모습에 흥분하고 희열을 느꼈던 것이다. 그해 11월 소토가 칠레로 도망치고 바렐라 대령의 감언이설에 속은 적색당원들이 몰살당하면서 반란은 막을 내렸고 치열했던 전투에서 살아남은 아버지는 운 좋게도 자신의 자리로 돌아왔다.

그러나 아버지의 혁명은 끝난 것이 아니었다. 그는 술만 취하면 교회를 찾아가서 고성방가를 일삼았고 교회 벽에 오줌을 갈기는 것으로 피를 흘리며 죽어간 동지들을 위한 추모를 끝내곤 했다. 영국 국교회 소속의 다혈질 목사는 그런 아버지를 가만 내버려두지 않았다. 목사는 신성한 하나님의 성전을 더럽히는 아버지를 두들겨 패고 땅바닥에 패대기쳤다. 그

* 피에르 조제프 프르동. 프랑스의 상호주의 철학자이자 언론인, 스스로 '아나키스트'라고 칭한 최초의 인물

** 미하일 알렉산드로비치 바쿠닌. 러시아 출신의 아나키스트, 혁명가이자 철학자

럼에도 불구하고 아버지는 죽은 동지들을 추모하는 의식을 멈추지 않았다. 경찰이 체포해가도 소용없었다. 유치장에서 나오기 무섭게 다시 교회를 찾아가서 눈물을 흘리는 기괴한 추도식을 거행했다. 화가 난 목사는 주말 예배에 참석한 신도들 앞에서 아버지를 포함하여 무정부주의자들을 더러운 이단이라고 혹독하게 비판했다.

아버지는 칠로에 섬 출신이었다. 아버지의 조상들도 마찬가지였다. 그들은 매년 봄이면 국경을 넘어 파타고니아로 들어와서 양과 소를 키우다 날이 추워지면 다시 고향으로 돌아가는 계절성 가우초들이었다. 목장에서 내주는 생색내기용 고기와 마테 차로 혹독한 바람을 견디며 일하다 일찍 늙었고 위암으로 죽어갔다. 할아버지를 따라 일찍부터 가우초 일을 시작한 아버지가 그 생활을 청산하고 항구도시에 정착하여 부두 노동자가 된 것은 말과의 끔찍한 악연 때문이었다. 말은 가우초들에게 분신과 같은 동물이었다. 말에서 내려오지 않고 일주일을 버틸 수 있는 사람들이 바로 가우초였다. 따라서 가우초가 말을 두려워한다는 것은 자신의 운명을 거부한 것과 마찬가지였다.

아버지는 열다섯 살 때 처음 말에서 떨어졌다. 그때부터 아버지는 저주받은 사람처럼 수없이 낙마하여 팔과 다리가 부러지고 엉덩이에 금이 가는 부상을 당했다. 참으로 기이한 것은 다른 사람이 탈 때 순한 양처럼 굴던 말이 아버지만 올라타면 야생마처럼 미쳐 날뛴다는 사실이었다. 이런 이유로 아버지는 극도로 말을 싫어하고 혐오했다. 네레오는 어렸을 때 형과 함께 아버지의 엉덩이에 약을 발라주고는 했다. 말안장에 쓸려 짓무른 상처에 약을 바르는 일은 언제나 곤욕이었다. 끈적거리고 냄새가 고약한 약보다 조금만 아파도 욕설을 퍼붓고 주먹을 휘두르는 아버지 때문이었다. 그때 네레오는 나중에 어른이 되면 절대 가우초가 되지 않을 거라고 맹세했지만 세상일은 언제나 그렇듯 마음대로 되지 않았다. 가우초 생활을 청산하고 부둣가에서 일하던 아버지가 당시 들불처럼 퍼져 나가던 볼셰비키 혁명에 경도된 무정부주의자들을 만난 것도 피할 수 없는 운명이었다. 아버지는 부둣가에서 힘들게 번 돈을 술과 도박에 탕진하여 어머니가 집을 떠나게 만든 것도 마찬가지였다.

석조 계단을 내려와서 골목으로 접어들자 3층 높이의 창고가 나타났다. 창고는 오랫동안 사용하지 않은 듯 자물쇠에 녹이 슬어 있었다. 박공지붕을 올려다보자 엘 고르도 숲처럼 네레오의 뇌리에 화인처럼 새겨진 또 하나의 기억이 선연히 떠올랐다.

자신보다 두 살이 많은 형은 새알을 꺼내기 위해 창고 지붕에 올라갔다가 젖은 이끼에 미끄러져 바닥에 머리를 부딪쳐 즉사했다. 그때 네레오는 자신의 발치에서 죽은 형을 내려다보고 있었다. 말이 나오지 않았고 몸이 움직여지지 않았다.

그저 형의 머리에서 흘러나온 검붉은 피가 눈부신 햇살 속으로 꿈틀거리며 흘러가는 광경을 지켜보고만 있었다. 불과 몇 분 전까지 엄연히 살아 있던 생명이 순식간에 죽어버릴 수 있다는 사실을 네레오는 그 여름날 정오에 처음으로 자각했다.

잠시 후 사고 소식을 전해 듣고 술 냄새를 풍기며 나타난 아버지는 쇠파리처럼 달려드는 아이들을 발로 걷어차고는 형의 머리맡에 쪼그려 앉았다. 아이들은 비릿한 피 냄새도 아랑곳하지 않고 말없이 담배 연기를 뿜어내는 아버지를 흥미진진한 눈빛으로 주시했다. 아버지가 입에 물고 있던 담배꽁초를 집어던졌다. 포물선을 그리며 날아간 담배꽁초가 고랑을 만들며 흘러가는 핏물 위에 떨어졌다. 검붉은 피가 연기가 피어오르는 담배꽁초를 집어삼키자 아버지는 손을 뻗어 죽은 짐승을 살피듯 형의 깨진 머리를 뒤적거렸다. 완전히 숨이 끊어진 것을 확인한 아버지가 형을 들쳐 업자 아이들이 놀란 메뚜기 떼처럼 흩어졌다. 아버지가 한 걸음씩 나아갈 때마다 끄덕거리는 형의 머리에서 핏물이 뚝뚝 떨어져 내렸다. 그 점점이 뿌려진 피가 네레오에게 집으로 돌아가는 길을 알려주었다.

"누굴 찾는다고요?"

네레오가 다시 한 번 아버지 이름을 말하자 머리가 덥수룩한 중년 남자가 돌아서서 집 안쪽을 향해 무어라고 소리쳤다. 잠시 후 낯선 여자가 무어라고 중얼거리자 남자가 돌아서서 네레오를 쳐다보며 어깨를 으쓱했다. 그가 아버지와 살던 옛집을 찾지 못한 것은 집 자체가 사라져버렸기 때문이었다. 집만 사라진 것이 아니었다. 골목을 오가는 사람들 전부 처음 보는 낯선 사람들이었다. 어렸을 때 뛰어놀던 친구들은 물론이고 자신이 알고 있는 사람을 찾을 수 없었다. 네레오는 익숙하면서 동시에 굉장히 낯선 거리를 돌아다니며 자신의 과거가 통째 사라졌다는 사실을 깨달았다.

하지만 아버지를 기억하는 사람이 있었다. 그는 아버지와 매일 싸움을 벌이던 교회 목사였다. 네레오가 집을 떠나기 전 중년이던 목사는 어느덧 주름이 깊어지고 머리가 하얗게 새어 있었다. 목사는 자신이 살고 있는 교회 관사로 네레오를 초대하여 차를 대접했다. 그동안 마을에 많은 일이 있었다는 말을 지루하게 늘어놓던 목사는 마지막으로 조심스럽게 아버지가 10년 전에 해안가 절벽에서 죽은 채 발견되었다는 소식을 전해주었다. 죽은 지 일주일 만에 발견된 아버지의 사인은 실족사로 추정되었다. 그러나 술에 취한 아버지가 마을에서 4킬로나 떨어진 해안을 찾아간 이유는 아무도 알지 못했다. 다행인 것은 생전에 불구대천의 원수였던 목사가 아버지 시신을 수습하여 장례를 치러주었다는 것이었다.

네레오는 묘지까지 동행하겠다는 목사의 호의를 정중하게 물리치고 관사를 빠져나왔다. 그는 그 공동묘지가 어디에 있는지 잘 알고 있었다. 형이 창고에서 추락해 죽은 날 밤 아버지와 함께 공동묘지에 갔었다. 그는 등불을 들었고 야자포대에 담긴 형을 들쳐 업은 아버지가 뒤를 따라왔다. 이따금 걸음을 멈추고 뒤를 돌아보면 아버지가 유령처럼 창백한 얼굴로 길을 재촉했다. 달빛 한 점 없는, 멀리서 짐승들의 울음소리가 들려오는 칠흑 같은 밤이었다.

아버지는 공동묘지에 도착하자 미리 숨겨놓은 곡괭이와 삽으로 묘지 경계목인 너도밤나무 밑을 파기 시작했다. 곡괭이가 땅을 파고들 때마다 아버지의 몸에서 역겨운 송진 냄새가 풍겨 나왔다. 아버지는 숨이 찰 때마다 곡괭이를 내려놓고 술을 물처럼 들이마셨다. 술병이 비워질 무렵이 되어서야 형이 들어갈 수 있는 구덩이가 만들어졌다. 아버지는 포대에 쌓인 시신을 구덩이 속에 내려놓고 파낸 흙으로 덮었다. 그리고 남은 흙은 삽으로 퍼서 사람들 눈에 띄지 않는 곳에 조금씩 버렸다. 그렇게 해서 공동묘지에는 관리인이 알지 못하는 무덤 하나가 만들어졌고 형의 묘석은 너도밤나무가 되었다.

아버지의 무덤은 우연의 일치인지 모르지만 형이 묻힌 너도밤나무에서 불과 10여 미터 정도 떨어진 곳이었다. 아버지의 묘석은 무성한 잡초에 덮여 있었는데 원수를 사랑하라는 성구聖句를 몸소 실천한 목사가 아니었다면 아버지의 육신과 영혼은 저 깊은 바다 속 물고기들이 나누어 가져갔을 것이다.

아버지는 정신이 멀쩡한 날에 두 형제를 앉혀놓고 친지들이 살고 있는 칠로에 섬 이야기를 들려주었다. 아버지의 아버지를 비롯한 그 형제들에 관한 이야기였다. 태평양에 면한 섬의 아름다운 풍광과 천년 된 낙엽송으로 지어진 목조 교회들과 바다를 향해 늘어선 수상가옥과 복잡하고 어려운 공식 같은 수많은 친지의 이름은 다음 날 아침 눈을 뜨면 신기루처럼 사라져버렸다.

네레오는 그 멀리 떨어진 곳에 살고 있는 사람들이 자신과 피로 이어져 있다는 사실이 믿어지지 않았다. 지금 그들은 자신의 형제가 이국의 땅에 묻혀 있다는 사실을 알고 있을까. 그들은 자신이 무의미한 존재가 아니라는 사실을 증명하기 위해 핏줄로 이어진 역사를 끝없이 나열하고 있을 뿐이었다.

아버지가 살아온 인생의 정점은 언제였을까. 무장혁명가 소토와 함께 대목장을 휩쓸면서 고통받는 노동자들을 해방시키던 때였을 것이다. 무정부주의자들과 함께했던 그때 심장은 뜨겁게 요동쳤고 눈빛은 적기赤旗처럼 활활 타올랐을 것이다. 빗발처럼 날아오는 총알 앞에서 삶과 죽음이 교차하던 순간이 바로 아버지 삶의 정점이었다.

그날 이후 아버지의 삶은 끝없는 나락으로 추락했다. 부둣가의 이름 없는 노동자로 살면서 술과 도박에 미친 듯 빠져들었고 아내가 집을 떠났고 아들 하나가 창고 지붕에서 떨어져 죽었고 남은 아들을 목동으로 팔아먹고 끝내 비참하게 생을 마감했다. 아무도 찾아오지 않는 아버지의 묘석을 바라보며 네레오는 그 어떤 슬픔도 회한도 느낄 수 없었다. 그저 덧없이 흘러간 시간에 가슴이 저려올 뿐이었다.

네레오는 형이 묻혀 있는 너도밤나무를 돌아보았다. 형의 자양분을 듬뿍 빨아들인 나무는 어느새 거목으로 생장해 있었다. 허공을 향해 뻗은 굵은 가지에 풍성한 잎들이 짙은 그늘을 드리우고 있었다. 네레오는 천천히 걸어가서 나무 앞에 섰다. 그리고 팔을 벌려 자신의 몸통보다 더 굵은 나무둥치를 가만히 끌어안았다. 나무의 숨결에서 뜨거운 햇살 아래 고랑을 이루며 흘러가던 비릿한 피 냄새가 났다. 네레오는 크게 숨을 들이마시며 나뭇잎 사이로 투명하게 부서지는 햇살을 올려다보았다.

묘지를 돌아 나와 해안으로 나아갔다. 해안 곳곳에 늘어선 사구砂丘가 유리알처럼 반짝였다. 바람의 흔적이 새겨진 모래 언덕을 넘어가자 초지가 나타났다. 뿌리가 단단하고 줄기가 굵은 풀들이 해풍에 서걱서걱 흔들리고 있었다. 네레오는 발목을 감아오는 성긴 풀을 밟고 나아가서 해안가 절벽에 섰다. 거무죽죽하고 날카로운 암석들이 해수면 위로 튀어나와 있었다. 파도가 바위에 부딪칠 때마다 하얀 포말이 눈송이처럼 공중으로 흩날렸다. 주둥이가 검은 갈매기 한 마리가 거친 파도 위를 저공으로 날아왔다. 새는 바위를 난타한 파도가 숨을 고르기 위해 물러나는 순간 수직으로 낙하했다. 잠시 후 유려한 날갯짓으로 날아오른 새의 부리에 작은 물고기가 꿰어져 있었다.

아버지는 무엇 때문에 아무도 찾지 않는 절벽을 찾아온 걸까. 술에 취해 바다를 보면서 무슨 생각을 한 걸까. 갑자기 아버지가 실족한 것이 아니라 스스로 몸을 던진 것일지 모른다는 생각이 들었다. 그렇다고 달라질 게 있을까. 그는 고개를 절레절레 흔들었다. 바다에서 불어온 바람이 벼랑 끝에서 있는 그의 몸을 세차게 흔들었다.

문득 네레오는 자신이 혼자라는 사실을 깨달았다. 아버지의 죽음은 칠로에 섬에 살고 있는 친지들과의 피의 흐름을 단절시킨 것이다. 어쩌면 이미 오래전에 그들이 이어온 유구한 피의 흐름에서 사라졌을 것이다. 칠로에 섬의 친족들은 이제 자신과 아무런 관계가 없었다. 그들이 자신의 삶에 아무런 영향을 주지 못했듯 자신 또한 그들에게 아무런 의미를 부여할 수 없었기 때문이었다.

예기치 못한 단절은 뜻하지 않은 조류에 떠밀려 낯선 땅에 도달한 느낌과 같았다. 그러나 절망도 고립감도 느껴지지 않았다. 오히려 마음이 홀가분하고 편했다. 이제 순수한 자기의지로 삶의 질곡을 차례로 경험해 나아갈 것이다. 네레오는 그 아득한 여정을 떠올리며 대지를 향해 끝없이 머리를 부딪쳐오는 파도를 오랫동안 내려다보았다.

해안을 떠난 네레오는 시가지로 들어갔다. 간밤에 내린 비에 씻겨나간 도로는 청결했고 도로를 따라 늘어선 단층건물은 낡았지만 화려했다. 거리에는 수많은 사람이 있었다. 아이들과 젊은 여자들, 청년들과 노인들이 환하게 웃으며 거리를 돌아다녔다. 거리에 면한 가게에도 많은 사람이 들락거렸다. 수선공은 구두 굽을 갈고 있었고 이발소에는 자신의 차례를 기다리는 손님들이 대화를 나누고 있었다.

풀 먹인 제복을 입은 경찰관과 은행 문을 나서는 양복차림의 신사들을 신기한 듯 바라보며 네레오는 정처 없이 거리를 돌아다녔다. 사람들이 북적거리는 시장에도 갔다. 그곳에는 세상에 존재하는 모든 물건이 있었다. 푸줏간에는 다양한 고깃덩어리가 걸려 있고 생선가게에는 온갖 형상의 물고기가, 과일가게에는 난생처음 보는 과일이 산더미처럼 쌓여 있었다. 고원에서의 소박한 음식을 떠올린 네레오는 사람에게 필요한 물건이 이렇게 많다는 사실에 놀라움을 금치 못했다.

어둠이 내린 거리는 빛의 향연이었다. 사람들은 밤이 깊었는데도 거리를 돌아다녔다. 어느 한 건물 앞에 도착하자 악단이 연주하는 음악 소리가 흘러나왔다. 안을 들여다보니 성장을 한 남녀가 손을 잡고 춤을 추고 있었다. 화려한 드레스를 입은 여자들은 눈이 번쩍 뜨일 정도로 아름다웠고 맵시 있게 옷을 차려입은 남자들은 품위가 넘치는 신사들이었다. 그들은 서로 손을 잡고 천장 높은 홀을 누비며 빙글빙글 돌아가고 있었다. 네레오는 그들의 매혹적인 모습에 넋을 잃었다. 식당에서는 하루 일과를 마친 사람들이 단란한 저녁 시간을 보내고 있었다. 환하게 웃는 그들의 얼굴에서는 고독의 흔적을 찾아볼 수 없었다. 그들은 웃고 떠들며 일상을 만끽하고 있었다. 갑자기 불안이 엄습했다. 저들이 누리는 안락한 일상에 자신이 영원히 끼어들지 못할 것 같은 불안감이었다.

불 켜진 성당이 나타났다. 계단을 올라가서 문을 열었다. 높은 궁륭 아래 십자가가 걸려 있고 벽감에는 이름 모를 성상聖像들이 세상을 굽어 살피고 있었다. 단상 앞에 한 남자가 엎드려 있었다. 밤거리를 활보하는 사람들 모두 행복에 취해 있는데 이 남자는 울고 있었다. 대체 무엇 때문에 울고 있는 걸까. 네레오는 조용히 문을 닫고 성당을 빠져나왔다.

피로가 엄습했다. 하룻밤을 보낼 곳을 찾아야 했다. 술 취한 여자 두 명이 서로 어깨를 끌어안고 비틀거리며 걸어왔다. 여자들의 얼굴은 화장이 얼룩졌고 몸에서는 술 냄새가 진동했다. 서로를 부축한 여자들은 묘지를 배회하는 유령처럼 어두운 뒷골목으로 사라져갔다.

네레오는 부둣가 입구에 있는 오래된 여관에 방을 얻었다. 몸은 굉장히 피로했지만 쉬이 잠이 오지 않았다. 열린 창틈으로 선창에 철썩철썩 부딪치는 파도 소리가 들려왔다. 오늘 하루 종일 거리에서 만난 사람들의 얼굴이 하나둘 떠올랐다. 그들은 어디선가 본 듯했지만 모두 낯선 얼굴들이었다.

웨나의 초상이 천천히 떠올랐다. 그러나 그의 얼굴은 여전히 짙은 어둠에 가려져 있었다. 그는 대체 어떤 모습으로 자신의 정체를 숨기고 있는 걸까. 그는 소년이 아니었다. 여성도 아니었고 나이가 든 노인의 모습은 더더욱 아니었다. 추측건대 웨나는 이상적인 육체와 숭고한 지성이 합쳐진 남성이었다. 따라서 그는 모든 것이 정점에 도달한 영웅의 초상일 것이 분명했다. 그러나 거리에서 만난 사람들 중에는 그런 사람을 찾을 수 없었다. 웨나는 대체 어디에 있는 걸까. 마치 작은 돛단배를 타고 망망대해에 들어선 것처럼 아득했다.

그러나 네레오는 웨나가 어느 낯선 거리에서 불쑥 자신의 앞에 나타날 것이라는 확신 어린 예감을 떨쳐버릴 수 없었다. 유리창 너머로 부두에 정박된 배들이 보였다. 선창에 기댄 배의 마스트가 흔들리는 모습을 지켜보던 네레오는 내일을 기약하며 깊은 잠 속으로 빠져들었다.

다음 날 아침 부둣가 근처에 있는 식당에 들어갔다. 음식이 담긴 접시를 가져온 식당 주인이 처음 보는 네레오에게 말을 걸어왔다.

"낯선 얼굴인데 일자리라도 찾는 거요?"

"아닙니다."

"그럼 어쩐 일로 이곳에 오셨소?"

"사람을 찾고 있습니다."

"사람?"

배가 불룩 튀어나온 주인이 한산한 식당을 돌아보더니 호기심을 보였다.

"어떤 사람을 찾는 거요? 이름과 인상착의를 알려주면 내가 금방 찾아줄 수 있소."

부두 노동자 두 명이 식사하는 모습을 지켜보던 네레오가 대답했다.

"웨나라는 사람을 찾고 있습니다."

식당 주인은 처음 들어보는 이름인 듯 고개를 갸웃했다.

"백인은 아닌 것 같고 원주민이오?"

"그럴 수도 있고 아닐 수도 있습니다."

"그게 무슨 말이오?"

"얼굴을 모르기 때문입니다."

식당 주인이 잠시 생각에 잠겼다.

"몸에 새긴 문신이나 잘린 손가락 같은 특징은 없소?"

네레오가 천천히 고개를 저었다.

"웨나는 영웅의 모습입니다."

"영웅?"

식당 주인이 창가 테이블에 앉아 있는 한 남자를 가리켰다.

"저런 사람 말이오?"

네레오가 돌아보니 체격 좋은 한 중년 남성이 마주 앉은 여자와 이야기를 나누고 있었다. 그는 오늘 아침에 항구에 도착한 화물선 선장이었는데 건장한 몸에서 오대양의 거친 파도를 헤쳐나가는 뱃사람 특유의 거친 야성이 흘러넘쳤다. 네레오가 고개를 가로저었다.

"내가 찾고 있는 사람이 아닙니다."

"나는 모르겠소. 혹시 저 사람들이라면 알지도 모르겠소."

식당 한쪽에 자리를 차지한 노인들은 5개월 전 불의의 병으로 갑작스럽게 세상을 떠난 에바 페론 이야기가 한창이었다. 그들은 에바 페론이 가난한 노동자와 소외받는 여자들에게 베푼 복지 혜택을 조목조목 열거하며 영부인이 죽고 홀로 남은 페론 대통령이 이 위기를 어떻게 타개해나가야 할 것인지에 대해 열띤 토론을 벌이고 있었다. 늘 새로운 화제에 목말라 있던 노인들은 네레오에게 기꺼이 한 자리를 내어주었다.

뜻하지 않게 지역 토박이 노인들의 자리에 합석한 네레오는 조심스럽게 웨나에 관한 이야기를 꺼냈다. 처음에는 진지한 표정으로 이야기를 경청하던 노인들의 얼굴에 당혹감이 떠올랐고 곧이어 의혹과 불신이 차례로 나타났다.

네레오가 이야기를 끝내자 노인들은 약속이라도 한 듯 긴 침묵에 빠져들었다. 식사를 마친 노동자들이 계산을 하고 나가자 식당 안은 접시를 씻는 소리만 들려올 뿐 조용했다.

이윽고 얼굴에 검버섯이 핀 한 노인이 침묵을 깨고 입을 열었다.

"젊은이는 몇 살인가?"

"스무 살입니다."

"그런데 아직도 그런 허황된 말을 믿고 있단 말인가?"

"웨나는 거짓이 아닙니다."

네레오가 강하게 부정했지만 노인의 눈빛은 동요하지 않았다.

"난 76년을 살았지만 그런 사람이 있다는 말은 듣지 못했네."

1880년대에 태어난 노인들은 모두 그 말에 동의한다는 듯 동시에 고개를 끄덕였다.

"자넨 가우초인가?"

"그렇습니다."

"오래전 고원지대에서 양치기 일을 했던 사람에게서 그 남자에 관한 전설을 들은 기억이 나네."

네레오가 허리를 펴고 노인을 똑바로 바라보았다.

"그러나 그 사람의 말에 따르면 자네가 찾고 있다는 남자는 파타고니아의 목동들이 만들어낸 상상의 인물이라고 하더군. 즉 현실에 존재하는 사람이 아니라는 뜻이지."

네레오는 자신이 직접 고원에서 웨나를 목격했다고 말했다. 그러자 노인들이 안타까운 눈빛으로 그를 쳐다보았다.

"젊은이, 그것은 착각이네. 너무나 간절히 원해서 꿈을 꾼 거지."

노인들은 동시에 꿈과 현실을 구분하지 못하는 그를 측은한 눈빛으로 바라보았다. 네레오는 더 반박하고 싶었지만 노인들이 믿지 않을 것 같아서 그만두었다.

"한 가지 알려줄 게 있네."

"무엇입니까?"

"자네가 찾는 사람은 영웅이 아니라네."

노인은 친구들의 얼굴을 돌아본 다음 자신의 생각을 피력했다.

"무릇 영웅이란 전쟁을 통해서만 나타날 수 있네. 단 한 명의 인간이 수십, 수백만 명의 삶과 죽음을 결정할 수 있고, 아무런 죄의식 없이 합법적으로 동일 종種을 말살할 수 있는 전쟁만이 우리 인간이 신의 영역에 올라설 수 있는 유일한 기회이기 때문이네. 따라서 우린 이미 수많은 전쟁을 통해 알렉산더와 나폴레옹, 한니발과 칭기즈칸 같은 영웅들의 탄생을 지켜봤네. 그리고 현재 극동아시아에서 발발한 이데올로기 전쟁에서 또 한 명의 영웅의 탄생을 목도하고 있네. 작년 4월 트루먼 대통령과 대립하다 자리에서 물러난 한 장군이 바로 그러하네. 이처럼 영웅이란 이런 사람들을 지칭하는 말이라고 할 수 있네. 그런데 자네가 찾고 있는 사람은 어떠한가. 그저 바람만을 만들 뿐이네. 바람이 인간의 삶과 죽음을 결정할 수 있다고 생각하는가. 절대 그럴 수 없네. 오히려 인간에게 해를 끼칠 뿐이지. 바다에서는 풍랑을 일으키고 땅에서는 식물과 농작물에 막대한 피해를 입힐 뿐이네. 그런 바람을 만드는 사람이 어째서 영웅이란 말인가. 그리고 무엇보다 중요한 것은 그 남자가 전설의 인물이란 사실이네. 전설은 무엇인가. 현실에 존재할 수 없는 허상이란 뜻이네. 사람들의 상상 속에만 존재한다는 뜻이지. 이것은 비단 내 생각만이 아닐세. 합리적인 생각을 하는 사람이라면 누구든지 내릴 수 있는 판단이라네. 따라서 세상 어떤 사람이라도 자네의 말을 믿지 않을 걸세. 그러니 아까운 시간을 탕진하지 말고 속히 집으로 돌아가게. 그것이 바로 자네가 해야 할 일이라네."

네레오는 자신의 말을 믿지 않는 노인들과 더 이상 할 말이 없음을 깨닫고 자리에서 일어났다. 식당 주인에게 고맙다는 인사를 하고 식당을 나와 시가지로 들어갔다. 시청 앞 광장에 사람들이 모여 웅성거리고 있었다. 그들은 단상 높은 곳에서 열변을 토하는 한 남자를 지켜보고 있었다. 키가 크고 마른 체격의 중년 남자는 페론주의가 몰고 온 폐해를 나열하면서 에바 페론의 노동자와 하층민들을 위한 복지정책이 국가경제를 파탄으로 몰고 갈 것이라는 주장을 펼치고 있었다. 그는 국가의 미래를 망칠 잘못된 정책을 바로잡기 위해선 무능하고 부패한 관료를 적출하고 지금이라도 대대적으로 수정해야 한다고 역설했고, 에바 페론의 진보적인 여성을 위한 정책이 남성의 가부장적인 권위에 복종하게 만들고 페론 대통령을 위한 충성심을 고취시키는 고도의 정치적인 전략이라고 비판했다.

그러자 사람들의 항의가 빗발쳤다. 군중들의 거센 반발에도 불구하고 남자는 시종일관 침착하게 자신의 생각을 이어나갔다. 그때 군중 속에서 한 여자가 달려 나와 남자의 멱살을 움켜잡았다. 그러자 흥분한 여자 서너 명이 가세하여 남자를 바닥에 내동댕이치고 할퀴고 짓밟으며 욕설을 퍼부었다. 남자는 어지럽게 쏟아지는 발길질에도 굴하지 않고 자신의 정치적 견해를 큰소리로 외쳤다. 그러나 군중은 남자의 그런 생각에 동의할 수 없다는 듯 차가운 표정으로 하나둘 광장을 떠나갔다.

남자가 힘겹게 일어나서 옷을 털고 깨진 안경을 고쳐 썼다. 온몸은 만신창이였지만 눈빛은 강한 신념으로 불타고 있었다. 네레오는 남자가 담배 한 개비를 모두 피울 때까지 기다렸다가 자신이 알고 싶은 것을 질문했다. 남자가 당혹스런 표정으로 말했다.

"세상에 그런 사람이 있습니까?"

"있습니다."

네레오가 고개를 끄덕거렸다. 남자의 표정이 성난 군중에게 짓밟힐 때보다 더 어두워졌다.

"난 몇 달 전까지 학생들에게 과학을 가르치던 선생이었소."

남자가 심각한 표정으로 바람이 생성되는 원리와 과정을 아주 상세하게 설명했는데 그 과학적 논리는 누구도 반박할 수 없을 정도로 완벽했다.

"따라서 우리가 살고 있는 세상에 그런 사람은 존재할 수 없습니다."

네레오는 남자가 내린 결론을 충분히 이해한다는 듯 고개를 끄덕거렸다. 그러고는 담담하게 자신의 생각을 말했다.

"우리가 살고 있는 세계는 과학으로 설명할 수 없는 것들이 수없이 많습니다. 내가 찾고 있는 웨나는 바로 그 규명되지 않는 세계에 속해 있다고 할 수 있습니다."

선동가는 할 말을 잃고 순진무구한 청년을 바라보았다. 청년의 눈은 속이 훤히 들여다보이는 물속처럼 투명하고 맑았다. 신발과 옷은 낡았지만 남루한 인상은 아니었다.

세상에는 청년의 말처럼 그 시작과 종국을 증명할 수 없는 모호한 명제들이 부지기수였다. 그러나 3년 전 윌리드 리비가 탄소연대측정법을 개발하면서 상황이 급변했다. 수만 년 동안 인간에게 군림하던 신화와 전설이 새로운 과학을 통해 그 실체가 속속들이 밝혀지고 있었다. 이미 발화점을 벗어난 과학은 무서운 속도로 발전하여 언젠가는 인간의 정신세계까지 분석하고 규명해낼 것이 확실했다. 남자는 이 순수한 청년이 곧 동화의 세계에서 벗어나서 현실로 돌아올 거라고 생각했다.

"어쨌든 세상에 그런 사람은 존재하지 않습니다."

남자는 그렇게 말하고 다친 다리를 절뚝거리며 광장을 떠나갔다. 텅 빈 광장에 우두커니 서 있던 네레오는 시가지를 통과하여 서쪽으로 걸어갔다. 거리가 끝나는 곳에 회벽이 벗겨진 집 한 채가 있었다. 그 집을 지나자 들판의 초입이 나타났다. 소금을 뿌린 듯한 신작로가 황량한 들판을 가로질러 지평선 끝까지 이어져 있었다. 들판에는 풀이 듬성듬성 나 있었지만 군락을 이루지 못해 옹색하기 그지없었다. 싯누런 들판 위로 옅은 구름이 낮게 깔려 있고 그 사이로 달의 흔적이 어른거렸다.

네레오는 등 뒤에서 불어오는 눅진한 습기를 머금은 바람에 떠밀려 신작로를 터벅터벅 걸어갔다. 이렇게 길이 멀었던가. 반시간이 지나도 엘 고르도 숲이 나타나지 않자 네레오는 고개를 갸웃거렸다. 그날 두 명의 친구와 함께 신작로에 들어설 때만 해도 아이들은 재미있는 놀이를 하듯 즐거워했다. 그러나 그림자 길이를 재며 낄낄거리던 아이들은 숲이 가까워지자 말수가 줄어들었다. 아이들은 신작로의 흙더미 속에서 기어 나온 이름 모를 벌레들이 햇볕에 녹아내리는 광경을 지켜보면서도 입을 열지 않았다. 아이들을 이끌던 그림자가 줄어들더니 사라졌다. 그때부터 아이들은 사슬처럼 무거운 그림자를 매달고 고통스럽게 신작로를 걸어갔다.

그날의 고통이 되살아날 무렵 숲을 알리는 팻말이 나타났다. 무언가 이상했다. 울창하던 나무들은 간데없고 말라비틀어진 나무만이 듬성듬성 서 있었다. 숲으로 들어가자 수북 쌓인 낙엽에서 지독한 악취가 풍겨 나왔다. 여기저기 파헤쳐진 구덩이에는 죽은 벌레가 쌓여 있었고 헐벗은 나무들은 둥치와 뿌리가 이끼에 잠식당한 지 오래였다.

호수에 도착한 네레오는 다시 한 번 자신의 눈을 의심했다. 풍성한 그늘을 드리웠던 호숫가 나무들은 그악한 뿌리를 드러낸 채 고사했고 거무스름한 바닥을 드러낸 호수의 중심에서 검은 거품이 부글부글 끓고 있었다. 신록이 사라진 숲에 음산한 기운이 가득했다. 눅진한 바람이 불어올 때마다 죽어가는 나무들이 헐벗은 가지를 고통스럽게 흔들었다. 숲 저편에서 새 한 마리가 날아왔다. 호수 위를 선회하던 새가 갑자기 날카로운 비명을 지르며 추락했다. 돌처럼 단단하게 굳은 오니汚泥에 머리가 부딪치는 소리가 숲을 울렸다. 두어 번 날개를 퍼덕거리던 새는 끝내 날아오르지 못하고 죽어갔다.

네레오는 혼란스러웠다. 지금 눈앞에 펼쳐진 광경이 어린 시절 본 그 숲과 같은 것인가. 갑자기 자신의 기억이 의심스러워졌다. 무언가 착각을 하고 있는 것은 아닐까. 어린 시절 찾아왔던 숲은 그대로인데 숲을 바라보는 자신이 변한 것일지 모른다는 생각이 들었다. 머릿속의 회로가 마구 엉켜버린 기분이었다. 오늘의 시선으로 지난 세계를 볼 수 없고 지나간 시선으로 오늘의 세계를 볼 수 없다면 훗날 지금 보고 있는 엘 고르도 숲은 또다시 달라질 것이었다. 네레오는 다시 돌아올 수 없는 시간을 떠올리며 헐벗은 숲을 돌아나갔다.

시가지로 들어간 그는 물건을 파는 상인과 비린내를 풍기며 유흥가를 기웃거리는 뱃사람과 귀밑머리만 남은 뚱뚱한 재단사와 아름다운 처녀와 그 처녀를 유혹하려는 청년들에게 웨나를 알고 있는지 물었다. 그들은 모두 약속이라도 한 것처럼 웨나의 존재를 부정했고 네레오를 이상한 사람으로 취급했다. 그들은 오직 자신이 보고 들은 것만 믿었다. 유일한 예외가 있다면 자신들이 섬기는 신이었다.

네레오는 웨나를 목격한 사람이 세상에 자신밖에 없다는 사실에 기쁨과 동시에 불안을 느꼈다. 일주일 동안 작은 항구 도시 곳곳을 헤매고 다녔지만 끝내 자신이 생각한 영웅의 풍모를 갖춘 남자를 찾을 수 없었다. 그러나 실망하지 않았다. 세상은 넓었고 사람은 헤아릴 수 없이 많기 때문이었다. 웨나는 세상 어딘가에 자신의 모습을 감춘 채 살아가고 있을 것이다. 시간이 얼마나 걸려도 상관 없었다. 그가 현실에 존재하고 있다는 사실을 확인할 수 있다면 세상 끝까지라도 찾아갈 것이다.

다음 날 아침 네레오는 자신이 태어난 항구도시를 떠났다. 길은 끝없이 이어졌다. 어떤 징후도 없이 불쑥 마을이 나타났고 이정표를 따라가면 폐허로 변한 옛 도시가 나타났다. 사람을 찾아 무너진 옛 거리를 걸어갈 때 문득 외계의 행성에 홀로 남은 듯한 기분이 들었다. 네레오는 고대의 순례자처럼 마을과 마을로 이어지는 길을 끝없이 나아갔다. 작은 마을이라도 그냥 지나치지 않았다. 그곳에 살고 있는 사람들을 찾아본 뒤에 다음 행선지로 나섰다. 기약 없는 여정이지만 전혀 피로감을 느낄 수 없었다. 오히려 아침에 눈을 뜰 때마다 새로운 힘이 솟아났다.

네레오는 길에서 부표 하나 없는 바다를 보았고 시작과 끝을 분간할 수 없는 장대한 호수를 휘돌았고 한 번도 본 적 없는 짐승이 뛰어다니는 초원을 지나쳤다. 새로운 땅을 찾아가는 이민자들의 행렬을 만나 며칠을 동행했고 누군가로부터 도망치는 사람들과 긴 얘기를 나누었다. 감옥을 지키는 파수꾼들과 밤새 술잔을 나누었고 병에 걸려 죽어가는 노인이 들려주는 이야기를 사흘 밤낮에 걸쳐 들었다. 이민자들은 자신들이 당도하고자 하는 곳을 알지 못했고 파수꾼들은 감옥에 갇힌 죄수들에 대해서 알지 못했다. 도망자들은 자신들이 누구에게 쫓기는지 몰랐고 죽어가는 노인은 다가올 죽음에 무지했다. 그들은 피부색과 언어와 생김새가 달랐지만 모두가 같은 것을 원하고 있었다. 그것이 무엇인지 질문할 때마다 그들은 부끄러워하며 선뜻 답하지 못했다. 이따금 낯선 마을에서 부랑자로 몰려 곤욕을 치를 때가 있었지만 친절한 사람들의 배려로 하룻밤 유숙하고 먹을 것까지 얻을 때도 있었다.

사람들은 그의 여정에 깊은 관심을 보였다. 그때마다 네레오는 일말의 기대감을 갖고 웨나에 관한 이야기를 들려주었다. 사람들의 반응은 각기 달랐다. 외항선에서 내린 지 한 달이 되었다는 선원은 땅이 꺼져라 한숨을 쉬었고 한 술꾼은 경악스런 표정으로 입을 다물지 못했고 소몰이꾼은 그를 쳐다보며 하염없이 눈물을 흘렸다. 한 도박꾼은 만약 웨나를 만나게 되면 자신에게도 알려달라며 주소가 적힌 쪽지를 건네주었고 어느 마을에서 만난 한 소년은 짐을 챙겨 그를 따라나섰다가 하루가 지나기도 전에 도망치고 말았다. 시골 마을의 한 노인은 느닷없이 지팡이로 등짝을 후려쳤고 권태로운 눈빛으로 그를 바라보던 한 부인은 웨나가 어떻게 생겼는지 상세하게 물었다. 고대의 신들을 오랫동안 공부했다는 늙은 학자는 그를 미친 사람 취급했고 한 신부는 화를 내며 그를 악마를 추종하는 이단자라고 몰아세웠다. 그들은 모두 하나같이 그에게 소중한 시간을 탕진하고 있다는 충고를 아끼지 않았다. 네레오는 그런 사람들을 이해할 수 없었다. 자신은 어리석지 않았고 악마를 추종하지 않으며 이교도가 아니었다. 그런데도 사람들은 하나같이 자신이 큰 잘못을 저지르고 있다고 비난했다.

그러나 불안하거나 위축되지 않았다. 오히려 웨나를 향한 믿음이 더 공고해졌다. 비온 뒤에 땅이 굳어지듯 저들의 의심과 부정이 웨나를 향한 마음을 더 단단하게 만들어주었던 것이다. 그가 사람들의 반응에 일희일비하지 않은 것은 세상 모든 사람이 부정하는 웨나를 향한 강한 믿음이 반석에 새겨진 맹세였기 때문이었다.

바람은 도처에서 불어왔다. 바다에서는 소금기를 머금은 해풍이 불어왔고 사막에서는 건조한 열풍이 불어왔다. 낯선 바람을 맞노라면 고원의 신선한 풀냄새와 양들의 숨결이 배어 있는 바람이 아련하게 그리워졌다. 매일 낯선 곳에서 눈을 뜨고 새로운 사람들을 만나는 동안 시간은 빠르게 흘러갔다. 일 년 반이 지나자 고원지대 목장에서 일해 모은 돈이 바닥을 보이기 시작했다. 경비를 줄이기 위해 거친 빵을 먹고 때론 노숙을 하면서 여정을 이어갔지만 몇 달이 지나자 수중의 돈이 완전히 떨어졌다.

하지만 운이 좋았던 그는 때마침 도착한 마을의 목장에서 일자리를 구할 수 있었다. 양이 아닌 소를 사육하는 목장이었지만 오랫동안 짐승을 다룬 그에게는 아무런 문제가 되지 않았다. 목장에서 몇 달 동안 일해 얼마의 여비를 모은 네레오는 다시 길을 떠났다.

푸른 들판에 가득한 꽃들의 향기와 열매에 맺힌 투명한 물방울에 걸음은 가벼웠고 하얀 목조건물이 늘어선 항구에서 알 수 없는 그리움에 몸을 떨었다. 낯선 여인의 반짝이는 구두에 걸음이 무거워졌고 성상 앞에 머리를 조아린 사람들을 보면 괜히 마음이 숙연해졌다.

네레오는 여정에서 웨나의 초상에 부합하는 사람을 만나지 못했다. 그들은 다정했지만 이기적이었고, 관대했으나 비열했고, 기품이 있었지만 탐욕스러웠고, 열정이 넘쳤지만 우둔했다. 그들은 모두 무언가 결여되어 완벽한 균형을 이루지 못한 사람들이었다. 그들은 쾌락을 좇아 파멸의 가장자리에 다가가는 것을 결코 두려워하지 않았다. 네레오는 찬란하게 빛나는 불빛은 그 밝기만큼의 어둠이 공존한다는 사실을 점차 알아갔다.

그즈음 그의 생각에 변화가 일어났다. 웨나의 초상과 부합하는 사람을 찾는 것이 아니라 사람들의 말에 귀를 기울이기 시작한 것이다. 말은 인간의 감정과 생각을 파악할 수 있는 중요한 도구였다. 사람들은 상대의 말을 통해 생각을 판단하고 유기적인 관계를 형성했다. 말의 효용성은 기호와 몸짓을 능가했고 사회적 권력을 획득하는 데 가장 중요한 요인이었다. 사람들은 그렇게 맺은 관계를 유지하려고 자신들만 통용하는 또 다른 언어를 만드는 데 골몰했다. 이처럼 말은 사람을 구분하고 누구인지를 알 수 있는 가장 명징한 지표였다. 이에 착안한 네레오는 웨나만의 독특한 말이 있을 거라고 생각했다. 그 울림을 자신이 충분히 찾아낼 수 있을 거라고 확신한 것이다. 이처럼 네레오가 사람들의 초상이 아닌 말에 귀를 기울이며 여정을 이어가는 동안 시간은 쏜살같이 흘러갔다.

네레오는 황량한 들판을 걸어가고 있었다. 지난밤은 운이 좋은 날이었다. 한 영국인 집 헛간에서 잠을 푹 잤고 여주인의 배려로 따뜻한 수프를 얻어먹고 출발할 때 빵 한 덩어리까지 챙길 수 있었기 때문이다.

그러나 오늘은 지독히도 운이 없는 날이었다. 하루 종일 흙먼지가 날리는 길을 걸어갔지만 마을은 나타나지 않았고 외딴집조차 보이지 않았다. 그동안 길을 스쳐지나간 차도 트럭 한 대뿐이었다. 황급히 손을 들었지만 잡동사니 물건을 잔뜩 실은 트럭은 모른 척 검은 매연만을 남기고 지평선 너머로 사라져버렸다. 길에서 흔히 겪는 일이지만 오늘만큼은 트럭 운전사의 처사가 야속하게 느껴졌다. 이대로 계속 가다가는 나무 한 그루 없는 들판에서 밤을 샐지도 몰랐다. 허기와 갈증이 몰려왔다. 배낭에 점심에 먹고 남긴 빵이 있지만 혹시 모를 상황에 대비하여 참아야 했다. 북쪽 하늘에서 짙은 구름이 몰려오고 있었다.

네레오는 옷깃을 바짝 끌어올리고 텅 빈 신작로를 걸어갔다. 여비가 떨어진 것은 일주일 전이었다. 인근에 있는 목장을 찾아갔지만 뜨내기를 받지 않는다는 목장 주인의 방침에 그냥 돌아설 수밖에 없었다. 지푸라기라도 잡는 심정으로 자신의 경력을 소상하게 밝혔지만 감독관은 심드렁한 표정으로 손을 내저을 뿐이었다. 오후가 되자 진눈깨비가 흩날리기 시작했다. 서쪽 지평선이 붉게 물드는가 싶었는데 어느새 어둠이 내려앉았다.

한 시간쯤 지나자 구름이 걷히고 진눈깨비가 옅어졌다. 추위와 굶주림에 지친 네레오는 하얗게 빛나는 신작로를 힘겹게 걸어갔다. 어두운 들판에 홀연히 불빛이 떠오른 것은 두 시간을 더 걸어간 뒤였다. 밤이 늦어서인지 개 짖는 소리만 들려올 뿐 마을은 조용했다. 집집마다 두터운 커튼 사이로 불빛이 흘러나왔지만 낯선 방문객의 틈입을 허용하지 않는 것 같아서 선뜻 문을 두들길 수 없었다. 오랜 경험으로 이럴 때 어디로 가야 하는지 알고 있었다. 인적이 끊어진 마을을 한 바퀴 돌아본 그는 주저 없이 마을 한 켠에 있는 교회를 찾아갔다.

교회 관사를 두들기자 머리가 하얗게 센 한 노인이 얼굴을 내밀었다. 네레오가 자신이 처한 상황을 간략하게 설명하자 노인이 등불을 들고 밖으로 나왔다. 노인을 따라가자 벽돌로 지은 작은 집이 나타났다. 문을 열자 따뜻한 온기가 지친 그의 몸을 휘감았다. 벽에는 아무런 치장이 없고 낮은 들보에 석유등만 걸려 있는 간이숙소였다. 벽난로 옆에 긴 나무탁자가 놓여 있고 한 중년 남자가 앉아 있었다. 노인은 그를 탁자로 안내하고 주방으로 들어가더니 끈적끈적한 아페리티프*와 푸체로**가 담긴 접시를 들고 나와 탁자에 내려놓고 밖으로 나갔다.

네레오는 허겁지겁 음식을 먹기 시작했다. 접시를 깨끗하게 비우고 나서야 비로소 네레오는 맞은편에 앉은 남자에게 인사를 건넸다. 회색 눈에 턱수염이 반쯤 센 남자가 작은 술병을 입으로 가져가며 머리를 끄덕였다.

"한잔 하시겠소?"

네레오는 고개를 가로저었다. 탁자 밑에 먼지 앉은 여행용

* 식욕을 증진시키기 위하여 식사 전에 마시는 술
** 고기와 각종 야채를 넣고 끓인 수프

가방이 놓여 있는 것으로 보아 남자 역시 이 마을을 지나쳐 가는 여행자인 듯했다. 남자가 술 냄새를 풍기며 물었다.

"어디서 오는 길이오?"

"남쪽이요."

"어디로 가는 거요?"

"발길 닿는 대로요."

"여행 중이오?"

잠시 망설이던 그가 대답을 했다.

"사람을 찾아다니고 있습니다."

남자는 하룻밤을 같이 보내야 하는 젊은 청년을 빤히 쳐다보았다.

"어떤 사람을 찾는 거요?"

"웨나를 찾아다니고 있습니다."

남자가 고개를 갸웃거렸다.

"웨나가 누구요?"

네레오는 지금까지 만난 사람들의 반응이 떠올랐지만 개의치 않고 대답했다.

"바람을 만드는 사람입니다."

"저 밖에서 불어오는 바람 말이오?"

"그렇습니다."

남자는 천천히 고개를 끄덕거렸다.

"웨나라는 사람에 대해서 자세하게 알려줄 수 있소?"

남자의 반응은 달랐다. 네레오는 진실한 마음으로 자신이 알고 있는 것을 숨김없이 털어놓았다. 그의 이야기가 끝나자 남자가 진지한 눈빛으로 물었다.

"세상을 알고 싶은 거요?"

"아닙니다."

"부귀영화를 누리려는 거요?"

"아닙니다."

"그렇다면 영원한 생명을 얻으려는 것이오?"

"절대 아닙니다."

"그렇다면 그를 만나려는 이유가 무엇이오?"

남자의 어조는 신랄하고 가혹했다. 그러나 이와 같은 상황을 수없이 겪은 네레오의 표정은 담담했다.

"나는 아무것도 원하지 않습니다."

"그런데 왜 이런 고생을 하는 거요?"

"고생이라고 생각하지 않습니다."

"웨나가 신이라 생각하시오?"

네레오는 고개를 절레절레 흔들었다.

"그는 신이 아닙니다."

"신이 아닌데 어떻게 바람을 만든단 말이오?"

"그건 알 수 없지만 그는 우리와 똑같이 살아 숨 쉬는 사람입니다."

"영원불멸을 믿소?"

"믿습니다."

남자는 목이 타는지 술병을 입으로 가져가서 벌컥벌컥 들이마셨다.

"웨나가 정말 세상에 존재한다고 믿소?"

"물론입니다."

"당신이 어렸을 때 본 웨나가 환영이라고 생각해본 적 없소?"

"단 한 번도 없습니다."

남자는 깊은 침묵에 빠져들었다. 창문이 덜컹 흔들리자 들보에 걸린 석유등이 흔들렸다. 길게 늘어진 그림자가 흙벽에서 춤을 추었다. 남자가 형형한 눈빛으로 그를 쏘아보며 입을 열었다.

"이 시대를 살아가는 사람들이 신화와 전설을 믿지 않는 이유를 알고 있소?"

"알지 못합니다."

"오래전 불을 찾아 세상을 떠돌던 인간들은 자신들의 출발점과 나아갈 방향을 확실하게 인식하기 위한 표석이 필요하다고 생각했소. 이것이 바로 신화와 전설의 출발이오. 신화와 전설이 생겨나자 비로소 인간은 자신이 누구인지, 어디에 있는지, 어디로 가는지를 명확하게 정립할 수 있게 된 것이오. 그러나 얼마간의 시간이 흐른 후 사람들에게서 신화와 전설이 확고한 지표가 될 수 없다는 불평불만이 터져 나왔소. 과

거의 시점과 현재 시점이 일치하지 않는, 명제의 불일치 때문이었소. 그래서 새롭게 모든 사물을 적확하게 규명할 수 있는 새로운 표석을 만들었는데 그것이 바로 신神이오. 그때부터 저 어둡고 축축한 땅속에 살고 있는 유충부터 광활한 우주를 떠도는 티끌까지 그 출발과 종국을 완벽하게 규명할 수 있는 것은 오로지 신만이 가능하게 되었소. 한때 세상에 살아 숨 쉬는 인간보다 더 많은 신이 존재한 것은 바로 이런 이유 때문이오. 그 후 이합집산을 거치면서 오류와 결함을 완벽하게 수정한 몇몇의 신들은 영원불멸의 표석이 되었소. 모든 인간이 절멸하는 순간까지 누구도 부정할 수 없는 완전무결한 신성의 논리를 갖추게 된 것이오. 우리 인간에게 최초의 표석이던 신화와 전설이 완전히 사라지게 된 것이 바로 이때였소."

남자는 말을 멈추고 네레오의 눈을 바라보았다.

"허먼 멜빌은 무덤들 사이에서 먹이를 찾는 것은 자칼이고 죽음의 회의 속에서 가장 활기찬 희망을 주워 모으는 것이 신앙이라고 했소. 오늘날 인간이 더 이상 어두운 황야를 헤매지 않게 된 것은 신이 우리 곁에 존재하기 때문이오. 추운 날씨에 따뜻한 옷을 찾아 입듯 자신만의 신을 선택할 수 있게 된 것이오. 그렇다면 신화와 전설의 시대를 종식하고 수천 년 동안 표석으로 자리한 신은 오늘날 어떤 위치에 있을까. 돌이켜보면 인간은 지금까지 단 한 번도 신을 검증한 적이 없소. 신을 의심하고 부정하는 것이 내세를 보장할 수 없으며 지옥으로 가는 첩경이기 때문이었소. 그런데 20세기에 들어서 두 번의 세계대전을 통해 수천 만 명의 인간이 비참하게 죽어가는 것을 목격한 사람들은 신을 점차 의혹의 시선으로 바라보기 시작했소. 지금까지 신의 율법을 한 번도 어긴 적이 없는 사람들이 그 어떤 자비와 긍휼도 없는 죽음에 신의 본질을 의심하고 그 무용성을 제기하기 시작한 것이오. 그들이 가장 신랄하게 비난하는 것은 바로 공평성이오. 신의 율법을 지키는 자들보다 어긴 자들이 더 많은 행복을 누리는 현실을 거론하며 그들은 신의 종국이 도래할 수 있다고 주장하기 시작했소. 시대의 석학들이 평생을 바쳐 만든 신의 교리教理는 완벽하지만 절대적이진 않소. 그것은 인간의 영혼이 티끌보다 가볍기 때문이오. 우린 알고 있소. 굶주림과 갈증 앞에서 인간의 영혼은 바람에 흔들리는 나뭇잎보다 약하다는 것을. 물론 그들은 이런 것을 충분히 예상하고 천국과 지옥, 내세와 윤회라는 장치를 만들어놓았지만 영혼의 일탈은 그 육신조차 어찌할 수 없을 정도로 허약한 것이 사실이오. 수천 년 동안 인간에게 절대적인 표석으로 군림해온 신이 오늘날 많은 사람에게 배척당하는 또 하나의 이유는 신을 믿는 자들이 신의 교리가 무분별한 추종이 아니라 그것을 실천하는 데 있음을 간과하고 있기 때문이오. 그 대리인들이 사사로운 이익을 위해 신의 뜻을 왜곡하고 사리사욕을 채우기 위해 신을 참칭하는 것이 가장 큰 원인이라고도 할 수 있소.

어쨌든 오랫동안 인간의 영혼을 구속하고 통제해온 신은 표석으로의 기능을 상실하고 있는 것만은 분명하오. 이런 여러 이유로 인간은 세 번째 표석이 필요하다는 생각을 하기 시작했소. 그런데 그들은 자신들이 이미 세 번째 표석을 만들었고 실천하고 있다는 사실을 뒤늦게 깨달았소."

오랫동안 침묵을 지키던 네레오가 입을 열었다.

"그게 무엇입니까?"

"법法이오."

남자가 확신에 찬 어조로 자신의 논리를 펼쳐나갔다.

"수천 년 동안 인간에게 표석으로 군림하던 신은 절차와 형식에 매몰되고, 죄의 사함을 남발하고, 대리인들이 사사로운 이익을 추구함으로써 그 신뢰를 잃어버렸소. 특히 입을 여는 자마다 해석이 다른 것은 신의 뜻을 변질시킴은 물론이고 표석으로의 가치를 상실했다는 것을 스스로 자인하는 것이나 마찬가지라고 할 수 있소. 그러나 법은 다르오. 법은 단 하나의 명제가 있을 뿐 더 이상의 해석을 용인하지 않소. 법은 시작부터 종국까지 그 모든 것을 명백하게 규명하기에 혼란이 있을 수 없소. 작금에 이르러 더 이상 손을 댈 수 없는 신의 율법과 달리 법은 시대의 변천에 따라 개정함으로써 지속적으로 오류를 줄여나가고 있소. 지금 이 순간에도 어딘가에선 현실에 맞는 법을 개정하고 있을 거요. 이처럼 법은 우리가 누구인지, 어디에 있는지, 어디로 가야 하는지를 명확하게 알려주는 것은 물론이고 과거를 분석하고 현재를 파악하며 미래를 예측하게 해주기도 하오. 또 지상의 풀 한 포기까지 그 소유를 명확하게 증명함으로써 인간의 삶을 윤택하고 행복하게 만들어주기도 하오. 이 세상에 법으로 정의할 수 없는 것은 존재하지 않는 것밖에 없소. 따라서 법은 우리가 숭배해야 할 새로운 표석이라고 할 수 있소. 그래서 나는 법을 신봉하는 것만이 우리가 진실한 구원에 이르는 길이라고 믿고 있소. 그런데 당신은 이미 오래전에 그 표석의 가치를 상실한 신화와 전설을 좇아 세상을 떠돌아다니고 있소. 이처럼 어리석고 무의미한 행동이 어디에 있소. 따라서 당신은 신의 교리에도 존재하지 않고 그 어떤 법에도 기록되지 않는 사람을 찾아다니는 우둔한 짓을 당장 그만두어야 할 것이오. 그런 다음 우리가 살아 존재하는 한 영원할 표석으로 남을 법을 숭배해야 하오."

남자의 장황한 요설이 끝난 것은 밤이 깊어서였다. 그때서야 네레오는 온종일 허기와 추위에 지쳐 있던 고단한 몸을 누일 수 있었다. 몸은 피곤했지만 잠이 쉽게 오지 않았다. 남자의 말은 억지에 가까운 궤변이었다. 그러나 표석이란 말이 오랫동안 머릿속에 맴돌았다.

다음 날 아침 눈을 떴을 때 남자는 이미 길을 떠난 뒤였다. 네레오는 간밤에 가난한 여행자를 받아준 노인을 찾아가서 자신의 처지를 밝혔다. 그러자 교회 관리인 노인은 마을 인근의 목장에서 가우초를 구하고 있다는 소식을 알려주었다.

소들은 자신의 운명이 이미 정해졌다는 사실을 알지 못한 채 좁은 칸막이 안에서 불의 낙인을 기다렸다. 소의 음낭을 팽팽하게 잡아당기고 칼로 점막을 긋자 비릿한 피 냄새가 퍼져 나오고 샛노란 고환이 세상 밖으로 튀어나왔다. 존재의 비밀을 상실한 송아지는 우왕좌왕하다 시뻘겋게 달아오른 문장紋章이 살을 짓누르자 미친 듯 비명을 내질렀다. 그러나 이미 영혼이 사라진 소들의 눈에는 죽음의 환영만이 어른거렸다. 소의 갈라진 발굽이 땅을 찰 때마다 함석 양동이에 담긴 고환 위에 떠 있던 유막이 파르르 흔들렸다. 이윽고 살이 타는 냄새가 진동하는 칸막이 문이 열리자 송아지들은 자신을 내팽개친 어미를 찾아 비틀거리며 달려갔다.

거세去勢가 끝난 소들을 방목지로 몰아가는데 갑자기 비가 쏟아졌다. 낙인을 받은 소들의 몸에서 뜨거운 김이 모락모락 피어올랐다. 먼 들판에 벼락이 떨어지자 소들은 조금 전의 고통을 잊고 네레오를 두려운 눈빛으로 쳐다보았다. 빗물이 줄줄 흘러내리는 모자챙을 들어 올리자 방목지 경계에 늘어선 나무들이 흔들리는 모습이 보였다. 네레오는 콧날이 시큰해지고 입천장이 아려왔다. 고원지대의 황량한 땅과 세상 모든 것을 날려버릴 듯 불어오던 바람이 생각났다.

그는 빗속을 뚫고 소들을 방목지에 몰아넣은 다음에야 숙소로 돌아갔다. 숙소는 텅 비어 있었다. 목장의 일꾼들은 하루 일과를 마치면 마을로 내려가 술집에서 잔뜩 술을 퍼마신 다음 밤늦게야 숙소로 돌아왔다. 술에 취한 그들은 걸핏하면 주먹을 날리고 칼을 휘둘러 서로에게 상처를 입혔다. 그러고는 아무 일 없었다는 듯 서로 끌어안고 잠이 들었다.

네레오는 동료들을 따라 몇 번 마을로 내려갔지만 별다른 흥미를 느끼지 못했다. 그는 일을 마치면 숙소로 돌아와서 오래전 후안이 그러했던 것처럼 책을 읽었다. 어떤 종류의 책이든 상관하지 않았다. 활자가 찍힌 거라면 무엇이든 읽었다. 새로운 읽을거리가 없을 땐 같은 책을 몇 번이고 되풀이해서 읽었다. 그러면 낯선 문장과 이해할 수 없는 의미가 어느 순간 몸에 뿌리를 내리는 것을 느낄 수 있었다.

가장 늦게 잠들고 일찍 일어나서 하루 종일 소를 돌보는 일상을 반복하는 동안 순식간에 8개월이 지나갔다. 이렇게 오랫동안 발이 묶인 것은 처음이었다. 네레오가 일을 그만두고 떠나겠다고 할 때마다 몇 달만 더 일해 달라는 목장 주인의 요청을 뿌리치기 힘들었기 때문이었다. 결국 그는 두 달을 더 일한 다음에야 목장을 떠날 수 있었다.

다시 길 위에 나선 그는 마을에서 마을로, 도시에서 도시로 이어지는 길을 끝없이 나아갔다. 그리고 수없이 많은 사람을 만나고 헤어지는 과정을 반복하면서 추부트 주를 통과했고 계속 북쪽으로 올라가서 마침내 리오그란데 강에 이르렀다.

4

사람들이 자신만의 표석을 찾아나서는 것은 삶의 허망함을 견딜 수 없기 때문이다

에스탄시아를 떠난 지 4년 만에 네레오는 리오네그로 강을 넘어 팜파스*로 들어갔다. 그곳에서 소몰이꾼으로 일하면서 비옥하고 광활한 대초원의 구석구석을 돌아다녔다. 그는 사람이 살고 있는 곳이라면 어디든지 갔다. 강물처럼 흘러가는 사람들의 일상은 세상 어디든 똑같았다. 그들은 변함없이 삶의 질곡에 맞서 싸우다 시간에 무너져가고 있었다. 네레오는 그들의 삶을 관조하고 말에 귀를 기울일 뿐 자신이 누구인지, 웨나가 어떤 사람인지 설명하지 않았다. 사람들의 호기심 어린 질문을 받을 때마다 세상을 떠도는 여행자라고 대답했다.

대초원의 봄은 알팔파의 달콤한 향기와 농장을 휘돌아간

* 대초원

수로에 댕기물새 떼와 검둥오리가 몰려와서 하루 종일 시끄럽게 울어대면서 시작되었다. 복숭아나무에 핀 화사한 꽃들이 지고 지평선에 가느다란 열기가 춤을 추면 세상은 온통 반짝이는 은빛의 물에 잠겼다. 비는 부족하지도 넘치지도 않았다. 생명을 잉태한 씨앗은 언제나 갈망을 충족하지 못했고 물의 냄새만으로 원대한 꿈을 이룬 엉겅퀴만이 성긴 가시를 품고 높이 자랐다. 말을 타고 몇 날 며칠을 달려도 끝이 보이지 않는 땅에서 햇볕을 듬뿍 받은 풀들은 연초록에서 진초록으로 변했고 다시 거무스름한 빛을 띤 성긴 풀로 자라나서 말의 발굽을 척척 휘감았다.

네레오는 무두질하지 않은 망아지 가죽신에 매달린 쇠 박차 소리를 좇아 모든 욕망이 올올이 풀어지는 일망무제의 땅을 돌아다니며 신화와 전설의 흔적을 찾아다녔다. 초원에서 살아가는 사람들 역시 자신만의 표석을 찾고 있었다. 키 큰 롬바르디아 포플러와 수로 옆에 불룩 솟은 제방과 기괴한 형상으로 말라죽은 옴부나무가 표석이 되었다. 그러나 그 표석은 그들이 누구인지, 어디에 있는지를 알려주지 못했다. 그럼에도 불구하고 그들이 끝없이 표석을 찾아나서는 것은 삶의 허망함을 견딜 수 없었기 때문이었다. 사람들은 서로의 웃음에서 기쁨을 찾았고 서로의 눈물을 통해 절망을 확인했다. 하늘에서 표석을 알리는 진실한 경구警句들이 축복처럼 쏟아졌지만 정작 그들은 그 사실을 알지 못했다. 다만 자신들이 최선을 다하고 있다며 자조할 뿐이었다.

팜파스 역시 신화와 전설이 존재했다. 그 주인공들은 이미 흙으로 돌아간 가우초들이었다. 왼팔에 판초를 감고 오른손에 든 칼로 상대의 숨통을 끊는 결투에서 승리한 싸움꾼들이었다. 그러나 그들은 영웅심에 도취되어 상대의 목숨을 빼앗는 우매한 싸움꾼일 뿐이었다. 술꾼들의 기억에서 왜곡되고 부풀려진 그들은 신화와 전설의 진정한 주인공이 될 수 없었다.

소몰이꾼으로 3년 동안 대초원의 구석구석을 돌아다닌 네레오는 마침내 팜파스를 떠났다. 안데스에 인접한 도시 몇 곳을 돌아본 그는 스물일곱 살이 되던 해인 1959년 1월 17일에 부에노스아이레스에 들어갔다.

그가 한창 대초원을 떠돌고 있을 무렵 부에노스아이레스에서는 엄청난 정치적 격변이 발생했다. 후안 페론 대통령과 반목해온 군부가 마침내 쿠데타를 일으킨 것이다. 거리 곳곳에서 노동자들의 폭동이 벌어졌고 전투기가 대통령궁을 폭격하는 초유의 사태 끝에 결국 후안 페론이 대통령직에서 물러났다. 후안 페론이 도망치듯 파나마로 망명하자 정권을 찬탈한 군부는 가난한 노동자와 서민들의 절대적인 지지를 받고 있던 에비타의 시신을 이탈리아로 보냄으로써 쿠데타를 종결했다.

네레오가 부에노스아이레스에 도착했을 땐 쿠바 산 시가

연기를 날리는 장교들과 샹젤리제산 드레스를 입은 여자들의 성대한 파티만이 그날의 치열했던 상황을 희미하게 전하고 있을 뿐이었다.

부에노스아이레스의 거리에는 유럽풍의 웅장하고 화려한 건물이 끝없이 늘어서 있고 형형색색의 자동차들이 반듯한 대로를 달려가고 있었다. 네레오는 한여름의 햇살이 넘실거리는 거리를 오가는 사람들의 옷차림과 쇼윈도에 비친 자신의 모습을 비교하고는 잠시 위축되었다. 그러나 이 거대한 도시에서 웨나를 만날지 모른다는 기대에 가슴이 부풀었다.

하카란다 가로수가 줄지어 늘어선 거리를 돌아다니던 네레오는 가난한 노동자와 이민자들이 모여 살고 있는 보카 지역으로 들어갔다. 그곳에는 블록으로 벽을 쌓고 판자로 칸을 나누고 함석으로 지붕을 덮은 집이 많았다. 하루 종일 촉수 낮은 전등이 깜빡거리고 물을 사용할 때마다 수도꼭지가 발작하듯 경련하는 그곳에 방 한 칸을 얻었다. 아프리카 출신의 무잠파라는 집주인은 사람이 죽어나가도 눈 하나 꿈쩍하지 않았지만 집세가 단 하루만 늦어도 세입자를 가차 없이 길거리로 쫓아냈다.

보카의 사람들은 온갖 노폐물이 떠내려오는 리아추엘로 강을 등지고 살면서 북동쪽의 레콜레타 지역을 바라보며 희망을 품었다. 그러나 결코 그 희망은 그들이 늙어 죽는 순간까지 이루어지지 않았다. 후안 데 가라이에 의해 만들어진 지

420년 동안 레콜레타에는 언제나 세상의 권력과 부를 소유한 소수의 사람들만이 안락한 삶을 누릴 수 있었던 것이다. 보카의 건물은 낡았지만 쇠락의 기운은 느껴지지 않았다. 오히려 원색의 페인트로 화려하게 치장된 탓에 도시 어디에서도 볼 수 없는 독특한 활기가 넘쳐흘렀다. 그것은 희망과 체념이 어우러져 빚어낸 나른한 열기가 더해졌기 때문일 것이다.

그래서일까. 네레오는 보카 지역이 몸에 딱 맞는 옷을 입은 것처럼 편했다. 매일 아침 무잠파의 집을 나선 그는 정처 없이 부에노스아이레스의 낯선 거리를 돌아다녔다. 지하철은 거대한 연체동물처럼 몸을 흔들며 땅속을 달려갔다. 딱딱한 나무의자에 앉아 차창 밖을 보고 있노라면 마치 지구의 혈관을 미끄러져가는 기분이 들었다. 어둠 속에서 어떤 예감을 품은 이정표가 불쑥 나타나면 네레오는 자신도 모르게 자리에서 일어나 칠이 벗겨진 나무문을 열고 플랫폼에 내려섰다. 붉은빛 타일이 깔린 긴 플랫폼을 빠져나와 그 끝이 보이지 않는 계단을 올라갔다. 지상이 가까워지면 새로운 기대가 신선한 공기처럼 폐를 가득 채웠다. 그러나 역사를 빠져나와 이름 모를 거리에 들어선 순간 그 기대는 먼지처럼 사라졌다.

네레오는 정해진 규칙도 순서도 없이 그저 자신의 무의식이 가리키는 대로 거리 곳곳을 돌아다녔다. 어떤 날은 대성당으로 들어가서 단상 아래 엎드린 사람들의 기도 소리를 들었다. 그러나 그들의 애절한 기도는 오로지 자신의 행복과

안위를 위한 기도일 뿐이었다. 벽과 천장에 그려진 성화는 신성한 기운이 넘쳤지만 문을 나서는 순간 뇌리에서 잊혀졌다. 한때 오페라 공연장이었던 거대한 서점의 높은 서가에는 세상의 현자들이 밤을 새워 만들어낸 책들이 가득 쌓여 있었다. 그러나 현자들이 숨겨 놓은 기호를 찾아내지 못한 사람들의 표정은 길을 잃은 아이처럼 한없이 어두웠다. 미술관에는 고대의 사람들이 남긴 조각상과 그림들이 걸려 있었다. 붉은 벽과 황금빛 액자에 둘러싸인 화폭에는 다양한 사람이 갖가지 표정으로 그려져 있었다. 늙은 농부의 주름진 얼굴과 미소년의 환한 미소와 벌거벗은 여자의 입술을 들여다보았지만 빛의 음영과 시간의 감옥에 갇혀버린 그들이 무슨 말을 하는지 알아들을 수 없었다.

미술관의 긴 회랑을 걸어갈 때 문득 웨나의 초상이 떠올랐다. 웨나의 초상은 늘 예기치 못한 곳에서 불쑥 나타났다. 진눈깨비가 흩날리는 얼어붙은 들판에서, 허름한 여관에서 잠이 들려는 순간에, 수천 마리의 소들이 자욱한 흙먼지를 일으키며 핏빛 노을 속으로 나아갈 때, 여비가 떨어져서 남의 집 처마에서 별을 바라볼 때, 장대처럼 쏟아지는 빗속을 뚫고 말을 타고 달려갈 때 불현듯 짙은 안개 속에서 들려오는 긴 무적 소리처럼 홀연히 나타났다. 그러나 실체 없는 초상은 언제나 흐릿한 잔상만을 남기고 연기처럼 사라졌다. 때때로 티끌 같은 착상이 떠올랐지만 그것은 자신의 의식이 투영한 초상의 이미지일 뿐이었다.

부에노스아이레스의 거리에는 언제나 많은 사람이 북적거렸다. 그들이 쏟아낸 말은 강물처럼 출렁거리며 빌딩 사이를 흘러갔다. 거리 곳곳에는 수위를 측정하는 관리처럼 성자들이 은빛 십자가를 들고 서 있었다. 그들의 말은 전부 상이했다. 관료와 노동자의 말과 노인과 청년의 말이 달랐다. 정치가와 시민의 말과 상인과 손님의 말이 달랐다. 부모와 자식의 말과 오래된 남편과 아내의 말이 달랐다. 말의 행간에는 많은 것이 숨겨져 있었다. 그들은 서로의 말에 숨겨진 함의를 찾기 위해 술잔을 부딪치고 거짓웃음을 흘리며 서로 손을 잡고 춤을 추었다. 그러나 아무도 그 진실을 찾지 못했다. 사람들의 입에서 쏟아진 말은 상대에게 전달되기도 전에 사어死語로 변해 하수관을 타고 리아추엘로 강으로 흘러들어갔다.

이제 웨나는 영웅의 초상이 아니었다. 그는 행려병자였고 창녀들을 거느린 포주였고 전쟁터에서 팔과 다리를 잃고 고향으로 돌아온 군인이었다. 머나먼 항해를 마치고 옛 연인을 찾아가는 선원이었고 허연 돌가루를 뒤집어쓴 석공이었으며 불 앞에 선 요리사였다. 새벽 거리에 빗자루를 든 청소부였고 지팡이를 두들기며 보도를 걸어가는 눈먼 장님이었다. 네레오는 그런 사람들 사이를 돌아다니며 웨나의 징후를 찾았다.

내가 달을 노래하는 것은 단지 달이 밝게 빛남을 기리자는

것이 아니네
달이 나의 오랜 발자취를 알고 있기에 나는 노래한다네 아투구만의 달님이여
칼차키 계곡의 북소리여 타피의 좁은 길에서 만나는 가우초의 길동무 달님이여
희망과 고통으로 아체랄 평원에서 나는 그 밝은 달을 보았네 갈대밭에 입 맞추네

단조로운 기타 선율에 맞춰 읊조리는 듯한 아타왈파 유팡키의 노래가 흘러나오는 카미니토 거리의 선술집은 빈자리가 없었다. 네레오가 바에 앉아 차가운 음료를 주문하고 돌아서는데 누군가 말을 걸어왔다. 옆을 돌아보니 한 젊은 여자가 다리를 꼬고 앉아 자신을 빤히 쳐다보고 있었다.

"누굴 찾고 있나요?"

"뭐라고요?"

"누굴 찾고 있는지 물었어요."

네레오는 어리둥절했다.

"이 술집에 있는 사람들을 살펴보고 있잖아요."

"내가요?"

여자가 고개를 끄덕이자 네레오는 쓴웃음을 지었다. 어딜 가든 사람들의 면면을 살피는 것이 오랜 습관처럼 굳어져버린 것이다. 여자가 손을 내밀고 자신을 아나라고 소개했다.

네레오는 처음에 그녀를 자신이 알고 있는 사람이라고 착각했다. 그러다 미술관에서 본 어느 유화에서 그녀와 빼닮은 여자를 본 기억이 떠올라 실소를 금치 못했다. 그림 속의 여자는 새의 깃털이 달린 모자를 쓰고 강보에 싼 아이를 안고 앙상한 나무들이 늘어선 숲에서 정면을 바라보고 있었는데 폐부를 꿰뚫는 듯한 서늘한 눈동자가 에메랄드빛이었다.

"어디서 왔어요?"

네레오가 대답하려는데 아나가 먼저 말했다.

"내가 맞춰볼까요?"

아나가 몸을 숙여 그의 몸에 코를 대고 냄새를 맡았다. 네레오는 당혹스런 표정으로 아나를 지켜보았다. 잠시 후 아나가 하얀 이를 드러내며 말했다.

"팜파스."

"그걸 어떻게?"

"당신의 몸에서 비에 젖은 풀냄새가 나요."

아나는 대초원을 상상하는 듯 나른한 표정을 지었다.

"부에노스아이레스에는 언제 왔나요?"

"일주일 전이오."

"어떤 사람을 찾고 있는 거죠?"

네레오가 대답을 망설이자 그녀가 참지 못하고 말을 쏟아냈다.

"빚쟁이? 배신자?"

"……."

"여자군요."

네레오가 어리둥절한 표정을 짓자 아나가 확신에 찬 어조로 말을 이었다.

"당신을 배신하고 떠난 여자를 찾고 있죠?"

한낮에는 미동조차 없던 여자들은 어둠이 내리면 맹렬하게 준동했다. 여인들은 부드러운 젖가슴과 향기로운 머릿결로 거칠게 몰아세웠다. 육신이 피로하고 고단할수록 여인들의 요구는 집요했다. 밤새 자신을 괴롭히던 여인들은 날이 밝아올 무렵에야 천국에서 추방당한 천사처럼 날개를 접고 힘없이 물러났다.

거리에서 마주친 여자의 몸에서 발산되는 냄새에 끌려 자신도 모르게 뒤를 따라간 적이 있을 정도로 건강했던 그는 그동안 몇 명의 여인을 만났다. 아름다운 여인들은 삶을 풍성하게 만들어주는 신비로운 존재들이었다. 그러나 여인들과의 만남은 짧았다. 그녀들의 달콤한 속삭임은 갈증을 해소해주지 못했고 강렬한 방사의 쾌감은 고갈된 영혼을 충족시키지 못했다. 그 아름다운 여인들은 웨나 앞에서 한없이 초라했다. 웨나 앞에서 여인들은 욕망에 빠져 허우적거리는 가련한 인간일 뿐이었다. 때때로 한때 마음을 주고받은 여인들의 따스한 온기가 그리웠지만 낯선 마을에 들어서는 순간 신기루처럼 사라지고 말았다.

"그녀의 이름이 뭐예요?"

네레오는 20대 초반으로 보이는 아나를 가만히 쳐다보았다. 사실을 말하면 그녀 역시 다른 사람들과 똑같은 반응을 보일 것이 분명했다. 그런데 이상하게도 그녀가 그런 반응을 보이는 게 싫었다. 그때 아나가 부드럽고 달콤한 목소리로 속삭였다.

"돈 있어요?"

네레오가 의아한 표정을 짓자 아나가 말했다.

"당신이 가진 돈의 절반을 내게 줘요. 그럼 내가 당신이 찾고 있는 사람을 만나게 해줄게요."

선술집이 시끄러워졌다. 술에 취한 청년들이 목소리를 높이고 있었다. 사람들은 그런 청년들을 지켜볼 뿐 제지하지 않았다. 자신의 진심을 전달하려고 안간힘을 쓰던 청년들은 마침내 자리를 박차고 일어나서 서로에게 주먹을 날리기 시작했다. 그때 덩치 큰 사내 한 명이 나타나서 두 사람의 목덜미를 움켜잡아서 출입문 밖으로 내던졌다. 그러자 선술집은 아무 일 없었다는 듯 다시 흥청거렸다.

"난 이 도시를 속속들이 알고 있어요. 그래서 당신이 원하는 사람을 금방 찾아낼 수 있어요."

그 순간 네레오는 귀신에 홀린 듯 자신도 모르게 가진 돈의 절반을 그녀에게 건네주고 말았다. 자신이 마신 술값을 치른 아나는 내일 저녁에 이곳에서 만나자는 말을 남기고 선술집을 나갔다. 그녀와 잠시 농담을 주고받던 바텐더가 네레오를 흘깃 쳐다보았다.

잠시 후 선술집을 나온 그는 무잠파의 집으로 돌아갔다. 후덥지근한 열기가 넘실거리는 밤거리에 술에 취한 청년들이 무리를 지어 돌아다니고 있었다.

다음 날 저녁 약속한 시간에 선술집을 찾아갔지만 아나는 나타나지 않았다. 그다음 날도 마찬가지였다. 네레오는 하루 종일 거리를 돌아다니다 날이 어두워지면 습관처럼 카미니토 거리의 선술집을 찾아갔다. 그러나 닷새가 지나도록 아나는 모습을 드러내지 않았다. 카미니토 거리에 있는 술집들을 돌아봤지만 아나의 종적은 묘연했다. 바텐더에게 물어보았지만 선술집을 드나드는 손님들 중 한 명일 뿐 알지 못한다고 손을 내저었다. 아나에게 내준 돈은 아껴 쓴다면 몇 달을 충분히 지낼 수 있는 금액이었다. 그러나 네레오는 속았다는 생각보다 그녀를 다시 만나고 싶다는 생각이 간절했다. 그것은 그녀가 정말 웨나를 찾을 수 있을 것 같은 기분이 들었기 때문이었다.

종적을 감춘 아나가 나타난 것은 그로부터 며칠이 더 지나서였다. 화장기 없이 초췌한 얼굴로 선술집에 나타난 아나는 여전히 같은 자리에 앉아 있는 네레오를 보고 놀란 표정을 지었다.

"피치 못할 사정이 있었어요."

아나는 불안한 눈빛으로 선술집을 돌아보더니 그를 데리고 밖으로 나갔다. 두 사람은 시끌벅적한 카미니토 거리를 벗어나서 한적한 주택가로 접어들었다. 아나는 깊은 생각에 잠긴 듯 말없이 밤거리를 걸어갔다. 네레오는 그녀를 놓칠지 모른다는 생각에 서둘러 뒤를 따라갔다. 좁은 도로 양쪽에 낡은 건물들이 늘어서 있었다. 주황과 노랑과 진녹색으로 칠해진 건물의 외벽이 흐릿한 불빛 속에서 차례로 나타났다. 그 강렬한 원색들은 기이한 혼돈을 드러낸 추상화 같았다. 아나의 발자국 소리가 인적 끊어진 거리를 울렸다. 걸어 잠근 창틈으로 새어나온 빛은 거리에 닿기도 전에 휘발되었고 어느 집에선가 들려오는 노래는 가사를 알아듣기 힘들었다.

몇 번이나 불렀지만 아나는 들리지 않은 듯 계속 밤거리를 걸어갔다. 간간이 지나치던 차들도 끊어지고 불 꺼진 집들이 나타났다. 그러나 일찍 잠자리에 든 것인지 사람이 살지 않는 것인지 분간하기 힘들었다. 외벽에 큰 구멍이 뚫린 건물이 나타났다. 벽을 지탱하던 벽돌은 처음부터 없었던 것 같았고 구멍 안쪽에 옅은 빛이 어른거렸다. 네레오는 잠시 걸음을 멈추고 도로를 향해 입을 벌린 구멍을 쳐다보았다.

철자가 맞지 않는 단어와 욕설이 적힌 지저분한 건물을 지나자 외등이 켜진 건물 앞에 서너 명의 청년들이 담배를 피우고 있었다. 아나를 발견한 청년들이 손짓을 하며 휘파람을 휙휙 불었다. 그들은 곧 뒤를 따라온 네레오를 쳐다보았지만 별다른 행동은 하지 않았다. 아나는 청년들을 무시한 채 계속 걸어갔다. 철로가 나타났다. 건물 사이로 난 두 개의 레일이 어둠 저편으로 뻗어 있었다. 열차가 다니지 않은 지 오래인 듯 녹슨 철로에는 더러운 옷가지와 쓰레기가 쌓여 있었다. 아나의 하얀 발목이 레일을 밟고 넘어갔다.

공사를 중단한 주택을 지나치자 시야가 확 트였고 소금기 섞인 눅눅한 바람이 불어왔다. 톱니바퀴처럼 맞물린 곶 사이로 바다가 드러났다. 그때서야 네레오는 자신이 서 있는 곳이 리아추엘로 강의 하구라는 사실을 깨달았다.

어느새 걸음을 멈춘 아나가 강물을 내려다보고 있었다. 그는 아나가 몇 살인지, 어디에 사는지, 무슨 일을 하는지 물어보고 싶었다. 그러나 갑옷보다 견고한 침묵이 그녀의 몸을 휘감고 있어 말을 걸 수 없었다. 그날 선술집에서 처음 본 아나는 굉장히 밝은 모습이었다. 그러나 오늘은 어떤 보호도 받지 못한 어린 여자아이처럼 불안에 떨고 있었다. 검은 강물 속에서 무언가 불쑥 떠올랐다가 사라졌다. 아나가 놀란 표정으로 그를 돌아보았다.

"봤어요?"

네레오는 서로 다른 성질의 물이 기분 나쁜 소리를 내며 섞이는 광경을 내려다보았지만 조금 전 살아 움직이는 듯 꿈틀거리던 것은 다시 떠오르지 않았다.

"분명 어떤 여자였어요."

네레오는 하얗게 질린 아나의 표정을 돌아보며 고개를 갸웃했다. 분명 조금 전 혼탁한 강물 위로 떠올랐다 사라진 것은 버려진 오물 덩어리였다. 그런데 어째서 아나는 그것을 사람이라고 하는 걸까. 문득 보카의 집 주인 무잠파의 말이 떠올랐다. 그는 두터운 입술을 실룩거리며 마치 현자처럼 이 거대한 도시의 청소부는 사람이 아니라 리아추엘로 강이라고 말했다. 그의 말대로 큰 비가 내리면 황토빛으로 변한 강으로 온갖 쓸모없는 것들이 떠내려왔다. 그중에는 멀쩡하게 살아 있는 동물과 아직 숨이 붙어 있는 갓난아이와 칼에 찔리고 총에 맞은 사체들도 있었다. 보카의 사람들은 마탄사라는 이름으로도 불리는 강의 바닥에 거대한 괴물이 살고 있다고 생각했다. 그 괴물이 온갖 부유물을 닥치는 대로 집어삼켰고 한 번 삼킨 것은 절대로 토해내지 않는다고 믿었다. 그들이 그렇게 생각할 수밖에 없었던 것은 시커먼 강물을 집어삼킨 바다가 언제나 푸르렀기 때문이었다.

바다로 흘러드는 강물을 물끄러미 지켜보던 아나가 다시 걸음을 옮기기 시작했다. 두 사람은 어깨를 나란히 한 채 수로를 따라갔다. 수로 중간쯤에서 아나는 해안도로를 횡단하여 시가지로 들어갔다. 불 꺼진 건물 사이를 이리저리 돌아가자 대낮처럼 불을 환하게 밝힌 건물이 나타났다. 고급 승용차들이 줄지어 늘어선 건물 입구에 양복 차림의 청년들이 서 있었다. 그들은 출입구를 가로막고 건물로 들어가려는 사람들의 신분을 확인하고 있었다. 아나가 긴 행렬을 무시한 채 다가가서 무어라고 귓속말을 하자 청년들이 고개를 끄덕이며 문을 열어주었다.

안으로 들어가자 카펫이 깔린 긴 복도가 나왔다. 복도 끝에 다다르자 또다시 3미터 높이의 문이 나타났다. 육중한 마호가니 문을 열자 귀전을 울리는 음악 소리가 쏟아져 나왔다. 7인조 밴드가 연주하는 천장 높은 홀에 남녀가 뒤섞여 춤을 추고 있었다. 아나는 그의 손을 잡고 한쪽에 자리한 바로 이끌었다. 스툴에 앉자마자 바텐더에게 술을 주문한 그녀는 마른 건초 타는 냄새가 나는 실내를 돌아보며 말했다.

"이곳이라면 당신이 찾고 있는 사람이 있을 거예요."

난생처음 클럽에 들어온 네레오는 호기심 어린 시선으로 실내를 돌아보았다. 플로어를 중심으로 부챗살처럼 배치된 테이블은 빈자리가 없었다. 그 뒤쪽의 당구대와 게임 룸에도 사람들이 가득했다. 건물의 중앙은 중정中庭처럼 상층부까지 뚫려 있고 양쪽에 2층으로 올라가는 나선형의 계단이 나 있었다. 천장에서 떨어진 조명은 밝지 않았지만 곳곳에 벽 등이 걸려 있어 어둡지는 않았다. 아나가 안내한 클럽은 페론 대통령을 축출하고 정권을 찬탈한 로나르 장군의 측근이 운영하는 곳이었다.

네레오가 클럽 이곳저곳을 기웃거리는데 겨우 엉덩이만 가린 흑인 여자가 술잔이 올려진 쟁반을 들고 다가와서 술을 권했다. 그가 고개를 가로젓자 흑인 여자는 튀어나온 젖꼭지를 흔들며 사람들 속으로 사라졌다. 네레오는 붉은 카펫을 밟고 2층으로 올라갔다. 계단에는 늙은 부인이 청년과 입을 맞대고 있었고 가슴을 드러낸 젊은 여자가 머리가 하얗게 센 노인의 품에 안겨 있었다.

2층에 올라서자 첫 번째 방의 문이 벌컥 열리며 반라의 여자 두 명이 나와 그의 팔을 잡아끌었다. 놀란 그가 손을 밀어냈지만 소용이 없었다. 그를 방으로 데려간 여자들의 몸은 불덩어리처럼 뜨거웠고 입에서는 푸르스름한 연기가 새어나왔다. 네레오를 소파에 눕힌 여자들이 달려들었다. 여자의 긴 혀가 파충류의 혀처럼 입 속을 휘저었다. 숨이 막혔다. 간신히 여자를 밀어내자 기다렸다는 듯 다른 여자가 달려들었다. 머리가 어지럽고 눈앞이 흐릿해졌다. 흡반처럼 달라붙는 여자들의 팔과 다리를 떼어내고 밖으로 나갔다. 등 뒤에서 여자들이 미친 사람처럼 킬킬거리는 소리가 들려왔다.

복도 한쪽으로 육중한 문들이 늘어서 있었다. 사자 모양의 놋쇠 노커를 밀자 소리 없이 문이 열렸다. 방 한쪽에 속이 훤히 비치는 커튼이 드리워져 있고 그 안에 벌거벗은 남녀가 뱀처럼 엉켜 있었다. 몸을 비틀어대는 여자의 교성이 방을 울렸다. 마른 풀 타는 연기에 눈이 따갑고 목에 무언가 낀 것처럼 답답했다.

또 다른 문을 열었다. 하얀 옷을 입은 여자가 바닥에 이마를 대고 울고 있었다. 네레오가 다가가서 어깨에 손을 올리자 여자가 천천히 얼굴을 들었다. 화장이 번진 얼굴에서 검은 눈물이 주르륵 흘러내렸다. 여자가 울먹이며 무어라고 말했는데 외계의 언어처럼 알아들을 수 없었다.

방을 돌아나가는데 발이 공중에 떠 있는 것처럼 흐느적거렸다. 야릇한 열기가 감도는 방에는 사람들이 가득했는데 전부 무언가에 취해 있었다. 그들이 쏟아내는 말들이 천둥처럼 머릿속을 울렸다.

계단을 내려가는데 몸이 휘청거렸다. 플로어에서 춤을 추는 사람들의 얼굴이 일그러졌다. 길게 늘어난 얼굴이 납작하게 찌그러들더니 크게 부풀어 올랐다. 기름을 바른 듯 온몸이 번들거리는 여자가 다가와서 천천히 입을 벌렸는데 치아가 하나도 없었다. 뱃속에서 뜨거운 불덩어리가 치밀어 올랐다. 네레오는 술에 취한 사람처럼 비틀거렸다. 머리가 먹먹했고 눈앞에 있는 사물들이 빙글빙글 돌아갔다. 희미해지는 의식으로 아나를 찾았지만 보이지 않았다. 욕지기가 치밀었다. 네레오는 기둥을 잡고 주저앉았다. 몸이 움직여지지 않았다. 음악 소리와 웃고 떠드는 소리가 머릿속을 울렸다.

그때 저 멀리 사람들 틈으로 아나가 보였다. 그는 간신히 일어나서 아나를 향해 주춤주춤 걸어갔다. 납빛처럼 창백한 얼굴로 식은땀을 흘리는 네레오를 발견한 아나가 눈을 치켜떴다.

"그 사람을 찾았나요?"

"아니오."

그가 고개를 저었다.

"당신이 찾는 사람은 분명 이곳에 있어요."

네레오가 숨을 헐떡거리며 말했다.

"제발 밖으로 나가요."

네레오의 절규에 놀란 아나가 스툴에서 일어났다. 아나는 그의 손을 잡고 수렁에서 빠져나오듯 사람들을 헤치고 복도를 돌아나가 건물 밖으로 그를 데려갔다. 선선한 공기를 쐬자 서서히 머리가 맑아지고 울렁거리던 뱃속이 가라앉았다. 그의 상태가 회복된 것을 확인한 아나가 택시를 잡았다. 두 사람을 태운 택시는 밤이 깊어가는 부에노스아이레스의 거리를 달려갔다.

아나가 새로 그를 데려간 곳은 유흥가였다. 천장 높은 복도로 들어가서 빗장 걸린 문을 두들기자 한 사내가 얼굴을 내밀었다. 안으로 들어서니 자욱한 담배 연기 속에 수백 명의 사람들이 도박을 하고 있었다. 네레오는 그렇게 아나를 따라 밝은 대낮에는 문을 열지 않는 어두운 뒷골목을 돌아다녔다.

아나가 한 말은 거짓이 아니었다. 그녀는 이 도시를 속속들이 꿰고 있었고 밤거리에서 마주치는 사람들의 이력을 상세하게 알고 있었다. 그들은 전혀 새로운 사람들이 아니었다. 그들은 환하게 웃으며 손님을 맞이하던 은행원이었고 꽃을 포장하던 화원의 주인이었으며 눈빛이 맑은 청년들이었고 신앙에 영혼을 맡긴 노인들이었다. 주말이면 단정하게 옷을 차려입고 가족들과 함께 성당을 찾아가는 가장이었고 아이들을 사랑하는 정숙하고 기품 있는 부인들이었다. 그러나 밤거리에서 만난 그들은 달랐다. 일상의 구속을 벗어던진 그들은 완전히 다른 사람으로 변해 있었다. 아나는 처녀의 유혹에 빠져 파계한 신부와 친구의 재산을 가로챈 시청의 고위 관리와 5월 광장을 배회하는 늙은 거지가 한때 팔레르모 거리에 빌딩을 소유했었다는 사실을 상세하게 알려주었다.

밤늦게까지 거리를 돌아다니던 두 사람이 잠시 휴식을 취하기 위해 도심지 공원의 벤치에 앉았을 때 아나가 물었다.

"대체 당신은 어떤 사람을 찾고 있는 거예요?"

네레오는 말없이 아나의 눈을 바라보았다.

"내 말을 듣고 비웃지 않겠다고 약속하면 말해주겠소."

"약속할게요."

아나의 눈동자가 하카란다 나무 그늘 아래서 보석처럼 반짝거렸다. 잠시 도로를 달려가는 자동차들의 불빛을 지켜보던 네레오가 조심스럽게 입을 열었다.

느릿하게 이어지던 말은 점점 빨라졌고 어느 순간에 이르자 봇물처럼 쏟아져 나왔다. 네레오는 도저히 말을 멈출 수 없었다. 그 많은 이야기가 자신의 머릿속에 있었다는 사실이 믿어지지 않았다. 세상 아무도 모르는 비밀을 혼자만 알고 있다는 것은 기쁨이면서도 가혹한 형벌이었다. 늙은 가우초가 세상을 떠난 이후 자신의 말을 믿어줄 사람이 단 한 명도 없었던 것이다. 가슴에 쌓인 것을 남김없이 고백하자 무거운 짐을 벗어던진 듯 몸이 깃털처럼 가벼웠다.

"세상에 그런 사람이 있었군요."

아나의 두 눈이 놀라움으로 반짝거렸다.

"내 말을 믿는 겁니까?"

"그럼요."

지금까지 만난 사람들과 다른 아나의 반응에 네레오는 안도의 한숨을 내쉬었다.

"어째서 내 말을 믿는 겁니까?"

아나가 차분한 목소리로 대답했다.

"세상에 더 이상 믿을 것이 없기 때문이에요."

"무슨 뜻입니까?"

아나가 밤거리에 늘어서 있는 화려한 건물을 손으로 가리켰다.

"이 거대한 도시는 온갖 위선으로 가득 차 있어요. 그것이 내가 웨나를 믿을 수밖에 없는 이유예요."

"……."

아나가 그에게 물었다.

"웨나를 만나면 무슨 말을 하고 싶어요?"

네레오는 선뜻 대답할 수 없었다. 웨나를 다시 만나고 싶다는 강한 열망에 사로잡혀 있었지만 정작 그를 만나서 무슨 말을 할지 생각해본 적이 없었다. 그의 침묵이 길어지자 아나가 먼저 입을 열었다.

"난 그를 만나면 다시 태어나게 해달라고 할 거예요."

아나의 예상치 못한 말에 네레오는 깜짝 놀랐다. 웨나는 신이 아니었다. 그런데 아나는 그가 전능한 신의 능력을 갖고 있다고 단정하고 있었다. 네레오는 신중한 표정으로 그녀를 바라보며 말했다.

"웨나는 신이 아닙니다."

"아니에요. 당신은 그를 잘못 알고 있어요."

네레오의 거듭되는 부정에도 불구하고 아나는 자신의 생각을 굽히지 않았다.

"당신은 그가 가진 능력의 일부만을 목격했을 뿐이에요. 하지만 웨나는 당신이 미처 알지 못하는 무궁무진한 능력을 갖고 있어요. 그렇지 않다면 절대 수백 년 동안 자신의 정체를 숨기고 살아올 수 없을 거예요."

네레오는 희망이 가득한 눈빛으로 상상의 나래를 펼친 아나를 바라보며 당혹감을 감출 수 없었다.

아나는 마음이 울적하거나 누군가에게 위로받고 싶을 때면 남들 모르게 가까운 성당을 찾아갔다. 성당에 앉아 단상 높이 오른 신부들의 엄숙하고 경건한 목소리를 듣고 있으면 혼란스럽던 마음이 차분하게 가라앉고 마음의 상처가 치유

되는 기분이었다. 또 인자한 성모상을 바라보면 자신이 갓난 아이가 되어 보호받고 있다는 안도감이 들었다. 이처럼 장엄한 시구와 찬미가가 울려 퍼지는 성당은 그녀가 의지할 수 있는 유일한 영혼의 안식처였다.

그런 어느 날 성당을 찾아간 아나는 한 남자를 발견하고 몸이 얼어붙었다. 아나는 그 남자가 얼마나 파렴치하고 추악한지 알고 있었다. 남자는 단상 높이 걸린 십자가를 올려다보고 더러운 입으로 성모를 찬양할 수 없는 인간이었다. 그런데 악마에게 영혼을 팔아넘긴 남자가 신도들의 손을 잡고 찬미가를 노래하고 있었다. 그 남자의 목소리가 섞인 찬미가를 듣는 순간 아나는 자신의 안식처가 심각하게 더럽혀지고 훼손되었다는 생각이 들었다. 미사를 마친 남자가 주임신부와 나란히 걸어가며 환하게 웃는 모습을 보자 아나는 참을 수 없는 수치심과 모멸감을 느꼈다. 마치 벌거벗고 광장에 서 있는 것 같은 참담한 기분이었다. 그날 이후 그녀는 두 번 다시 성당을 찾아가지 않았다.

그런데 우연히 카미니토의 선술집에서 만난 가우초 청년에게 웨나에 관한 이야기를 듣는 순간 새로운 안식처를 찾았다는 생각이 들었던 것이다.

"보여주고 싶은 곳이 있어요."

"무엇입니까?"

"날 따라오세요."

도로를 횡단한 아나는 불 꺼진 거리를 이리저리 돌아가더니 한 건물 앞에서 걸음을 멈추었다. 그녀는 뒤를 따라온 네레오를 돌아보며 건물 사이의 좁은 공간을 손으로 가리켰다.

"바로 이곳이에요."

네레오는 어리둥절했다. 그곳에는 아무것도 없었다. 가로등 불빛조차 닿지 않는 비좁은 공간에 허드레 물건이 아무렇게나 쌓여 있을 뿐이었다. 네레오는 우두커니 서 있는 아나를 의아한 눈으로 바라보았다.

지난 며칠 동안 그녀를 따라 부에노스아이레스의 밤거리를 헤매고 다녔다. 적잖은 시간을 같이 보냈지만 네레오는 그녀에 대해서 알고 있는 것이 아무것도 없었다. 나이가 몇 살인지, 무슨 일을 하는지, 어디에 사는지 알지 못했다. 그녀가 자신이 한 약속만을 충실하게 이행하고 있을 뿐 자신에 대해 함구했기 때문이었다.

어느 해 겨울 새벽, 누더기 옷을 입은 한 여자가 레콜레타 거리에 나타났다. 몸을 제대로 가누지 못한 여자는 고급 주택의 잠긴 출입문을 기웃거리다 힘없이 길바닥에 주저앉았다. 얼마나 지났을까. 인적 끊어진 거리에 죽은 듯 쓰러져 있던 여자가 꿈틀거리며 고개를 들었다. 어디선가 아름다운 노랫소리가 들려오고 있었다. 주위를 두리번거리던 여자는 소리의 진원지를 찾아낸 듯 일어나서 힘겹게 걸어가기 시작했다. 그러나 얼마 걷지도 못하고 건물 벽에 몸을 기대고 숨을 헐떡거렸다. 한 손에 붕대를 감은 여자의 배가 터질 듯 부풀어 있었다. 여자는 땀 젖은 머리를 쓸어 올리고 다시 비틀거리며 걸어갔다.

여자의 무거운 걸음이 멈춘 곳은 한 고급 저택의 출입문이었다. 그 저택의 2층 발코니에서 모차르트의 아리아가 흘러나오고 있었다. 창밖으로 새어나온 빛을 바라보던 여자가 출입문을 흔들었다. 그러나 굳게 잠긴 문은 열리지 않았고 여자의 가녀린 목소리는 새벽바람이 휩쓸고 가버렸다. 여자의 눈빛이 절망에 휩싸였다. 여자가 다시 출입문을 두들겼지만 아무도 내다보지 않았다.

아리아가 끝나자 창가에 사람들의 그림자가 어른거렸다. 잠시 후 다른 노래가 이어졌다. 이번에는 푸치니의 아리아였다. 피아노 선율을 타고 흘러나온 애절한 목소리가 여자의 가슴을 후비듯 파고들었다. 여자는 출입문에서 손을 떼고 뒤로 물러나서 발코니를 올려다보았다. 유리창으로 새어나온 불빛은 너무나 밝았다. 황홀한 듯 불빛을 바라보던 여자가 손을 뻗었다. 그러나 싸늘하게 식은 공기만이 만져질 뿐 불빛이 손에 잡히지 않았다. 그 불빛은 여자가 영원히 도달할 수 없는 곳에 있었다.

여자의 몸이 천천히 무너졌다. 강한 바람이 누더기 옷을 흔들었다. 몸을 웅크린 여자는 살을 파고드는 바람을 피해

한 마리 유충처럼 꿈틀거리며 바닥을 기어갔다. 건물 사이로 기어들어간 여자는 차가운 벽에 등을 기대고 낡은 가방에서 때 묻은 담요를 꺼내 몸을 덮었다. 그러나 담요 한 장으로는 뼛속을 파고드는 한기를 막을 수 없었다.

새벽 공기에 노출된 손이 뻣뻣하게 굳어왔다. 턱이 와들와들 떨리고 허리가 끊어질 듯 아팠다. 동시에 불룩 튀어나온 아랫배에서 강한 통증이 일어났다. 여자는 숨을 헐떡거리며 터질 듯한 배를 손으로 어루만졌다. 그러나 통증은 가라앉지 않고 지속적으로 파고를 높여왔다. 여자의 몸이 힘없이 허물어졌고 치마 밑으로 피 섞인 양수가 기름처럼 번들거리며 흘러나왔다. 여자는 일어나려고 안간힘을 썼지만 몸은 자꾸만 바닥으로 가라앉았다. 짚고 있던 팔이 꺾이면서 뒷머리가 바닥을 찧었다. 치켜든 턱에서 고통스런 신음 소리가 새어나왔지만 푸치니의 아리아에 묻혀버렸다. 숨소리가 점차 빨라졌다. 불룩 솟은 배가 경련을 일으키자 여자의 몸이 활처럼 휘어졌다.

아리아가 거의 끝나갈 무렵 허공을 응시하던 여자의 얼굴이 천천히 무너져 내렸다. 노래가 끝나고 발코니를 밝힌 불이 꺼지자 새벽 거리에 무서운 정적이 내려앉았다.

한 시간쯤 지났을 때 죽은 여자의 다리가 천천히 벌어졌다. 그리고 벌어진 다리 사이로 검은 형체가 꿈틀거리며 나왔다. 그것은 죽은 어미의 살을 찢고 세상 밖으로 나오는 갓난아이의 머리였다. 세상 누구의 도움도 없이 아이는 제 스스로의 힘으로 어미의 몸을 빠져나오고 있었다. 새벽 공기에 노출된 아이의 머리에서 뜨거운 김이 모락모락 피어올랐다. 마침내 어미의 몸을 완전히 빠져나온 아이가 무언가를 잡으려는 듯 손을 들었다. 꽉 움켜진 아이의 손에서 뚝뚝 떨어진 핏물이 실핏줄처럼 날이 밝아오는 새벽 거리를 향해 소리 없이 흘러갔다. 아이는 천천히 눈을 뜨고 오랫동안 기다려온 세상을 공허한 시선으로 바라보았다.

"이곳은 행려병자로 거리를 떠돌던 내 엄마가 죽은 곳이고 동시에 내가 태어난 곳이에요."

네레오는 입술을 깨물고 서 있는 아나를 바라보았다. 그녀의 몸에서 흘러나온 슬픔이 온몸에 전해졌다. 그것은 어딘지 모르게 익숙한 고통이었다. 타인에게서 동질감을 발견한다는 것은 기쁨이 아니라 또 다른 고통이었다.

아나가 천천히 돌아서서 저 멀리 어둠 속에 우뚝 선 건물을 바라보며 말했다.

"난 저곳에서 많은 사람의 축복을 받으며 다시 태어나고 싶어요."

성 미카엘 병원이란 글자가 하얗게 빛나고 있었다. 그 불빛을 바라보는 아나의 눈에서 굵은 눈물이 소리 없이 흘러내렸다.

그 순간 웨나가 떠올랐다. 웨나는 바다를 가르고 앉은뱅이를 일으켜 세우며 장님의 눈을 뜨게 만들고 다섯 개의 빵과 두 마리의 물고기로 수천 명의 사람을 배불리 먹일 수 없었다. 눈먼 사람을 보게 만들고 귀머거리를 듣게 하며 앉은뱅이를 일으켜 세우고 죽은 사람을 살려낼 수 없었다. 그는 오직 바람을 만들 수 있을 뿐이었다. 그것이 웨나가 할 수 있는 유일한 능력이었다. 그런데 아나는 웨나가 자신의 삶을 원점으로 되돌릴 수 있다고 단정했다. 정말 그녀의 생각처럼 웨나가 자신이 미처 알지 못한 전능한 능력을 갖고 있는 걸까. 그래서 지금까지 불멸의 삶을 살아오고 있는 걸까.

어느새 눈물을 그친 아나가 환하게 웃고 있었다. 지금 그녀의 눈에 비친 세상은 신비롭고 경이로울 것이었다. 깊은 밤 잠들지 못한 사람들의 한숨 소리와 술 취한 주정뱅이들의 넋두리조차 심오한 의미로 다가오는 것은 모두 웨나 때문이었다. 아나가 그를 돌아보며 말했다.

"당신에게 보여주고 싶은 게 하나 더 있어요."

"무엇인가요?"

"내 무덤이에요."

네레오는 깜짝 놀라 아나를 쳐다보았다. 무덤은 죽은 자들의 전유물이었다. 그런데 이제 겨우 20대 초반의 젊은 여자가 자신의 무덤을 보여준다니 놀랄 수밖에 없었다. 그가 무어라고 말하려는 순간 아나가 몸을 돌려 걸어가기 시작했다. 고급 주택가를 빠져나가자 해안을 돌아가는 도로가 나타났다. 횡단보도를 건너 작은 공원으로 갔다. 공원 안쪽에는 필라르 성당의 하얀 종탑이 어두운 하늘을 배경으로 서 있었다. 성당 정문에서 북쪽으로 붉은 벽돌담을 따라 올라가자 하얀 대리석으로 치장한 거대한 벽이 나타났다. 그 벽의 중앙에 신전을 받친 듯한 커다란 기둥 네 개가 서 있었다. 아나가 기둥 사이의 철문을 흔들자 저 멀리 어둠 속에서 칸델라 불빛이 둥둥 떠왔다.

잠시 후 잠에서 깬 듯한 묘지 관리인이 철문 사이로 얼굴을 내밀었다.

"누구요?"

"저예요."

칸델라 불빛이 아나의 얼굴을 훑고 지나갔다. 아나를 확인한 묘지 관리인이 허리춤에 찬 열쇠꾸러미를 풀어 철문에 달린 자물쇠를 열었다. 철문 열리는 소리가 고요한 공원에 퍼져나갔다.

두 사람이 안으로 들어서자 묘지 관리인이 철문을 걸어 잠갔다. 아나가 묘지 관리인에게 귓속말을 하며 무언가를 주머니에 넣어주었다. 묘지 관리인이 고개를 끄덕거리더니 칸델라를 그녀에게 넘겨주었다. 그리고 철컹거리는 열쇠 소리와 함께 어둠 속으로 사라졌다. 그때서야 네레오는 이곳이 부에노스아이레스에서 가장 명망 있는 사람들만이 안장될 수 있는 레콜레타 묘지라는 사실을 깨달았다.

칸델라를 든 아나가 무덤 사이로 난 통로로 들어갔다. 불빛에 드러난 묘지는 대저택을 축소해놓은 것 같았다. 지붕에는 십자가가 장엄하게 서 있고 성모는 죽은 자의 어리석음과 미망을 용서하듯 온화한 미소를 머금고 있었다. 또 다양한 형상의 천사들이 죽은 자의 이름이 새겨진 황동 부조를 지키고 있었다.

아나는 마치 제 집을 찾아가듯 거침없이 통로에 깔린 판석을 밟고 나아갔다. 네레오는 혹시라도 그녀를 놓칠까 싶어 부지런히 뒤를 쫓아갔다. 복잡한 미로 같은 통로를 이리저리 돌아가던 아나가 갑자기 걸음을 멈추고 등불을 높이 들었다. 칸델라 불빛에 대리석으로 빚은 한 남자의 입상立像이 드러났다. 중절모를 쓴 남자는 벗은 양복 상의를 왼팔에 걸치고 오른손에 열쇠꾸러미를 들고 비스듬히 서 있었다. 발밑에는 빗자루와 물뿌리개가 실물처럼 정교하게 조각되어 있었다.

"이 사람이 누군지 아세요?"

네레오가 고개를 가로저었다.

"다비드 아예노라는 사람이에요."

"그가 누굽니까?"

"이 묘지의 관리인이었어요."

아나의 말에 따르면 다비드 아예노는 레콜레타 묘지의 관리인으로 일했던 남자였다. 자신이 일하는 묘지에 굉장한 자부심을 가졌던 그는 언젠가 자신도 유명 인사들과 나란히 영면하고 싶다는 꿈을 꾸었다. 그러나 그 희망은 요원했다. 레콜레타의 묘지 가격이 상상할 수 없을 만큼 비쌌기 때문이었다.

그런 어느 날 생각지도 못한 행운이 찾아왔다. 그의 형이 복권에 당첨된 것이었다. 형의 도움으로 묘지를 구입한 다비드 아예노는 곧바로 제노바의 유명한 조각가 카네사에게 자신의 조각상을 의뢰했다. 그런데 우연인지 실수인지 모르지만 이탈리아에서 보내온 조각상에는 1881-1910년이란 생몰년도가 새겨져 있었다. 장인의 손에서 만들어진 아름다운 조각상을 확인한 다비드 아예노는 깊은 고민에 빠졌다. 바로 그 해가 1910년이었던 것이다. 결국 자신의 조각상에 조금의 흠집을 내고 싶지 않았던 그는 가족들과 친구들에게 작별인사를 한 다음 머리에 권총을 대고 방아쇠를 당겨버렸다. 언제 죽을지 모르는 젊은 나이였기에 묘비명에 적힌 날짜에 맞춰 스스로 목숨을 끊어버린 것이다. 이렇게 해서 묘지 관리인이었던 다비드 아예노는 부에노스아이레스의 저명한 인사들과 함께 영면의 시간을 이어오고 있었다.

"내가 보기에 다비드 아예노는 참으로 어리석은 사람이었어요. 난 절대 그렇게 하지 않을 거예요."

아나는 그렇게 말하고 레콜레타의 묘지 관리인이었던 다비드 아예노의 조각상을 뚫어지게 쳐다보았다.

두 사람은 다시 아름답고 화려한 무덤 사이를 걸어갔다. 묘지는 한 번 길을 잃으면 출구를 찾기 어려울 정도로 넓고 복잡했다. 무려 6000개에 달하는 무덤의 주인들은 대통령을 비롯하여 주교와 귀족들, 저명한 문학가와 시인들, 운동선수와 영화감독들이었다. 이들은 살아생전 영화를 누렸고 죽어서도 그 영예를 이어가고 있었다. 특별한 예외도 있었는데 베르나베 사엔스 가문의 하녀였던 카탈리나 도간이 그러했다. 그러나 그녀는 죽어서도 자신의 주인들을 섬기느라 고단한 날을 보내고 있었다.

마침내 아나가 걸음을 멈추고 칸델라를 높이 들었다. 불빛에 드러난 묘지는 지금까지 본 묘지들과 너무 달랐다. 대리석 기단을 잠식한 시커먼 곰팡이가 묘지 꼭대기 십자가까지 번져 있고 스테인드글라스는 완전히 깨어져 있었다. 무덤을 지키는 성모와 천사들도 없고 주인을 알리는 황동 부조조차 없는 황폐한 묘지였다.

"이곳이 바로 나의 무덤이에요."

네레오는 황홀한 기쁨이 넘치는 아나의 얼굴을 가만히 바라보았다. 놀라운 것은 그 기쁨의 원천이 묘지라는 사실이었다.

"얼마 전에 빚을 내서 이 묘지를 구입했어요. 앞으로 10년, 어쩌면 더 오랫동안 빚을 갚아야 할 거예요. 그 빚을 모두 갚고 나면 이 낡은 묘지를 뜯어내고 새로운 묘지를 만들 거예요. 우선 탄틸 지방에서 나는 회색 돌로 묘지를 만들고 정면 왼쪽에는 카라라산 대리석으로 만든 성모상을, 그 맞은편에 내 어머니의 조각상을 세울 거예요. 그런 다음 황동 주물로 문을 만들고 최고급 스테인드글라스를 부착하여 성스러운 빛이 무덤 깊은 곳을 비추도록 할 계획이에요. 마지막으로 이름이 새겨진 묘비명은 내가 죽은 다음에야 부착될 거예요."

레콜레타는 죽은 자들의 도시였다. 살아생전 무한한 영광을 누렸던 그들은 죽어서도 자신의 집을 소유한 채 영겁의 시간을 이어오고 있었다. 인간은 죽은 자에게 관대하다. 사자死者에게 용서와 관용을 베풀지 못한 자는 비난과 배척을 각오해야 한다. 죽은 자들이 묘혈에 안치되는 순간 모든 잘못과 허물이 사라지고 고결한 영혼으로 다시 태어난다. 그들은 세상에서 가장 호화로운 무덤에 누워 서주序奏 없는 연주를 들으며 평화와 안식을 누린다. 한 번 발을 들여놓으면 절대 돌아갈 수 없는 무덤에서 산 자들이 육신의 범속과 영혼의 타락을 물어올 때마다 침묵으로 대답할 권리를 얻게 된 것이다. 어쩌면 그들은 자신의 삶을 반추하느라 산 자들의 질문에 대답할 시간이 없는지도 모른다.

아나는 무엇 때문에 이 비싼 묘지를 사들인 걸까. 살아온 날보다 살아갈 날이 더 많은 20대 여자가 죽음을 앞둔 노인처럼 묘지에 집착하는 이유는 무엇 때문인가.

불현듯 짧은 몇 줄의 구절로 축약된 아나의 묘비명이 떠올랐다. 그랬다. 아나에게 필요한 것은 오늘의 행복도 내일의 안식도 아니었다. 단지 자신의 묘비명에 새겨질 첫 구절이 필요했던 것이다. 어두운 거리에서 행려병자인 어머니의 살을 찢고 태어난 것이 아니라 밝고 청결한 성 미카엘 병원의 분만실에서 많은 사람의 축복 속에서 태어났다는 그 한 구절을 갖고 싶었던 것이다. 그 열망이 웨나를 의심하지 않고 받아들인 이유였다. 세상에 존재하는 그 어떤 신도 이루지 못할 그 소망을 웨나가 해줄 수 있다고 믿은 것이다. 그때 비로소 아나의 무덤은 찬란한 성채가 되어 수만 년의 시간을 이어갈 것이었다.

전에 없던 우문愚問이 어지럽게 떠올랐다. 대체 웨나는 누구인가. 그의 실체는 무엇인가. 나는 무엇 때문에 그를 찾아 헤매고 있는 걸까. 그를 만나서 무엇을 하려는 걸까.

칸델라 불빛을 거둔 아나가 환한 미소를 머금고 묘지를 돌아나가고 있었다. 네레오는 그녀의 뒤를 따라가며 묘비명에 새겨진 죽은 자들의 이름을 한 명씩 읽어보았다. 바르톨로메 미트레, 로베르토 마리아 오르티스, 카를로스 페예그리니, 아구에르, 아네이로스……, 과연 이들이 행려병자의 몸에서 태어난 아나를 용인하고 받아들일까. 그들이 입성을 허락하지 않으면 엄청나게 값비싼 묘지를 소유한 아나의 영혼은 출입문 기둥 위에 새겨진 프리메이슨의 열 개 상징을 통과하지 못하고 영원히 묘지 주위를 떠돌아다녀야 할지 모른다. 그러나 아나가 성 미카엘 병원에서 다시 태어난다면 레콜레타의 망자들은 망설임 없이 그녀를 자신들의 동료로 받아들일 것이다.

무덤 이곳저곳에서 수런거리는 소리가 들려왔다. 오늘 하루를 마감한 망자들이 인사를 나누며 자신의 집으로 돌아가고 있었다. 어둠 속에서 불쑥 온종일 그들의 무덤을 지키던 묘지 관리인이 다시 모습을 드러냈다. 묘지 관리인이 손에 든 열쇠 꾸러미는 다비드 아예노의 무덤에 새겨져 있는 것과 똑같았다. 그러나 삶의 정점에서 스스로 목숨을 끊은 다비드 아예노와 달리 묘지 관리인의 얼굴은 갈아놓은 밭처럼 주름이 깊었고 몸에서는 퀴퀴한 술 냄새가 진동했다. 두 사람을 밖으로 내보낸 묘지 관리인은 철문을 잠그고 지친 걸음으로 어둠 속으로 사라져갔다.

아나가 네레오를 가만히 끌어안았다. 오랜 친구 같은 아나의 몸은 따뜻하고 포근했다. 그것은 세상 아무도 모르는 비밀을 공유하고 있다는 친밀감 때문일 것이다. 누군가 자신의 생각을 순수하게 받아들인다는 것이 이렇게 행복할 수 있다는 사실을 처음 알았다. 어둠 속에서 아나의 눈빛이 반짝거렸다. 그것은 오랜 기다림 끝에 마침내 소원을 이룰 방법을 찾았기 때문인 것 같았다. 아나는 내일 저녁에 만나자는 작별인사를 하고 깊어가는 밤거리로 떠나갔다.

그녀의 뒷모습을 지켜보던 네레오도 느릿하게 보카를 향해 돌아섰다. 가슴이 무언가 뜨거운 것으로 가득한 것 같았다. 그것은 예전에 미처 알지 못한 매혹적인 끌림이었다. 네레오는 부푼 가슴을 안고 밤거리를 터벅터벅 걸어갔다.

다음 날 저녁 네레오는 선술집을 찾아갔다. 그러나 어쩐 일인지 아나는 자정이 가까워질 때까지 나타나지 않았다. 그

다음 날도 마찬가지였다. 매일 저녁 선술집에서 아나를 기다리는 동안 며칠이 지나갔다. 아나가 사는 곳을 알지 못하는 네레오는 약속 장소인 선술집에서 기다리는 것밖에 방법이 없었다. 그날 새벽 레콜레타 묘지 앞에서 헤어질 때 연락처를 묻지 않은 것이 못내 후회되었지만 어쩔 방법이 없었다.

네레오는 아나와 함께 갔던 장소를 찾아다녔지만 그녀의 모습은 보이지 않았다. 아직 그녀에게 못다 한 말들이 무궁무진하게 남아 있었지만 부에노스아이레스의 거리 어디에서도 그녀의 종적을 찾을 수 없었다.

매일 저녁 맥주 한 병을 시켜놓고 망부석처럼 출입문을 지켜보는 네레오에게 바텐더가 말을 걸어온 것은 다시 며칠이 지났을 때였다.

"아나는 오지 않습니다."

"그게 무슨 말입니까?"

"이곳에 올 수 없다는 뜻이오."

네레오가 어리둥절한 표정으로 바텐더를 쳐다보았다.

"아나와 어떤 약속을 했는지 모르지만, 사람들 눈에 띄지 말고 조용히 사라지는 것이 신상에 좋을 거요."

"아나에게 무슨 일이 생겼습니까?"

난감한 표정으로 네레오를 바라보던 바텐더는 출입문을 열고 들어서는 손님들을 흘깃 쳐다보더니 목소리를 낮추고 말했다.

"어제 새벽에 강에서 아나가 죽은 채 떠올랐소."

바텐더의 말에 의하면 아나가 빚을 내서 사들인 레콜레타의 묘지가 화근이었다. 브로커들이 묘지 하나를 수십 명에게 팔아먹은 것이었다. 뒤늦게 이 사실을 알게 된 아나가 경찰서를 찾아갔지만 브로커들은 꿈쩍하지 않았다. 정권을 장악한 군부 실세들이 그들의 뒤를 봐주고 있었기 때문이었다. 화가 난 아나는 자신이 알고 있는 사람들을 찾아가서 억울한 사연을 호소했지만 결국 형체를 알아볼 수 없는 상태로 리아추엘로 강에서 떠올랐다.

선술집을 나온 네레오는 비틀거리며 리아추엘로 강을 향해 걸어갔다. 위스키 석 잔을 단숨에 마신 탓에 뱃속이 불이 난 듯 뜨거웠다. 어두한 선착장 앞에서 한 남자가 케나*를 연주하고 있었다. 케나의 구슬픈 선율이 날카로운 비수처럼 심장을 찔렀다. 그의 심장을 난도질한 선율은 이 도시에서 벌어지는 온갖 비밀을 품은 강물과 뒤섞여 바다를 향해 유유히 흘러갔다. 뱃속이 부글부글 끓어올랐다. 입을 벌리자 토사물이 쏟아졌다. 강물이 몸을 흔들자 네레오가 쏟아낸 오물이 흔적도 없이 사라졌다.

아나가 몸을 파는 콜걸이라는 바텐더의 말이 머릿속을 울렸다. 뒷골목의 건달부터 군부정권의 핵심인사까지 모두 그녀를 찾아온 손님들이었다. 그들은 자신들이 알고 있는 이 도시의 비밀을 고해성사하듯 털어놓았다. 그래서 아나가 이

* 안데스 지역에서 연주되는 목관악기

도시에서 은밀하게 벌어지는 일과 사람들에 대해서 속속들이 알 수 있었던 것이다. 네레오는 취기가 가시지 않는 걸음으로 강을 따라 내려갔다. 짐을 짊어진 듯 몸이 무거웠다. 그는 이 장대한 도시가 쏟아낸 거대한 욕망을 짊어지고 비틀거리며 한 걸음씩 걸어갔다.

신축 중인 한 건물이 나타났다. 그는 골조만 들어선 건물 안으로 들어갔다. 계단을 올라가서 옥상 난간에 서자 도시의 전경이 한눈에 내려다보였다. 저 멀리 북쪽으로 산 마르틴 광장과 서쪽의 플로레스 거리의 불빛이 보였다. 동쪽 해안을 따라 형성된 산텔모 거리를 따라 올라가자 하얀 오벨리스크*가 하늘을 찌를 듯 서 있었다. 그 도로 끝에서 왼쪽으로 방향을 틀면 레콜레타 묘지였고 그 반대편이 아나가 태어난 거리였다.

결국 레콜레타에 묻히고 싶다는 아나의 꿈은 이루어지지 않았다. 어두운 거리에서 제 어미의 살을 찢고 태어난 그녀는 한 줌의 재로 변해 도시가 쏟아낸 노폐물과 섞여 대서양으로 흘러 들어갔다. 이제 그녀는 묘비명조차 없는 차가운 바닷속에서 영원히 살아갈 것이었다.

그날 밤 강에서 아나가 본 것은 무엇이었을까. 그녀의 불안이 만들어낸 허상이었을까. 아니면 자신의 미래를 본 것일까. 레콜레타 묘지 앞에서 자신을 안아주던 아나의 따스한 온기

* 태양신앙의 상징으로 돌로 쌓은 기념비

를 떠올리자 슬픔이 격렬한 통증처럼 치밀었다. 높은 곳에서 내려다본 세상은 단순했다. 청년들은 아무런 이유 없이 도로를 질주했고 젊은 여자들은 사랑을 찾아 거리를 헤매고 사업가들은 재화의 신에 경배하며 술꾼들은 다가올 밤의 향연을 기다리고 중년의 남자들은 뜨거운 사막을 상상하고 병상에 누운 노인들은 또다시 찬란한 날들이 돌아오기를 꿈꾸었다.

그러나 그들이 기다리는 세상은 언제나 요원했다. 기다림에 지친 그들은 거짓 신화와 우상을 만들어 숭배했지만 아버지가 겪은 혼돈을 자식이 다시 시작할 수밖에 없는 모순에서 벗어날 수 없었다. 그럼에도 불구하고 그들은 묘혈에 안치되는 마지막 순간까지 끝없이 새로운 신들을 만들어냈다. 오늘도 세상 어디선가에서 새로운 신들이 탄생하고 그 생명을 다한 신들이 사라져가고 있었다.

파타고니아의 바람이 그리웠다. 웨나가 만든 그 신선한 바람이 간절하게 그리웠다. 그 바람만이 심장이 찢어지는 듯한 슬픔을 달래줄 수 있었다. 이 거대한 도시에서 불어오는 바람에서는 사람들이 쏟아낸 욕망의 악취만이 풍겨 나올 뿐이었다.

다음 날 아침 일찍 네레오는 부에노스아이레스를 떠났다. 리아추엘로 강에서 멀어지면 아나를 잊을 수 있을 거라고 생각한 것은 잘못이었다. 리아추엘로 강에서 멀어지면 멀어질수록 슬픔과 상실의 고통이 깊어졌다. 낯선 거리 한복판에서 갑자기 눈물이 흘러내리고 젊은 여자들이 스쳐 지나갈 때마다 예기치 못한 통증이 엄습해왔다. 눈을 감으면 아나와 함께 부에노스아이레스의 밤거리를 돌아다니던 순간이 선명하게 떠올랐다.

그녀와 함께 대화를 나누면 시간 가는 줄 몰랐다. 자신이 가진 돈을 전부 내주고라도 그녀와 더 많은 시간을 보내고 싶었다. 자신을 이해하는 사람과 같이 시간을 보내는 것이 행복하다는 것을 네레오는 아나를 통해 처음 깨달았다. 아나와 헤어져서 무잠파의 집으로 돌아가기가 너무 싫었고 그녀와 다시 만날 순간을 기다리는 시간은 참으로 지루했다. 불과 일주일도 안 되는 짧은 시간이었지만 아나의 에메랄드 눈동자와 따스한 온기는 네레오의 가슴에 또 하나의 화인으로 남았다.

새로운 여정에서 네레오는 아무것도 보지 못했고 듣지 못했다. 낯선 사람들의 입에서 흘러나오는 말은 아무런 의미가 없었고 어떤 형상을 만들지 못했다. 그들의 어리석음은 나이의 많고 적음과 성별의 차이를 가리지 않았다. 그들은 자신의 삶에 많은 의미를 부여했지만 자신이 누구인지 알지 못한 채 티끌 같은 쾌락을 좇아 죽은 자들의 뒤를 따라가고 있을 뿐이었다. 따라서 그들은 황량한 들판을 떠돌아다니는 한낱 짐승과 다를 바 없었다.

웬나가 만남을 피하는 걸까. 아니면 내가 그가 없는 곳을 찾아다니는 걸까. 웨나는 어떤 의미이며 존재인가. 네레오는 매일 눈앞에 나타나는 새롭고 신선한 풍광을 위안삼아 어지러운 심정을 달랬다.

비 그친 뒤에 수목은 싱그러웠고 따스한 대지에서는 향기가 진동했다. 이름 모를 먼 산들은 우윳빛 유막에 휩싸여 있고 들판에 솟구친 바위는 기묘한 조화를 이루었다. 날개에 붉은 점이 박힌 나비들이 사위로 날아다니고 낙과落果의 달콤함에 취한 벌들이 춤을 추었다. 초원에는 소들의 울음소리가 가득하고 푸른 하늘에는 세상 저편으로 날아가는 새들의 군무가 어지러웠다.

네레오는 고대인들의 흔적이 남은 옛 성벽을 통과하여 옛 선지자들의 피가 고스란히 남아 있는 들판을 가로질렀다. 시간이 흐르면서 어지럽고 혼란했던 마음이 조금씩 가라앉았다. 그리고 아나에 관한 기억도 점차 엷어져갔다.

산타페를 돌아본 그는 코르도바를 거쳐 산후안으로 갔다. 그런 다음 다시 북쪽으로 거슬러 올라갔다.

산후안을 떠난 지 이틀째 되는 날 네레오는 남쪽에서 올라오는 자동차들의 행렬을 발견하고 손을 들었다. 차 한 대가 멈췄고 그를 태워주었다. 네레오가 조수석에 앉자 뒷좌석에 앉아 있던 남녀가 환하게 웃으며 반겨주었다. 차가 출발하자 운전석의 사내가 뒤를 따르는 자동차들이 모두 일행이라고 알려주었다.

"어디까지 가시오?"

"라리오하를 찾아가고 있습니다."

"거긴 무슨 일로?"

"여행 중입니다."

머리카락이 어깨까지 늘어진 사내가 새삼스런 눈길로 네레오를 쳐다보았다.

"당신들은 어디로 갑니까?"

"사막으로 갑니다."

"사막에 사람이 사는 곳이 있습니까?"

사내가 흙먼지가 날리는 도로를 바라보며 고개를 저었다.

"그럼 무슨 일로?"

"달을 찾아가는 길입니다."

네레오가 고개를 갸웃하자 사내가 씨익 웃으며 덧붙였다.

"오늘 밤이 만월滿月입니다."

"보름달이라고요?"

"그렇습니다."

뒷좌석에 앉은 사람들이 동시에 웃음을 터뜨렸다. 사내가 싱긋 웃으며 그를 돌아보며 말했다.

"우리와 함께 달을 보러 가시겠습니까?"

네레오는 자신도 모르게 고개를 끄덕이고 말았다.

그로부터 한 시간 뒤 자동차들의 행렬이 도로를 벗어나서 풀들이 듬성듬성한 들판으로 들어섰다. 자동차가 거칠게 흔들릴 때마다 여자들이 비명을 질렀고 창밖으로 얼굴을 내민 남자들이 괴성을 내질렀다. 자욱한 흙먼지가 연기처럼 들판 저편으로 날아갔다. 앞으로 달려갈수록 풀들이 점차 사라지고 먼 지평선 위로 솟은 산들의 흐릿한 형체가 내려앉았다.

이윽고 자동차들의 행렬이 멈춘 곳은 모래언덕이 시작되는 사막의 초입이었다. 일곱 대의 다양한 자동차에서 내린 서른 명 정도 되는 남녀들이 일제히 환호성을 내지르며 모래밭으로 뛰어들었다. 희희낙락하며 모래언덕을 뒹굴던 그들은 각자 타고 온 자동차로 돌아가서 트렁크를 열고 가져온 물건들을 끄집어냈고 익숙한 손놀림으로 천막을 치고 음식을 준비하기 시작했다. 사람들은 손을 놀리면서도 잠시도 쉬지 않고 농담을 던지며 웃고 떠들었다.

잠시 후 한자리에 모인 사람들은 굵은 소금으로 간을 맞춘 소의 갈비뼈를 뜯으며 술을 마시기 시작했다. 그들은 히피도 아니었고 길에서 흔히 마주치는 원주민도 아니었다. 부에노스아이레스의 클럽에서 본 사람들과도 달랐다. 그들이 주체할 수 없는 욕망에 끌려간다면 이들은 갈증을 해소한 사람처럼 여유가 흘러넘쳤다. 삶에 불만을 가져본 적이 없는, 온몸에서 풍요로움이 넘치는 사람들이었다. 네레오는 자신을 오랜 친구처럼 스스럼없이 대하는 그들을 바라보며 자신이 그 일원인 듯한 착각에 빠졌다.

사람들이 시끌벅적한 시간을 보내는 동안 서쪽 하늘이 점차 붉게 물들어갔다. 거대한 불덩어리가 서쪽 지평선 너머로 모습을 감추자 그들이 동시에 두 팔을 치켜들고 함성을 내질렀다. 사위가 빠르게 어두워졌지만 짙은 구름으로 인해 달은 보이지 않았다. 그러나 등불을 높이 건 사람들의 표정은 한없이 느긋했다.

얼마나 지났을까. 몇 명의 사람들이 일어나서 모래 위에 장작을 쌓기 시작했다. 잠시 후 사막에 높은 제단이 만들어졌다. 한 사내가 나무에 불을 붙이자 거대한 불길이 새로운 태양처럼 활활 타올랐다. 사내가 손에 들고 있던 월계수 가지를 불 위에 던지자 매혹적인 향기가 어두운 사막으로 퍼져나갔다. 술에 취한 사람들이 일어나서 불가로 모여들었다. 그들은 서로를 끌어안고 노래를 불렀고 흐느적거리며 몸을 흔들었다.

사람들 틈에 섞여 요기를 해결한 네레오는 무리를 벗어나서 모래언덕으로 올라갔다. 그들이 둘러앉아 있는 저편의 사막은 어둡고 고요했다. 네레오는 모래언덕에 앉아 어떤 걱정도 근심도 없이 떠들썩한 파티를 즐기는 사람들을 물끄러미 내려다보았다. 그때 한 사내가 무리에서 벗어나서 네레오가 앉은 모래언덕으로 올라왔다. 옆에 앉은 사내가 술병을 내밀었다.

"한잔 하시겠소?"

네레오는 금발의 사내를 쳐다보며 고개를 가로저었다.

"달이 뜰까요?"

"조금 더 기다리면 만월이 그 아름다운 자태를 드러낼 겁니다."

잔뜩 흐린 하늘을 올려다본 사내의 대답은 확신에 차 있었다. 두 사람의 몸은 빛과 어둠으로 나누어져 있었다. 이편은 인간의 땅이고 저편은 전갈의 땅이었다. 왼편에는 활활 타오르는 불길이 오른편에는 적요에 잠긴 차가운 사막이었다. 네레오는 그 두 세계의 경계에 앉아 있었다.

"라리오하 다음에는 어디로 갈 생각입니까?"

"아직 정하지 않았습니다."

사내가 술병을 입으로 가져가면서 다시 물었다.

"최종 목적지가 어딥니까?"

"그저 발길 닿는 대로 세상을 떠돌고 있을 뿐입니다."

사내가 입을 열 때마다 독한 위스키 냄새가 풍겨 나왔다.

"세상의 비밀이라도 찾고 있는 겁니까?"

네레오는 사내의 헝클어진 금발머리를 쳐다보며 고개를 저었다.

"아닙니다."

"만약 그것을 찾는다면 구태여 세상을 떠돌아다닐 필요 없습니다."

"어째서입니까?"

"오랫동안 수많은 사람이 삶의 본질을 찾아 세상을 떠돌았지만 그걸 찾아낸 사람이 아무도 없기 때문입니다."

"그 비밀을 찾았다고 주장하는 사람들이 있습니다."

병을 입에 대고 벌컥벌컥 술을 마시고 난 사내가 차가운 목소리로 말했다.

"그들은 바람에 흔들리는 빛의 한 조각을 보았을 뿐입니다. 그러고는 세상의 비밀을 보았다고 혹세무민하고 있는 겁니다. 오직 순결한 영혼만이 삶의 본질을 각성할 수 있다는 그들의 말은 거짓입니다. 사념은 우리의 육신을 고달프게 만들고 기도와 명상은 우리를 보이지 않는 틀에 가두어 종속을 강요할 뿐입니다. 오히려 각성을 멀리하고 행동을 단순화하는 것이 삶의 본질에 가까워지는 첩경입니다. 그렇다면 심연 깊은 곳에 침잠한 삶의 본질과 어떻게 대면할 수 있을까요. 그것은 우리 육신이 요구하는 욕망에 순응하는 것입니다. 오랫동안 영혼에 홀대당한 육신에게 마음껏 먹고 마시며 춤추고 사랑할 수 있도록 해주는 것입니다. 본능을 일깨우는 것이 바로 심연 깊은 곳에 숨은 삶의 본질과 마주할 수 있는 방법입니다. 사람이 숨을 거두기 직전에 간절히 원하는 것이 무엇인지 아십니까. 그것은 자신의 생애에서 가장 강렬했던 희열입니다. 이처럼 마지막 숨을 거두는 순간까지 한 줌의 쾌락에 미련을 보이는 것이 인간입니다. 욕망을 숨기고 현자의 말을 흉내 내는 늙은이보다 초라한 것은 없습니다. 따라서 욕망에 충실한 것은 영혼의 타락이 아니라 삶의 본질에 다가갈 수 있는 진실한 방법인 것입니다."

네레오는 사내가 하는 말을 이해할 수 없었다.

"사막의 달을 찾아온 이유는 무엇입니까?"

"사막의 달은 우리가 삶의 본질에 다가갈 수 있도록 도와주는 훌륭한 장치입니다."

네레오는 짙은 구름에 휩싸인 밤하늘을 올려다보았다.

"어쨌든 오늘 밤 이 사막에서 그것을 확인할 수 있을 겁니다."

"나는 삶의 본질을 찾고 있는 것이 아닙니다."

"당신이 무얼 찾든지 결국 마찬가집니다."

불가에 모여 있던 사람들이 모래언덕을 향해 소리쳤다. 사내가 일어나서 네레오를 쳐다보며 눈을 찡긋하더니 발이 푹푹 빠지는 모래언덕을 내려갔다.

사내가 떠난 자리에 반쯤 남은 위스키 병이 놓여 있었다. 뚜껑을 열자 강한 오크 향이 코를 찔렀다. 네레오는 찰랑거리는 샛노란 위스키를 가만히 바라보았다. 사내가 말하는 삶의 본질은 무엇이고 세상의 비밀은 무엇일까. 술병을 입으로 가져갔다. 목구멍으로 넘어간 술이 불꽃을 일으키며 온몸으로 퍼져나갔다. 다시 한 모금 마시자 온몸에서 불길이 타올랐다.

술병이 거의 비어갈 무렵 사막 저편에서 귀에 익은 목소리가 들려왔다. 아나의 목소리였다. 술병이 바닥나자 아나의 목소리가 더욱 또렷해졌다. 네레오는 빈 술병을 내던지고 아나의 목소리가 들려오는 곳을 향해 걸어갔다. 사위가 어두웠다. 저들이 밝힌 불이 사막의 유일한 표석이었다. 여긴 너무 춥고 무서워요. 제발 웨나를 찾아주세요. 아나의 흐느끼는 목소리가 귓전을 파고들었다. 네레오가 소리쳤다. 나는 그가 어디에 있는지 알지 못하오. 머릿속이 빙글빙글 돌았고 발밑의 모래가 출렁거렸다.

그때 저 멀리서 북소리가 들려왔다. 금발의 사내가 행렬의 선두에서 북을 치고 있었다. 그 뒤를 횃불을 든 사람들이 한 줄로 늘어서서 사막을 걸어왔다. 둥둥둥 둔탁한 북소리에 사막의 어둠이 균열을 일으키자 성난 전갈이 꼬리를 흔들었다.

네레오는 휘청거리며 행렬을 향해 걸어갔다. 하늘과 땅의 경계가 모호했다. 모래의 바다에 거친 파도가 몰려왔다. 그의 걸음은 무거웠고 쓰러질 듯 위태로웠다. 이 어두운 세상 어디에 저들이 고대하는 달이 있단 말인가. 불의 행렬이 원형을 만들며 돌아가고 있었다. 너울거리는 불의 그림자에서 월계수 향이 진동했다.

이윽고 거대한 원을 만든 사람들이 손에 들고 있던 횃불을 모래 깊숙이 꽂자 원형의 불길이 어두운 사막을 밝혔다. 불의 중심으로 모여든 사람들이 두 팔을 들고 몸을 흔들며 무언가를 중얼거리기 시작했다. 사교邪教의 주문 같은 그 중얼거림은 점차 빨라지고 높아졌다. 수십 명이 동시에 외치는 소리가 사막을 쩌렁쩌렁 울렸다. 금발의 사내가 횃불에 무언가를 올리자 연기가 자욱하게 피어올랐다. 짙은 운무에 휩싸인 사람들의 발이 모래를 휘젓고 치켜든 손이 허공을 움켜잡았다.

얼마나 지났을까. 사람들이 일제히 동작을 멈추고 하늘을 올려다보았다. 불의 밖에서 그들을 지켜보던 네레오는 서늘한 기운을 느꼈다. 사막 저편에서 바람이 불어오고 있었다. 한순간 사막의 하늘이 둘로 갈라지면서 돌연 빛이 나타났다. 사람들의 입에서 동시에 탄성이 흘러나왔다. 어둠 속에서 홀연히 나타난 달은 풍만하고 찬란하게 밝았다. 꿈결 같은 빛이 폭포수처럼 쏟아져 내렸다. 사람들의 몸을 흠뻑 적신 푸른빛은 모래의 웅덩이를 빠르게 채워갔다. 둥둥둥 북소리가 다시 울려 퍼지자 모래의 웅덩이에 고인 빛이 파편처럼 튀어 올랐다.

횃불의 연기가 점점 짙어지자 사람들이 하나둘 옷을 벗기 시작했다. 실오라기 하나 걸치지 않은 사람들의 몸에서 푸른 광채가 번득였다. 잠시 서로의 몸을 응시하던 사람들이 장중하게 울리는 북소리에 맞춰 몸을 흔들기 시작했다. 달빛이 벌거벗은 몸을 어루만질 때마다 사람들의 입에서 교성이 터져 나왔다. 의식은 절정을 향해 치달아갔다. 흐느적거리며 몸을 흔들던 사람들이 하나둘 쓰러져 뒤엉켰다. 사내들의 거친 손길이 여자들의 젖가슴을 어루만지고 여자들의 혀가 사내들의 갈비뼈를 파고들었다. 짐승처럼 얽힌 사람들의 몸에서 쾌락의 신음소리가 들불처럼 거칠게 타올랐다. 금발의 사내가 망연하게 서 있는 네레오를 돌아보며 말했다.

"이것이 바로 삶의 본질이고 세상의 비밀입니다."

이들은 빛을 찾아 광야를 떠돌지 않고 스스로 빛을 만들어냈다. 자신의 표석을 명징하게 인식한 이들은 미망에 빠진 사람들이 이리처럼 황야를 헤매고 다닐 때 따사로운 햇살이 내리비치는 녹색의 정원에서 달콤한 향연을 즐기고 있었다.

불의 중심에서 한 여자가 몸을 일으켰다. 여자는 벌거벗은 몸을 흔들며 다가와서 그의 손을 잡았다. 네레오가 당혹스런 표정으로 금발의 사내를 돌아보았다. 사내가 싱긋 웃으며 더 강하게 북을 내리쳤다. 물을 밀어내는 기름처럼 퍼져나가는 북소리에 의심과 불신이 벗겨지고 허위의 의식이 무너져 내렸다. 네레오는 여자의 손에 이끌려 불의 중심으로 들어갔다. 옷이 하나씩 벗겨졌다. 여자의 혀가 닿자 전기에 감전된 듯 몸이 경련했다. 여자의 손길이 닿는 곳마다 몸이 흐물흐물 녹아내렸다. 쾌락의 강물에 모든 것이 휩쓸려갔다. 상실의 슬픔과 고통, 끝없는 갈망과 부정, 거짓과 진실, 꿈과 이상이 노도처럼 밀려오는 격랑에 떠내려갔다.

경계 안에서 시작한 우리의 삶은 그 안에서 끝났다. 경계 밖을 서성거리는 것은 거짓 환영이었다. 이것이 바로 우리 삶의 본질이며 심연 깊이 침잠한 세상의 비밀이었다. 횃불에서 피어오른 연기 속에 뱀처럼 뒤엉킨 사람들에게서 흘러나오는 교성이 사막의 하늘에 떠 있는 만월을 흔들었다. 네레오는 아니라고 말하고 싶었다. 자신만큼은 이들과 다르다고 외치고 싶었다. 그러나 입에서는 짐승의 울부짖음만이 흘러나올 뿐이었다.

육신이 녹아내리고 의식이 바람 앞의 촛불처럼 꺼져갈 때 홀연히 한 남자가 나타났다. 네레오는 흡반처럼 달라붙는 여자의 몸을 밀어냈다. 그러나 여자는 떨어지지 않고 더 강하게 달라붙었다. 네레오는 아득히 멀어져가는 의식을 붙잡고 사력을 다해 여자를 밀어냈다. 마침내 몸에서 떨어져나간 여자가 모래 위를 기어가더니 또 다른 몸들과 뒤엉켰다.

그때서야 네레오는 비로소 웨나를 직시할 수 있었다. 박차를 가하면 하늘을 날아갈 듯한 검은 말 위에 앉은 남자는 웨나였다. 어렸을 때 파타고니아의 협곡에서 본 바로 그 웨나였다. 오늘날까지 단 한순간도 멈추지 않고 상상했던 웨나였다. 얼굴은 여전히 짙은 어둠에 가려져 있었지만 말의 형상이 예전과 달랐다. 검은 말의 목에 전에 보지 못한 가죽 끈이 둘러져 있었다. 끈에는 얇은 금속으로 만든 술이 수없이 매달려 있었는데 서로 부딪치며 찰캉찰캉 소리가 났다. 그 맑고 청명한 소리가 짙은 연무를 밀어내고 파멸의 가장자리에 위태롭게 서 있는 네레오의 손을 잡았다. 그 소리가 영혼으로 스며들자 네레오의 눈에서 참고 참았던 환희의 눈물이 빗물처럼 흘러내렸다.

5

경계를 벗어난 영혼만이 세상에서 가장 작은 새를 포획할 수 있다

라리오하를 거쳐 투구만으로 올라가는 길은 전에 없이 행복했다. 따뜻한 대기 속에서 생장한 수목의 신록은 푸르렀고 신비로운 비밀을 품은 듯한 유실수의 열매는 풍성했다. 소금처럼 하얗게 빛나는 길에는 선지자들의 발자국이 온전히 남아 있고 갈색 피부의 인디오들은 하얀 이를 드러내며 낯선 여행자에게 기꺼이 음식과 하룻밤 잠자리를 내주었다.

고원을 내려온 후 네레오의 여정은 한 치 앞이 보이지 않는 어둠 속을 헤매는 나날들이었다. 길잡이별은 보이지 않고 불신이 가득한 사람들의 눈빛은 천형처럼 다가왔고 믿었던 표석은 언제나 허상이었다. 이름 모를 역사의 벽에 걸린 거울에서 자신의 남루한 모습을 발견할 때, 어두운 새벽 텅 빈 정류장에서 버스를 기다릴 때, 낯선 밤거리에서 하룻밤 유숙할 곳을 찾아 헤맬 때, 피크닉을 온 일가족의 단란한 모습과 자신과 비슷한 나이의 청년들이 아름다운 처녀들의 손을 잡고 환하게 웃는 모습을 볼 때마다 네레오는 이 지난한 여정을 멈추고 일상으로 돌아가고 싶다는 충동을 느꼈다. 더 이상 지체하면 영원히 돌아갈 수 없을 거란 불안감으로 머릿속이 아득해졌다. 그때마다 네레오는 그들이 일상에서 누리는 행복이 진실한지 의심했다. 그들의 행복은 해변의 젖은 모래와 같았다. 파도가 물러설 때 젖은 몸을 말릴 수 있는 짧은 순간이 바로 그들의 행복이었다. 그러나 파도는 끝없이 밀려왔고 그 뒤에는 만조가 기다리고 있었다. 이처럼 일상의 행복은 짧았고 고통의 날들은 끝없이 길었다.

이런 자위에도 불구하고 네레오는 숱한 밤을 번민으로 잠을 이루지 못했다. 비록 티끌 같은 의심에 불과했지만 신탁을 찾아가는 순례자처럼 주저앉은 바다와 융기한 산과 갈라진 땅을 나아가는 네레오에게 형벌의 고통으로 다가왔다.

그러나 지금은 아니었다. 오랜 방황 끝에 고향으로 돌아와 늙은 어미의 품에 안긴 탕자처럼 안락하고 행복했다. 어둠이 걷힌 세상이 너무나 밝고 선명했던 것이다. 유년 시절 고원의 협곡에서 목격한 웨나는 상상의 산물이 아니었고 자신의 의식이 투영한 환영이 아니었다. 웨나는 마구馬具소리로 자신이 피와 살로 존재하고 있음을 명징하게 드러냈다. 찰캉거리는 소리는 네레오가 오랫동안 기다려온 웨나의 조응이고 발현이며 완벽한 징후였다. 그 소리는 진실한 좌표였고 영원히 빛나는 북극의 별이고 세상 어디에서도 길을 잃지 않는 표석이었다. 따라서 이제 더 이상 네레오는 눈뜬 장님도 처량한 절름발이도 아니었다. 세상 누구도 가지지 못한 비밀의 열쇠를 움켜진 행운아였다.

소리를 좇아 언덕을 넘어가면 맑은 개울이, 어두운 들판에서는 하룻밤 유숙할 수 있고 바람을 피할 수 있는 동굴이, 노두露頭를 돌아가면 따뜻한 음식과 잠자리가 기다리는 마을이 나타났다. 소리는 길을 잃고 방향을 잃은 숲과 칠흑 같은 황야에서 청명한 울림으로 길을 인도했다. 그리하여 네레오의 걸음은 한없이 가벼웠고 낯선 마을에 들어설 때마다 오랜 연인을 찾아가는 듯 가슴이 부풀었다. 혼란은 사라졌고 오로지 진실만이 남았기에 다가오는 시간이 두렵지 않았고 곧 목적지에 도달할 수 있다는 확신이 네레오의 영혼을 풍요롭게 만들었다.

네레오는 영혼을 울리는 소리를 좇아 투구만과 살타를 통과하여 북부의 국경지대로 올라갔다. 새로운 땅에서 만난 사람들의 일상은 변함이 없었다. 대기의 차고 따뜻함과 그 이름만 다를 뿐 세상은 언제나 같았다. 안데스 너머의 세상도, 바다 건너의 세상도 마찬가지였다. 피부색과 언어만이 다를 뿐 그들이 추구하는 삶은 언제나 똑같았다. 농부들은 마른 대지를 팠고 어린 소녀들은 들판의 나비를 쫓았고 위정자들은 어두운 방에서 세상을 기만할 문구를 가다듬었고 신부는 성상의 어깨에 내려앉은 먼지를 닦았고 상인들은 황금의 재단에 머리를 조아렸고 늙은 화가는 거대한 화폭에 삼라만상에 존재하는 모든 짐승을 그려 넣고 있었다.

쾌락은 날숨과 들숨처럼 인간을 지배했다. 그 욕망을 충족하기 위해 사람들은 피와 살을 팔았고 황금과 권력을 아낌없이 쏟아부었다. 그들은 갓 잡아 올린 물고기의 비늘에서, 성난 전갈이 기어간 자국에서, 하늘 높이 솟은 오벨리스크에서, 아이들의 눈동자에서, 노름꾼이 받아든 마지막 카드의 문양에서, 고로高爐의 일렁거리는 불길 속에서, 새로 돋아난 풀에서, 화장장의 부서진 뼈에서 궁극에 도달하는 상징을 찾았지만 그 누구도 현자의 돌을 찾지 못한 채 속절없이 밀려오는 시간에 스러져갔다.

네레오는 가난한 인디오들과 밤새 차를 마셨고 부유한 상인들의 파티에 끼었고 광부와 목수와 대장장이들과 어울려 대화를 나누었다. 낯선 장례식에 참석하여 망자의 삶에 관한 긴 이야기를 들었고 호기심 넘치는 지주의 초대를 받아가서 그들이 하는 말에 귀를 기울였다. 가난한 사람들은 웨나를 재화의 신이라 했고 부자들은 허무맹랑한 미신이라고 치부했고 신도들은 이교도라 비난했고 배교자들은 신탁의 증거를 내놓으라고 윽박질렀고 관리들은 이유 없이 경계하고 배척했다. 절대 욕망의 씨줄과 죽음의 날줄로 교직된 운명에서 벗어날 수 없는 그들의 범속한 일상은 그들의 우주였고 경계였다.

네레오는 이처럼 헤아릴 수 없이 많은 사람을 만나며 길을 나아갔다. 찰캉거리는 마구 소리가 멈추는 곳에 웨나가 기다리고 있었다. 그는 온화한 얼굴로 자신의 먼지 앉은 발을 씻겨주고 시원한 그늘로 데려가 피와 살이 되는 맛있는 음식을 내어줄 것이다. 그런 후에 등불을 높이 걸고 마주 앉아 우리의 운명이 우연의 산물인지 아니면 천형의 굴레인지 긴 이야기를 나눌 것이다. 아득한 세월을 살아온 웨나는 분명 그 질문에 충분한 대답을 해줄 것이었다.

살타를 떠난 네레오는 코브레스를 지나쳐서 서쪽 국경지대로 나아갔다. 해발 4000미터의 고원에는 벌거벗은 산들이 굽이쳤고 사발처럼 우묵한 땅에는 희박한 공기가 무겁게 가라앉아 있었다. 헐벗은 땅에는 키 낮은 크레오소트 부시만이 살아 있을 뿐 애초부터 생명이 존재하지 않은 듯했다. 숨을 들이킬 때마다 공기가 모래처럼 서걱거리는 황량한 고원에는 오래전 잉카인들이 살아 있는 제물을 바치기 위해 걸어간 흔적이 선명하게 남아 있었다.

네레오는 검은빛의 응회암이 늘어서 있는 고원에서 한 노인을 만났다. 먼지가 뿌옇게 쌓인 배낭을 짊어지고 한쪽 다리를 절면서 걸어온 노인은 그가 앉아 있는 바위 그늘로 들어와서 쓰러지듯 주저앉았다. 낯빛이 창백한 노인은 배낭에서 약병을 꺼내 알약 한 줌을 입에 털어놓고 흐르는 땀을 닦았다. 그런 노인을 물끄러미 바라보던 네레오가 물었다.

"어딜 그렇게 힘들게 가십니까?"

"저 산 정상에 올라가려 하오."

노인은 헐벗은 고원 한가운데 우뚝 솟은 산봉우리를 가리켰다.

"몸이 편치 않은 것 같습니다."

"맞습니다."

노인은 창백한 얼굴을 끄덕였다.

"그런데 어째서 저렇게 높은 산을 올라가시려 하는 겁니까?"

네레오는 활화산의 봉우리와 금방이라도 숨이 넘어갈 듯한 노인을 번갈아 쳐다보았다. 물을 한 모금 더 마시고 난 노인이 담담한 말투로 자신의 이야기를 들려주었다.

"나는 살타에서 구두 수선 일을 하고 있습니다. 50년 동안 이 일을 했는데 이젠 눈을 감고 가죽을 만지면 가죽에 닿아 있던 짐승들의 뜨거운 심장과 성긴 힘줄과 숨결을 고스란히 느낄 수 있습니다. 사람들이 가져온 닳고 해진 구두를 보면 뒤틀리고 휘어진 발이 머릿속에 떠오르고 그 형상에 따라 몸이 성치 않은 곳과 어떤 일을 하며 심지어 어떤 성격인지 훤히 알 수 있습니다. 나는 그렇게 후후이 거리에 있는 작은 가게에서 하루 종일 쪼그려 앉아 구두를 꿰매고, 이어붙이고, 잘라내고, 못을 박으며 평생을 살아왔습니다. 그런 어느 날 거리를 오가는 사람들의 구두를 바라보는데 갑자기 지금까지 낮은 곳만을 보며 살아왔다는 사실을 깨달았습니다. 일을 할 때도 길을 걸어갈 때도 언제나 습관처럼 사람들의 발만을 쳐다보고 있었던 것이지요. 심지어 낯선 사람을 만날 때도 그 사람의 얼굴이 아니라 어떤 구두를 신고 있는지 확인하고 있었던 겁니다. 갑자기 그런 내 자신이 수치스러웠습니다. 평생 사람들의 발만을 쳐다보고 살아온 내 자신이 불쌍하다고 생각하는 순간 숨이 턱 막히고 목을 죄는 듯한 공포가 엄습해왔습니다. 며칠 뒤 나는 가게 문을 닫고 내 의지대로 몸을 움직일 수 있을 때 일대에서 가장 높은 곳에 올라가서 세상을 내려다보고 싶다는 꿈을 이루기 위해 유야이야코 산을 찾아온 것입니다."

구두 수선공 노인의 손은 함부로 베어낸 나무 그루터기 같았다. 지친 얼굴에는 모든 영욕이 사라지고 오로지 해발 6700미터의 활화산 정상에 오르겠다는 의지만이 박피처럼 남아 있었다. 생명이 다하기 전, 높은 곳에서 세상을 내려다보고 싶다는 욕망이 무너져가는 육신을 지탱하고 있었다.

힘겹게 말을 끝낸 노인이 배낭에 등을 기댄 채 만년설이 뒤덮인 유야이야코 산의 산정을 바라보았다. 구두 수선공 노인은 살을 에는 추위와 희박한 공기와 칼날 같은 화산쇄설물을 뚫고 저 아득한 천국에 도달할 수 있을까. 그 정상에서 코

카인과 술에 취해 잠든 소녀와 소년을 만날 수 있을까. 그들의 손을 잡고 세상을 굽어 살펴볼 수 있을까.

노인이 천천히 일어나서 배낭을 둘러멨다. 짧은 휴식을 통해 기력을 회복한 노인의 눈빛이 굳은 의지로 타올랐다. 그에게 작별을 고하고 뜨거운 햇볕 속으로 들어간 노인은 서서히 시야에서 멀어져갔다.

고원을 떠나 북쪽으로 올라간 네레오는 거대한 고래가 누운 형상의 염전 호수에 도착했다. 호수 입구에서 수십 명의 인부들이 소금을 캐느라 구슬땀을 흘리고 있었다. 그들이 곡괭이를 휘두를 때마다 고대의 시간이 어떤 절차도 없이 뜨거운 지상으로 끌어올려지고 있었다.

인부들의 몸에서 뚝뚝 흘러내린 땀방울이 소금에 섞이고 있을 때 호수 저편에서 처절한 비명 소리가 들려왔다. 한 남자가 벌거벗은 채 채찍으로 자신의 몸을 후려치며 소금 위를 걸어가고 있었다. 날카로운 비명이 소금 호수를 쩌렁쩌렁 울렸지만 인부들은 꼼짝도 하지 않았다.

네레오는 소금 호수 위를 철벅거리며 걸어가서 광인처럼 울부짖고 있는 남자에게 물었다.

"신을 찾는 겁니까?"

"나는 뉴머러리*가 아니오."

남자는 다리에 마미단**을 차고 있지 않았다.

* 독신과 금욕을 실천하기로 서약한 카톨릭 비밀 단체의 회원

** 뉴머러리들이 육체적 고행을 위해 매일 두 시간씩 다리에 착용하는 철제 갈고리가 달린 밴드

"그렇다면 무엇 때문에 이런 고행을 하는 겁니까?"

"아무도 내가 누군지 알려주지 않기에 직접 나선 것이오."

남자의 눈빛은 호수의 소금을 전부 녹여버릴 듯 뜨거웠다.

"그렇다면 당신은 대체 누구입니까?"

"난……."

한손에 채찍을 든 남자는 슬픈 표정으로 고개를 떨어뜨렸다. 그리고 침통한 눈빛으로 자신의 몸에 난 상처를 바라보며 말했다.

"난 아직도 내가 누구인지 모르겠소."

남자는 그렇게 말하고 손에 든 채찍을 휘둘렀다. 파열음을 내고 날아간 채찍이 등을 후려치자 남자가 소금 위에 털썩 무릎을 꿇었다. 시뻘겋게 탄 등에서 핏물이 뚝뚝 흘러내렸다. 남자가 고개를 들고 네레오를 간절한 눈빛으로 바라보며 말했다.

"내가 누군지 말해주겠소?"

남자의 충혈된 눈에서 뜨거운 눈물이 흘러내렸다.

"난 당신을 알지 못합니다."

네레오가 뒤로 한 걸음 물러서며 대답했다.

"당신도 나를 알지 못한단 말이오?"

남자가 고통에 몸부림치며 절규했다.

"난 이제 겨우 나아갈 방향을 찾았을 뿐입니다."

벌거벗은 남자가 충혈된 눈을 부릅뜨고 되물었다.

"길을 찾았다고?"

"그렇습니다."

"그게 진실이오?"

"그렇습니다."

네레오가 다시 한 번 단호하게 말하자 남자가 탄식을 쏟아냈다.

"가시오. 어서 가시오. 당신의 표석을 찾아가시오."

남자가 천천히 일어나서 손을 내저으며 눈처럼 하얗게 빛나는 소금 위를 걸어갔다. 네레오는 고통에 일그러진 남자의 얼굴이 불과 얼마 전까지 자신의 모습이었다는 사실을 깨달았다. 그러나 지금은 아니었다. 자신의 앞에는 오로지 찬란하게 빛나는 날들이 기다리고 있었다.

소금 호수를 떠난 네레오는 북쪽으로 올라가서 상류에서 떠내려온 침적물이 쌓인 강의 하구에 도착했다. 한 중년 남자가 수천 마리의 새들이 먹이를 찾고 있는 모습을 지켜보고 있었다.

네레오가 다가가서 인사를 건넸다. 남자가 미간을 찡그리고 돌아보는 순간 검은 부리에 몸이 분홍색인 수천 마리의 새들이 일제히 날개를 흔들며 날아올랐다. 멀리 지평선 너머로 사라지는 새들을 바라보는 남자의 눈빛에 실망의 기색이 떠올랐다. 그러나 어디선가 날아온 새들이 침적물에 내려앉자 강은 다시 부산스러워졌고 남자의 눈빛은 다시 광채를 띠었다.

네레오는 새들이 물속에 긴 목을 처박고 먹이를 찾는 모습에 정신을 빼앗긴 남자에게 물었다.

"무엇을 보고 있는 겁니까?"

"저 새들입니다."

"무슨 특별한 이유라도 있습니까?"

"있습니다."

"그게 무엇인지요?"

"악상을 떠올리기 위해서입니다."

"작곡가인가요?"

"그렇습니다."

"음악은 어떻게 만들어지는 건가요?"

중년 남자가 낯선 청년을 바라보며 대답했다.

"세상에서 가장 작고 연약한 새를 손으로 움켜잡는 것입니다."

네레오는 의아한 눈빛으로 작곡가의 성긴 머리카락을 쳐다보았다.

"혹시 새를 잡아본 적 있나요? 악상이란 나뭇잎 떨어지는 소리와 벌레 기어가는 소리에도 놀라 도망쳐버리는 아주 예민한 새입니다. 그 새는 심지어 자신의 깃털이 떨어지는 소리에도 깜짝 놀라 날개를 흔들며 사라져버립니다. 조금만 실수해도 놓치고 조금만 힘을 주어도 죽어버리는 새를 움켜잡는 것이 악상입니다. 얼마 전 한 카페에서 바이올린 연주자와 이야기를 나누고 있을 때 갑자기 그 작은 새가 날아들었습니다. 그런데 항상 갖고 다니던 오선지를 꺼내는 순간 우아한 선율과 격정적인 선율이 조화를 이룬 장엄한 화성이 연기처럼 사라져버렸습니다. 새의 지저귐과 날갯짓 소리만을 들었을 뿐 새를 포획하지 못하고 놓쳐버린 것입니다. 나는 그때부터 아침부터 저녁까지, 심지어 꿈속에서도 필사적으로 노력했지만 끝내 그 악상을 떠올리는 데 실패했습니다. 그래서 그 희미한 숨결 같은 새를 다시 포획하기 위해 이곳을 찾아온 것입니다. 오늘이 이틀째인데 앞으로 얼마나 더 있어야 할지 알 수 없습니다. 이처럼 움켜잡지 못한 새는 길가에 버려진 돌멩이에 불과합니다. 공감각의 세계로 들어갈 수 있는 열쇠가 될 수 없다는 뜻이지요. 그렇다면 새를 완벽하게 포획할 수 있는 방법은 무엇일까요. 그것은 자유로운 영혼입니다. 자아의 감옥을 벗어난 자유로운 영혼만이 새를 완벽하게 포획할 수 있습니다. 내가 아무도 찾지 않는 이곳을 찾아온 것은 바로 그 경계를 벗어난 자유로운 영혼이 되기 위해서입니다."

작곡가는 그렇게 말하고 분홍색 날개를 퍼덕거리며 먹이를 찾고 있는 새들에게 시선을 옮겨갔다. 네레오가 인사를 하고 강을 떠날 때까지 작곡가는 억센 머리카락을 휘날리며 꼼짝하지 않고 새들의 군무를 지켜보고 있었다.

네레오는 문득 걸음을 멈추고 푸른 하늘을 날아가는 새들을 향해 손을 뻗었다. 그리고 가만히 움켜잡았다. 무언가 손 안에 있었다. 아주 작고 연약한 생명체가 자신의 손 안에서 약동하고 있었다. 때론 차갑고 때론 뜨거운 그것은 자신의 몸으로 천천히 스며들어 마치 한 몸이 된 것처럼 살아 움직였다.

네레오는 볼리비아 국경 근처에 있는 한 작은 마을에 도착했다. 완만한 언덕과 구분하기 힘든 황토색 어도비* 집들이 늘어선 마을은 한낮인데도 고요했다. 흙집의 열린 문틈으로 보이는 사람들의 얼굴에서는 어떤 감정도 느낄 수 없었다. 깜빡거리는 눈동자만이 살아 있음을 알리고 있을 뿐이었다. 길 한가운데 배를 깔고 누워 있던 개 한 마리가 낯선 여행자를 발견하고는 느릿하게 일어나서 무너진 담장 사이로 기어들어갔다. 마을을 돌아봤지만 하룻밤 묵을 곳이 마땅치 않았다.

네레오는 벌거벗은 아이들을 앞세우고 마을 옆을 휘돌아가는 샛강 옆에 있는 아시시 출신의 성자 이름을 딴 수도원을 찾아갔다. 하얀 회를 바른 종루가 망망대해를 비추는 등대처럼 황토빛 대지 위에 우뚝 서 있었다. 빛바랜 문을 두들기자 머리가 하얗게 센 늙은 수사가 얼굴을 내밀었다. 수사를 따라 마당으로 들어가자 장미 향과 밀랍 냄새가 강하게 풍겨왔다. 어두운 회랑의 천장에 치품천사**가 그려져 있었으나 워낙 오래되어 여섯 날개가 희미했다. 늙은 수사는 아무것

* 짚과 섞어 만든 벽돌

** 구품천사 중 가장 높은 천사

도 묻지 않고 탁한 주황색 문이 달려 있는 방 하나를 내주었다. 저녁 무렵 식당으로 들어가자 낯빛이 창백한 10여 명의 수사들이 거무튀튀한 탁자에 둘러앉아 있었다. 네레오는 그들 사이에 앉아 묵묵히 식사를 하고 방으로 돌아와서 다음 날 아침까지 죽은 듯 잠들었다.

아침 일찍 일어나서 예배당과 성물안치소를 돌아본 다음 수도원 뒷마당을 통해 샛강으로 나아갔다. 볼리비아에서 흘러내려온 생명수 같은 물줄기는 투명하고 차가웠다. 손발을 씻고 일어서는데 어제 문을 열어준 늙은 수사가 수도원 뒤편 숲속에 외따로 떨어진 벽돌집으로 들어가는 모습이 보였다. 숲길을 따라가자 벽돌집이 나타났다. 문이 활짝 열려 있었는데 굵은 들보 아래 놓인 스무 개 정도의 침상에 사람들이 누워 있었다. 손발과 얼굴에 붕대를 감은 사람들의 몸에서 풍겨 나오는 악취에 네레오는 자신도 모르게 걸음을 멈추었다.

그때 인기척이 나서 뒤를 돌아보니 어젯밤 식당에서 본 한 젊은 수사가 걸어오고 있었다. 네레오가 침상에 누운 사람들을 가리키며 물었다.

"저들은 누구입니까?"

"나병 환자들입니다."

젊은 수사가 네레오를 의아한 눈빛으로 돌아보며 대답했다. 다시 집 안을 들여다보니 아침 햇살에 환자들의 결절結節과 반문斑紋이 선명하게 드러나 있었다. 젊은 수사가 담담하게 말했다.

"수도원장님이 아무도 돌보지 않는 저들을 데려와서 손수 치료해주고 있습니다."

"그럼 저분이?"

"수도원장님이십니다."

젊은 수사가 가볍게 고개를 숙인 후 집 안으로 들어갔다. 네레오는 젊은 수사를 따라 벽돌집 안으로 들어갔다. 수도원장과 침상에 누운 환자들이 그를 흘깃 쳐다보았지만 말이 없었다. 수도원장은 환자의 몸에 감겨진 붕대를 벗겨내고 썩은 손가락을 떼어 젊은 수사가 들고 있던 통에 집어넣었다. 그런 다음 깨끗한 붕대로 상처를 감아주었다. 수도원장의 손길은 일말의 망설임 없이 환자들의 내려앉은 코와 감기지 않는 눈을 쓸어내리고 짓물러 터진 상처를 어루만졌다. 그리고 주수병에 담긴 성수를 이마에 바르고 그들의 이름을 부르며 죄를 용서해 달라고 기도했다. 환자들은 수도원장의 입에서 자신의 이름이 불려질 때마다 몸을 떨며 신이 다시 임하시기를 기도했다. 유리창으로 비춰든 햇살이 수사들의 얼굴에서 황금빛 유약처럼 흘러내렸다.

네레오는 늙은 수사의 손길에서 신이 인간에게 내린 잔혹한 형벌이 거두어지는 광경을 지켜보았다. 늙은 수사의 손은 도공의 손이었다. 도공의 손길이 닿는 곳에 손가락이 생겨나고 내려앉은 코가 일어나고 통각이 살아나며 영원히 감을 수 없던 눈꺼풀이 감겨졌다. 그러나 새로 태어난 저들의 육신은 어제의 형벌을 망각한 채 다시 신을 부정할 것이고 새로운 욕망을 갈망할 것이었다. 찻잔 속에서 파문이 일고, 바람에 나뭇잎이 흔들릴 때마다 그 갈망은 거칠게 타오를 것이었다. 그리하여 저들의 영혼은 또다시 끝없는 고통 속으로 빠져들어갈 것이었다. 이것이 우리의 진실한 모습이었다. 몰아의 경지에 빠진 늙은 수도원장의 손을 지켜보던 네레오는 발소리를 죽인 채 벽돌집을 돌아 나왔다.

숲에는 이름 모를 새들이 즐겁게 지저귀고 있었다. 청명한 공기를 듬뿍 마시고 수도원 마당으로 들어서자 식당에서 금방 구워낸 신선하고 달콤한 빵 냄새가 흘러나왔다. 주황색 방문이 하나둘 열리고 기나긴 불면의 밤을 새운 수사들이 어두운 낯빛으로 나타났다. 주둥이가 긴 물병을 든 그들이 어두운 회랑을 걸어와서 햇살 고인 마당으로 들어서는 순간 그들의 어깨에 앉아 있던 여인들의 형상이 소리 없이 재로 변하였다.

아침 식사를 끝낸 네레오는 지난밤에 머물렀던 방으로 돌아갔다. 회벽에는 이 방에 머물렀던 사람들의 이름이 쓰여 있었다. 네레오는 그 많은 사람의 얼굴을 떠올리며 배낭을 둘러메고 방을 나왔다.

수도원을 돌아 나온 그는 생명의 기운이 수런거리는 어도비 집들을 지나 동쪽으로 나아갔다. 걸음은 여전히 가벼웠고 눈앞에 나타나는 새로운 풍광은 흥미로웠다. 그러나 오늘이라도 나타날 것 같았던 웨나는 좀처럼 모습을 드러내지 않았다. 언덕을 넘어가면 또 다른 언덕이 나타났고 강을 건너면 더 큰 강이 앞을 가로막았다. 웨나의 조응이 사라진 것은 아니었다. 찰캉거리는 소리는 자신의 내면에서 변함없이 청명하게 울려 퍼지고 있었다.

그러나 곧 도달할 거라는 기대가 실망으로 변하면서 불안이 여름날의 그림자처럼 길어지기 시작했다. 그러자 오랫동안 잊고 있던, 정주하지 못한 자의 고독이 엄습해왔다. 네레오는 그 불안이 웨나에게 한 걸음 더 다가가기 위해 반드시 치러야 하는 의례라고 생각했다. 그런 위안에도 불구하고 웨나는 나타나지 않았다.

포르모사에서 남하하여 파라나 강을 등진 로사리오에 도착했을 무렵 찰캉거리는 소리는 불협화음에 가까웠다. 소리는 느닷없이 튀어 올라 청명함을 잃었고 때론 무겁게 가라앉아 진위를 분간하기 힘들었다. 그리고 마침내 단절이 나타났다. 불안하게 이어지던 현이 끊어져버린 것이다.

소리가 사라지자 그동안 힘들게 이루었던 형상이 때 이른 서리처럼 녹아내렸다. 사물의 선이 흐릿하여 윤곽이 잡히지 않았다. 태양은 빛을 잃었고 밤하늘의 별은 차갑게 식었다. 두려움과 공포가 몰려왔다. 찰캉거리는 마구 소리가 사라진 네레오는 길을 잃은 아이였고 지팡이를 놓친 장님이었고 혼자서는 아무것도 할 수 없는 정박아였다. 네레오는 비에 젖은 비둘기처럼 뒤뚱거리며 거리를 돌아다녔다. 그러다 찰캉거리는 소리가 다시 들려오면 기쁨의 눈물을 흘리며 어두운 술집을 나와 햇살이 환하게 비치는 거리로 나섰다. 그러나 또다시 소리가 단절되면 광인처럼 낯선 거리를 헤매고 다녔다.

시간은 속절없이 흘러 북부의 국경지대를 떠돌아다닌 지 일 년이 지나가고 있었다. 그러나 달라진 것은 아무것도 없었다. 웨나의 징후는 더 자주 단절되었고 돌아오는 시간은 점차 늦어졌다. 기대와 희망이 빠르게 줄어들자 저 깊은 곳에 숨어 있던 불안이 들불처럼 일어나기 시작했다. 의심은 점차 여름날의 악취처럼 들끓어 올랐고 신성에 가까운 믿음에 균열이 일어났다. 그럼에도 불구하고 네레오는 여정을 멈출 수 없었다. 웨나의 징후가 완전히 소멸되지 않는 한 세상 끝까지 나아갈 수밖에 없었다. 운명은 종국에 이르러서야 판명될 것이었다.

방향을 선회한 네레오는 부에노스아이레스를 우회하며 남쪽으로 내려왔다. 리오네그로 강을 건너 대서양 연안의 한 항구도시에 도착했을 때 자신의 내면에서 찰캉거리는 소리가 완전히 사라졌다는 사실을 깨달았다.

네레오는 성당 맞은편에 있는 작은 공원에 앉아 있었다. 공원 오른편에 나무 한 그루 없는 구릉지가 솟아 있고 반대편 해안으로 내려가는 도로 양편에 단층집들이 늘어서 있었다. 초여름의 햇살이 내리비치는 일요일 정오의 풀밭에서 짙은 장미 향기가 진동하고 벌들이 날갯짓하는 소리가 붕붕거렸다. 그는 위성류 나무에 등을 기대고 구름 한 점 없이 맑은 하늘로 높이 솟은 종루 끝의 십자가를 올려다보고 있었다. 간간이 찬미가가 들려올 뿐 성당 주변은 고요했다. 잠시 후 본당의 문이 열리고 미사를 마친 사람들이 쏟아져 나왔다. 그들이 하나둘 흩어지자 성당 앞 사거리는 다시 조용해졌다.

시간이 손에 잡힐 듯 느리게 흘러갔다. 서쪽 하늘이 붉게 물드는가 싶더니 이내 어둠이 몰려왔다. 종루에서 퍼져나간 종소리가 저물어가는 집들의 문을 두들기고 묵종默從을 요구했지만 끝내 닫힌 문 앞에서 산산이 흩어졌다.

밤이 깊었지만 네레오는 움직이지 않았다. 최초의 불협화음이 시작된 이후 그는 소리가 단절된 곳에서 기다리는 것이 최선이란 사실을 알고 있었다. 해안에서 몰려온 싸늘한 밤공기가 몸을 덮쳐왔다. 배낭을 열고 담요를 꺼내 몸에 둘렀다. 새벽이 밝아올 때까지 웨나의 징후는 들려오지 않았다.

날이 환하게 밝자 거리의 상점들이 하나둘 문을 열기 시작했다. 남자들이 부스스한 얼굴로 일터로 나갔고 가방을 둘러멘 아이들이 재잘거리며 학교로 몰려갔고 부인들이 장을 보기 위해 집을 나섰다. 오후가 되자 지팡이를 짚은 노인들이 느린 걸음으로 위성류 나무 앞을 지나쳐갔다. 평범한 사람들의 일상이 강물처럼 흘러가고 있었다.

그때 네레오는 자신의 심연의 방문 앞에 서 있었다. 조심스럽게 첫 번째 방문을 열었는데 아무것도 없었다. 두 번째, 세 번째 방도 서늘한 냉기만 감돌 뿐 비어 있었다. 그 방에는 웨나에 관한 모든 것이 연대기처럼 차곡차곡 쌓여 있었는데 그 모든 것이 흔적도 없이 사라져버린 것이다. 마지막 방문을 연 그는 완벽한 공동 앞에 절망하며 주저앉았다. 그때 비로소 네레오는 오랫동안 자신의 영혼을 밝혀온 등불이 완전히 꺼져버렸다는 사실을 깨달았다. 고아의 상실감이 심장을 갈기갈기 찢었다. 온몸이 토막토막 잘려나가는 듯한 고통과 함께 광대한 우주에 홀로 버려졌다는 슬픔이 엄습해왔다. 오랫동안 믿고 의지했던 웨나가 자신을 영원히 떠나버린 것이다. 텅 비어버린 심연의 방들은 그 무엇으로도 채울 수 없었다. 그 방들은 오로지 웨나만을 위해서 존재했던 방들이었다.

네레오는 가장 소중한 것을 잃어버린 여덟 살 아이처럼 오열했다. 건잡을 수 없는 배신감과 회한이 치밀어 올랐다. 나는 무엇을 위해 이 기나긴 여정을 이어온 걸까. 나는 어째서 길에서 만난 수많은 사람의 진심 어린 충고를 받아들이지 않은 걸까. 왜 그들의 안타까운 시선을 질시라고 생각한 걸까. 나는 어째서 저들이 서로 미워하고 배신하며 권태에 몸부림치고 병들어 늙어가는 삶을 경멸했는가. 그런 일상을 타락한 에토스라고 단정하고 관조하는 자신을 얼마나 자랑스러워했던가. 이런 삶을 무엇과도 바꾸지 않을 거라고 얼마나 맹세했던가. 그런데 그 모든 것이 신기루처럼 사라져버렸다.

지금까지 자신이 좇아온 것은 허위였고 허상이었다. 길 위의 고단했던 여정은 그 실체 없는 환상을 좇아간 어리석은 행동이었다. 사람들이 말한 것처럼 세상에는 웨나가 존재하지 않았다. 아니 존재할 수 없었다. 웨나는 파타고니아 고원의 사람들이 만들어낸 전설이고 바람이 만들어낸 신화였다. 유년 시절 협곡에서 본 웨나는 자신의 염원이 투사한 환영이었다. 결국 웨나는 한낱 여름날의 꿈이었던 것이다. 검은 말의 목에 매달린 금속의 술이 부딪치는 소리 또한 환청이었다. 지금까지 어리석게도 거짓 소리를 좇아 세상을 떠돌고 있었던 것이다.

네레오는 아무것도 보지 못하고 듣지 못했다. 한낮의 뜨거운 햇살과 바다에서 불어오는 후덥지근한 바람을 느낄 수 없었다. 성당 앞을 지나가는 사람들이 자신을 가리키며 수군거리는 말도 듣지 못했다. 밤이 왔는지, 해가 지는지, 새벽이 오는지 알지 못한 채 빛을 잃은 식물처럼 서서히 죽어갔다.

그렇게 며칠이 지나가는 동안 많은 사람이 성당 앞을 찾아왔다. 한 젊은 청년이 물 한 모금 마시지 않고 밤낮으로 종루의 십자가만을 쳐다보고 있다는 소문이 시가지에 나돌았던 것이다. 소문을 들은 사람들은 직접 성당을 찾아와서 위성류 나무에 기대앉은 청년을 살펴보았다. 청년의 행색은 남루했지만 얼굴은 미소년처럼 붉었고 눈빛은 지순했다. 사람들은 그런 청년의 모습에서 신성함을 느꼈다.

한 사람이 다가와 조심스럽게 물었다. 어디서 왔습니까. 무엇 때문에 이곳에 앉아 있는 겁니까. 목이 마르지 않습니까. 배는 고프지 않는지요. 대체 무엇을 보고 있는 겁니까. 네레오는 저들의 질문에 대답할 수 없었다. 완전히 고갈된 영혼이 바람 앞의 촛불처럼 꺼져가고 있었기 때문이었다. 한 사람이 집에서 금방 구운 빵과 차가운 물을 가져와서 그 앞에 놓아주었다. 이를 지켜본 또 다른 사람이 손수 지은 옷과 담요를 들고 성당 앞을 찾아왔다. 날이 어두워지자 그가 앉아 있는 위성류 나무 주변에 하나둘 촛불이 밝혀졌다.

닷새째가 되던 날 네레오는 온몸이 불덩어리처럼 타올랐다. 거센 불길이 팔과 다리를 집어삼켰지만 미동조차 할 수 없었다. 그는 자신의 영육이 재로 변하는 것을 지켜보고만 있을 수밖에 없었다. 이윽고 불길이 갈기갈기 찢어진 심장을 재로 만드는 순간 네레오는 의식을 잃고 쓰러졌다.

죽은 고양이의 눈에서 빠져나온 뱀 두 마리가 서로의 몸을 칭칭 감고 한낮의 햇살을 향해 갈라진 혀를 날름거렸다. 형상에 녹아든 것들이 새로운 형상으로 변하자 돌연 어두운 숲에서 뛰쳐나온 난쟁이 인간들이 춤을 추었다. 그들의 허리에 매달린 뼈가 덜거덕거리자 하늘에서 장대 같은 비와 우박이 쏟아져 내렸다. 죽은 나뭇잎을 밟고 숲을 빠져나가자 평원에 거대한 돌 하나가 하늘 끝까지 솟아 있었다. 뇌우가 젖은 땅을 가르자 노랑과 빨강과 자줏빛의 꽃들이 분열하듯 피어났고 음습한 땅에서 기어 나온 다족류가 돋은 날개를 흔들며 거대한 돌을 향해 날아갔다. 하늘을 새카맣게 뒤덮은 다족류가 차례로 돌에 부딪쳐 죽어간 자리에 고대의 소들이 나타나서 형형색색의 꽃을 밟고 새로운 땅을 향해 나아갔다. 신전의 일곱 개 기둥에 새의 문장이, 궁륭의 다섯 면에 인간과 짐승이 교미하는 모습이 새겨져 있었다.

깃털 달린 뱀들이 똬리를 튼 입구를 지나 신전에 들어서자 제단 앞에 한 남자가 벌거벗은 채 서 있었다. 우뚝 솟은 코에서 세계의 질서가, 깊은 눈에서 위대한 생명력이 흘러넘쳤다. 남자가 천천히 손을 들어 자신의 가슴뼈를 부수자 검은 공동이 나타났다. 허리를 숙여 공동 속으로 자신의 머리를 밀어 넣은 남자는 다리와 팔과 어깨를 차례로 집어넣었다.

이계의 관문이 열리자 검은 말 한 마리가 응축된 영겁의 시간을 날아갔다. 검은 새들이 긴 날개를 펼치고 말을 호위했지만 시위를 떠난 화살이 시퍼런 강철 빛 하늘을 날아가는 말의 몸통을 꿰뚫었다. 지상으로 추락한 말의 일곱 구멍에서 쏟아져 나온 검붉은 피가 강을 이루어 바다로 흘러갔다.

검푸른 파도가 둘로 갈라지자 태초의 혼돈이 기록된 절리節理가 나타났다. 그 어떤 생명도 존재하지 않는 순결한 대지의 균열에서 빛 하나가 심해어처럼 깜빡거리다 소멸하자 실체 없는 눈에서 회한의 눈물이 흘러내렸다.

네레오는 기이한 꿈에서 깨어났다. 낯선 방이었다. 벽에는 시커멓게 닳은 올가미와 양가죽 챕스*가 걸려 있고 한구석에 뒤축이 떨어져나간 가죽 부츠가 놓여 있었다. 커튼 너머에서 말 울음소리가 희미하게 들려오고 계피 냄새가 풍겨왔다. 어리둥절한 눈빛으로 방을 돌아보는데 문이 열리고 한 젊은 여자가 다리를 절뚝거리며 들어왔다. 물병과 마른 수건을 든 여자가 다가와서 손으로 네레오의 이마를 짚었다.

"이곳은 어딥니까?"

"이시도르 하인즈 목장이에요."

성당 앞 나무에 등을 기대고 웨나의 징후를 기다리던 자신의 모습이 생각났다. 그런데 어떻게 낯선 목장에 누워 있는 걸까. 여자는 그가 몸을 일으킬 수 있도록 도와주더니 차가운 물이 든 컵을 손에 쥐어주었다. 네레오가 물을 마시는 모습을 물끄러미 지켜보던 여자가 그동안 일어났던 일들에 대해서 상세하게 전해주었다.

이 도시에서 가장 큰 목장을 운영하는 이시도르 하인즈가 때마침 성당 앞을 지나다 그를 발견하여 자신의 목장으로 데려와서 의사를 부르고 간병할 사람까지 마련해준 것이었다.

잠시 후 그가 깨어났다는 소식을 들은 이시도르 하인즈가

* 바지 위에 덧입는 가죽 바지

직접 그를 찾아왔다. 소모사 바지에 긴 가죽 부츠를 신고 종마 수첩을 든 이시도르는 대목장의 주인답게 넉넉한 성품과 호기가 넘쳤다. 그는 침대에 누워 있는 네레오를 내려다보며 자신이 베푼 선행의 결과가 만족스러운 듯 몸이 회복될 때까지 얼마든지 목장에 머물러도 좋다고 말했다. 그러고는 뭔가 더 할 말이 있는 듯했지만 입을 다물었다. 이시도르는 옆에서 있는 여자를 돌아보며 네레오가 완쾌할 때까지 돌봐달라는 당부를 남기고 방을 나갔다.

온몸을 태울 듯한 열은 가라앉았지만 손가락 하나 움직일 수 없었다. 배반의 나팔 소리가 울려 퍼지는 가운데 기나긴 여정은 끝이 났다. 고단한 여정에 지친 사람들이 집으로 돌아갔지만 그는 갈 곳이 없었다. 반겨줄 사람도 없었고 기다리는 사람도 없었다. 칠로에 섬으로 갈 수도 없었다. 그곳에 살고 있는 친지들은 자신의 이름조차 알지 못할 것이었다.

어머니가 생각났다. 그러나 이제 얼굴조차 잊어버린 어머니를 다시 만난들 무슨 소용이 있을 것인가. 오히려 혼란만 가중될 것이었다. 자신의 어리석음을 용서하고, 상처를 어루만져주며, 넉넉한 가슴으로 품어줄 사람이 세상에 단 한 명도 없었다. 어디로 가야 할지, 무엇을 해야 할지, 아무도 알려주지 않았다. 네레오에게는 그것이 더 큰 상처였고 슬픔이었다.

이시도르 하인즈 목장은 규모가 엄청나게 컸다. 해안과 맞닿아 있는 경계선에는 사이프러스 나무가 끝없이 늘어서 있고 그 안쪽에 완만한 구릉지로 형성된 초지가 광활하게 펼쳐져 있었다. 초지 곳곳에는 울창한 숲이 섬처럼 떠 있고 실핏줄 같은 수많은 개울이 흘러내리고 있었다. 영지를 굽어 살피듯 나지막한 언덕에 대저택이 우뚝 서 있고 그 뒤편으로 부속 건물이 들어서 있었다.

네레오가 머물고 있는 곳은 본채에서 외따로 떨어진 별채였다. 하루 종일 찾아오는 사람 없는 별채는 아침부터 저녁까지 여름의 소리가 어지러웠다. 새벽녘이면 바다에서 짙은 안개가 진군하는 군인처럼 몰려왔다. 키 큰 사이프러스들이 젖은 몸을 흔들며 반항했지만 끝내 안개에 삼켜지고 말았다. 햇살이 뜨거운 한낮에는 온갖 새들이 날아와서 울었고 깊은 밤이면 저 멀리 목장 정문에서 저택까지 이어진 외등 불빛이 공중에서 아스라이 흔들렸다. 어떤 날은 저택에서 피아노 소리가 들려왔다. 그러나 고요한 어둠을 날아온 선율은 그 어떤 음률도 만들지 못하였다. 그저 지루하게 반복되는 음의 나열일 뿐이었다.

목장을 방문한 젊은 의사는 그의 몸이 완쾌되었다는 진단을 내리고 돌아갔다. 그러나 네레오는 여전히 무기력했다. 햇살에 닿는 살은 얇은 종이처럼 바스러졌고 거친 물살에 쓸려 내려간 영혼은 산산조각 난 듯했다. 그러나 세상은 무심하게 흘러가고 있었다. 밤새 거친 바다를 달려온 바람은 쉴 곳을 찾아 초지를 서성거리고 초여름의 햇볕을 듬뿍 받은 풀을 먹은 소들은 무럭무럭 자라고 새들은 짝을 찾아 부지런히 초원을 날아다녔다. 네레오는 하루 종일 침상에 누워 덧없이 흘러가는 일상을 말없이 관조하였다.

저 멀리 시가지에서 뻗어 나온 해안도로에 한 여자가 나타났다. 한쪽 다리를 절뚝거리며 목장으로 들어온 여자는 사이프러스 아래 서 있는 네레오를 발견하고 놀란 표정을 지었다.

"어쩐 일이에요?"

"방 안에만 있었더니 답답해서 나왔어요."

루이사는 하루에 두 번 시내에 있는 자신의 집에서 목장까지 걸어와서 그를 돌봐주고 돌아갔다. 미간을 살짝 찡그린 그녀의 몸에서 새벽이슬에 젖은 싱그러운 풀냄새가 났다. 루이사는 어린 시절 앓은 소아마비로 인해 한쪽 다리를 절었다. 그 때문인지 늘 발목까지 내려오는 긴 스커트를 입고 다녔다. 균형을 상실한 사람들이 그렇듯 그녀 역시 자존심이 강하고 쉽게 상처를 받는 성격이지만 호기심만은 누구에게도 뒤지지 않았다. 이 작은 항구도시에서 25년을 살면서 한 번도 시 경계를 벗어난 적이 없는 루이사는 집과 성당과 간간이 일을 도와주는 이시도르 목장이 생활 반경의 전부였다. 그러나 루이사의 파란 눈동자는 바깥 세상을 향한 호기심과 동경으로 가득 차 있었다.

"오늘은 어떤 이야기를 들려줄 거예요?"

루이사는 우연히 자신이 간병하는 청년이 오랫동안 세상

곳곳을 떠돌아다녔다는 사실을 알고 난 뒤부터 네레오에게 세상 이야기를 해달라고 부탁했다. 그녀의 보살핌을 받고 있는 네레오는 보답하는 마음으로 길 위에서 보고 들은 이야기를 하나씩 들려주었다. 이렇게 낯선 청년이 들려주는 흥미로운 이야기에 푹 빠진 루이사는 목장에서 보내는 시간이 점점 늘어났다.

네레오가 사이프러스 방죽을 걸어가며 이야기를 시작하자 그녀의 파란 눈동자가 보석처럼 반짝거렸다. 루이사는 병든 아버지를 버리고 집을 나간 어머니를 찾아 나선 한 소녀 이야기에 눈물을 글썽거렸고 한 부인을 사랑하여 파계한 신부가 자신의 죄를 뉘우치기 위해 수년 동안 광야를 헤매고 있다는 이야기에 안타까움을 금치 못했다. 검은빛 메사*와 잿빛 덤불이 지천인 초릴라에서 만난 사내가 나치 친위대 출신의 장교였다는 사실에 자신이 유대인인 듯 분개하며 화를 냈고 추부트 계곡에서 만난 집시들의 신묘한 점성술 이야기에 입을 다물지 못했다. 네레오는 귀를 쫑긋 세운 루이사의 눈을 바라보면 산들바람에 흔들리는 하얀 커튼과 창틀에 올려진 노란 팬지꽃에 내려앉은 벌이 날개를 흔드는 소리와 천장에서 은빛 모빌이 빙글빙글 돌아가는 광경이 떠올랐다.

여름은 전에 없이 풍성하게 다가왔다. 녹색의 풀들은 눈을 찌를 듯 선명했고 숲속에서 들려오는 새들의 지저귐은 아름

* 테이블처럼 위가 평평하고 가장자리는 가파른 사면이나 벼랑으로 된 지형

다운 선율이었다. 루이사에게 들려주는 이야기에 자신의 생각과 감정을 조금씩 섞기 시작한 것은 그즈음이었다. 인물의 성격과 사건을 극적으로 표현한 이야기에 민감하게 반응하는 루이사를 지켜보는 것은 실의에 빠진 네레오에게 작은 즐거움과 큰 위안을 주었다. 이처럼 네레오의 입에서는 영원히 마르지 않는 샘물처럼 이야기가 끝없이 이어졌다. 그리고 루이사와의 만남을 통해 상실의 고통에서 조금씩 빠져나온 네레오는 빠르게 건강을 회복했다.

두 사람은 점차 집 안에 있는 시간보다 드넓은 목장을 산책하며 대화를 나누는 시간이 많아졌다. 루이사와 함께하는 시간은 놀라움의 연속이었다. 하나의 사물을 똑같이 느끼며 감정이 일치할 때마다 네레오는 자신을 둘러싼 세계가 빠르게 변하고 있음을 깨달았다. 그리고 미처 의식하지 못하는 동안에 비어 있던 심연의 방이 새로운 것으로 채워지고 있었다.

네레오는 늘 사람들의 시선을 회피하는 루이사의 여위고 허약한 몸에서 정결한 영혼을 감지했다. 그녀의 가느다란 목소리가 자신의 내면으로 스며들 때 무한한 기쁨과 행복을 느꼈다. 자신도 알지 못하는 사이에 웨나에게 받은 상처가 치유되고 있었던 것이다.

그러나 네레오는 이따금 가벼운 현기증을 느꼈다. 그것은 외줄에 올라선 듯한 일말의 불안감이었다. 어느 날 거울에 비친 자신의 모습에 네레오는 깜짝 놀랐다. 시간을 함부로 허비한 탕자에서 유년 시절 맑고 순수했던 모습으로 돌아온 자신을 보았기 때문이었다. 그는 확연하게 달라진 얼굴을 쓰다듬으며 오랫동안 자신을 옭아맨 미망의 거미줄에서 완전히 벗어났다는 사실을 깨달았다.

곧바로 이시도르를 찾아간 네레오는 자신이 여덟 살 때부터 가우초 일을 했다는 사실을 밝히고 목장에서 일할 수 있게 해달라고 부탁했다. 이시도르는 신앙심 깊은 일꾼을 찾는 것은 목장 주인이 우선해야 할 덕목이라며 부탁을 흔쾌히 받아들였다.

이시도르 하인즈는 겉으로 보기에는 성품이 온화하고 너그럽게 보였지만 실제 목장을 경영하는 방침은 굉장히 엄격했다. 예나 지금이나 가우초들의 삶을 엉망으로 망치는 것은 술과 도박이었다. 그들은 술과 도박이 자신들을 비참하게 만든다는 사실을 알면서도 그 유혹을 뿌리치지 못했다. 이런 가우초들의 습성을 잘 알고 있는 이시도르는 자신의 목장에서는 술과 도박을 금하고 가정을 이루고 신앙생활을 할 것을 요구했다.

이시도르 하인즈 목장에서의 생활은 지금까지와 달랐다. 그동안 거쳐 온 목장에서 일한 것은 여행 경비를 마련하기 위해서였다. 그러나 이제 더 이상의 여행은 필요치 않았다. 한곳에 정주하여 살아가는 것이 네레오의 새로운 목표였다. 다른 사람들처럼 평범한 일상을 보내는 것이 네레오가 원하는 삶이었다. 이제 앞으로 남은 시간은 온전히 그렇게 보낼 것이었다.

네레오는 매일 아침 말을 타고 젖은 초지를 달려갈 때 자신이 생명하고 있음을 온몸으로 느낄 수 있었다. 소들의 벌거벗은 몸에서 피어오르는 열기와 안개에 휩싸인 사이프러스와 넓은 초지의 풀들이 새로운 의미로 다가왔다. 이따금 웨나를 찾아 세상을 떠돌아다니던 날들이 떠올랐지만 시간이 지나면서 지난 꿈처럼 희미해져갔다.

그렇게 2년이 지난 어느 날 이시도르가 병석으로 자리가 비어 있는 가우초 감독관 자리를 맡아달라고 요청해왔다. 수대에 걸쳐 대목장을 운영해온 가문에서 성장한 이시도르는 숱한 일꾼들을 겪었지만 네레오 같은 가우초를 본 것은 처음이었다. 네레오는 소와 양을 다루는 실력이 뛰어났고 술을 마시지 않았고 도박에 손을 대지 않았으며 사물을 바라보는 태도가 진실하고 정직했다. 무엇보다 이시도르의 마음을 사로잡은 것은 이 넓은 목장 곳곳에 손길이 닿지 않는 곳이 없을 정도의 네레오의 부지런함과 성실성이었다. 이 모든 것을 감안하여 감독관 자릴 맡긴 것이다. 이시도르의 파격적인 제안에 잠시 놀랐지만 네레오는 재고 없이 가우초 감독관 자리를 받아들였다. 루이사의 뱃속에 자신의 아이가 자라고 있었기 때문이었다.

그해 연말 루이사는 건강한 아들을 출산했다. 이시도르를 비롯한 목장 사람들이 아이의 탄생을 축복해주었다. 하루가 다르게 성장하는 아이를 지켜보는 것은 그에게 굉장한 즐거움이며 기쁨이었다. 아들과 아내를 바라볼 때마다 네레오는 이제 혼자가 아니라는 사실을 절실하게 깨달았다. 옆에는 언제나 귀를 기울여주는 아내가 있었고 자신의 피와 살과 영혼을 이어받은 새로운 생명이 있었다.

어떤 문제가 생겼을 때 상의할 수 있는 사람이 있다는 것은 크나큰 변화였다. 이제 판단하고 결정할 때 주저하고 두려워할 필요가 없었다. 설령 그 결정이 잘못되어도 얼마든지 수정하고 다른 방법을 찾을 수 있었기 때문이었다. 이처럼 누군가 나의 실수와 허물을 이해하고 감싸준다는 것은 참으로 놀라운 일이었다.

웨나를 찾아 세상을 떠돌던 시절 네레오를 가장 힘들게 한 것은 하루 일과를 마치고 집으로 돌아간 사람들이 가족들과 함께 단란한 시간을 보내는 집에서 흘러나오는 불빛을 보는 것이었다. 그 은은한 불빛이 어두운 거리에 서 있는 자신의 몸에 닿을 때마다 날카로운 칼날로 가슴 한쪽을 도려내는 듯한 고통이 밀려왔고 반석에 새겨진 굳은 맹세가 바람 앞의 촛불처럼 흔들렸다. 그때마다 네레오는 그 고통스런 소외감과 결락이 자신이 필연적으로 감당해야 할 몫이라고 생각했다.

그런데 영원히 가질 수 없고 도달할 수 없을 것 같은 그 불빛을 지금 자신이 움켜잡고 있었다. 이제 그는 하룻밤 잠자리를 구하기 위해 남의 집 문을 두들길 필요가 없었고 장대비가 쏟아지는 들판을 처량하게 걸어갈 이유가 없었다. 짙은 눈발이 떨어지는 어두운 밤길에서 갈 곳을 찾지 못한 채 방황할 필요도 없었다. 하루 일과를 마치고 감독관 집으로 돌아와 루이사와 저녁 식사를 하고 도란도란 이야기를 나누다 잠이 들면 그만이었다. 마침내 네레오는 가족을 가짐으로써 평범한 일상으로 편입할 수 있었다. 그 누구도 자신의 권리를 침해할 수 없는 일상을 살아갈 수 있게 된 것이었다.

하나 마음에 걸리는 것이 있다면 가우초 감독관 자릴 선뜻 내준 목장 주인인 이시도르 하인즈였다. 이시도르가 자신에게 베푼 친절과 배려가 어디서 기인하는지 알고 있었지만 진실을 말할 수 없었다. 진실을 고백하는 순간 자신이 누리는 행복이 산산조각으로 깨어질지 모른다고 생각했기 때문이었다. 루이사가 그동안 세상을 떠돌아다닌 이유를 물었을 때 대답하지 않은 것도 같은 이유였다. 웨나를 찾아 세상을 떠돌아다녔다는 사실은 무덤까지 가져가야 할 비밀이었다.

때때로 이시도르는 업무를 끝낸 후 말없이 그를 지켜보았다. 네레오는 그 눈빛이 무얼 의미하는지 알고 있었다. 이시도르는 자신의 신성과 그의 신성이 동일한 것인지 묻고 있었다. 네레오는 그 무언의 질문에 언제나 침묵으로 일관했다. 자신의 입에서 흘러나온 말이 상대에게 전달되기도 전에 왜곡될 수 있음을 알고 있었기 때문이었다. 다행히 이시도르는 그 질문을 입 밖으로 꺼내지 않았다. 어쩌면 이시도르도 네레오의 입에서 예상치 못한 말이 나오는 것을 두려워했을지 모른다. 네레오의 예상과 달리 침묵은 두터운 신뢰로 변해 돌아왔다.

시간이 빠르게 흘러갔다. 그리고 영원히 지속될 것 같은 불빛이 흔들리기 시작했다. 그 어떤 것도 단숨에 잘라버리던 칼날이 시간에 짓눌려 점차 무뎌지기 시작한 것이다. 루이사를 사랑하는 마음이 변치 않는 상황에서 일어난 변화라는 사실에 적잖게 놀랐다. 네레오는 그 흔들림이 이유 없이 신들의 사랑을 받는 자들이 느끼는 불안감이라고 애써 외면했다.

그런 어느 날 네레오는 자신 앞에 거대한 벽이 서 있다는 사실을 깨달았다. 그 벽은 아이의 해맑은 웃음과 루이사의 사랑스런 몸짓으로 쌓아올린 일상이라는 견고하고 높은 벽이었다. 그 벽은 앞으로 한 걸음도 나아갈 수 없는 일상의 경계였다.

그때부터 네레오의 입에서 흘러나온 맥락을 잃은 이야기는 아무런 긴장도 감동도 주지 못했다. 그의 지리멸렬한 이야기에 루이사는 빠르게 흥미를 잃어갔다. 두 사람은 같은 침대에 누워 서로 다른 생각을 하기 시작했고 서로에게 말하지 않는 비밀이 하나둘 늘어났다. 그것은 서로를 사랑하는 마음과 다른 별개의 현상이었다.

네레오는 차갑게 식어가는 자신의 마음에 반발하여 자신

의 말이 루이사의 몸에 스며들어 사랑스런 몸짓으로 나타나고 루이사의 속삭임이 자신의 상처를 치유하던 경이로운 순간과 새벽 환한 햇살이 물결치듯 흔들리며 다가와 자신의 품에 안겨 잠든 루이사를 비추던 순간을 상기했다. 그때 그녀의 숨결은 자신이 향유할 수 있는 궁극의 기쁨이고 희열이었다. 그러나 이젠 루이사의 숨결에서 그날의 기쁨과 희열을 느낄 수 없었다. 어느새 흐릿해진 기억들은 점점 거세지는 변화의 흐름을 막기에는 역부족이었다.

감독관이 된 지 3년이 지난 어느 날 네레오는 출장을 갔다가 새벽 늦게 목장으로 돌아왔다. 늦은 시간이라 이시도르의 저택과 가우초들 숙소는 전부 불이 꺼졌고 유일하게 자신의 집에서 희미한 빛이 새어나오고 있었다. 그 불빛을 보는 순간 다섯 시간을 쉬지 않고 운전해 온 피로가 씻겨나갔다.

불빛에 이끌린 네레오는 창가로 다가갔다. 열린 커튼 사이로 아이를 품에 안고 잠든 루이사가 보였다. 그녀의 앙상한 다리와 입술을 오물거리는 아이의 모습에 콧날이 시큰해졌다. 두 사람이 잠든 공간은 어떤 허위도 침범할 수 없는, 오로지 진실만이 존재하는 지상의 낙원이었다. 네레오 자신이 누리는 행복의 실체였고 생명 있는 자라면 누구나 꿈꾸는 우리 삶의 비밀이었다.

그러나 그날 새벽 네레오는 집으로 들어가지 않았다. 대신 좁은 차 안에서 밝아오는 아침을 맞이했다. 뒷날 아무리 생각해도 스스로 납득할 수 없었던 행동이었다.

다시 몇 년이 지났을 때 한 사업가가 항구도시에 나타났다. 그 사업가는 미국 개척시대에 철물 사업으로 부를 이룬 집안의 후손이었는데 시가지로 들어서는 길목에 수년 동안 비워져 있던 창고를 사들여서 대형 철물점을 열었다. 천장까지 빼곡하게 들어찬 진열장에는 세상에 존재하는 모든 종류의 나사와 못과 볼트와 너트가 차곡차곡 채워졌고 야적장에는 건축에 필요한 모든 자재와 장비가 산더미처럼 쌓였다.

철물업자의 뒤를 이어 부동산과 건축업자들이 소리 없이 나타나서 각기 흩어져 사무실을 열었다. 그 밖에도 정체를 알 수 없는 사람들이 은밀하게 출몰하여 시가지 곳곳으로 흩어졌다. 마지막으로 짙은 향수 냄새를 풍기는 여자들이 무리지어 나타나서 빈 점포들을 하나씩 차지했다. 그들은 어둠이 내리면 하나둘 식당과 술집에 모습을 드러내고 가장 비싼 음식과 술을 주문했고 팁을 후하게 지불했다. 매일 저녁 현지인들과 어울리던 그들은 주말이면 성당의 미사에 참석하여 진지한 자세로 찬미가를 노래했다.

철물업자가 나타난 지 반년이 지나자 수백 년 동안 아무도 거들떠보지 않던 유휴지가 개발되고 시가지를 우회하는 도로가 새로 개설되었고 하루가 멀다 하고 고급 식당과 술집이 생겨났다. 오랫동안 손님이 없어 파리를 날리던 낡은 호텔은 수개월 전에 예약하지 않으면 방을 구할 수 없을 정도로 붐

비기 시작했다. 이탈리아산 고급 양복을 입은 변호사들이 탄 고급 승용차가 루이사의 아버지를 찾아온 것은 그로부터 몇 달이 지났을 때였다.

아득히 먼 옛날 이 항구도시에 처음 정착한 한 집안에서 아프리카 대륙에서 떠밀려온 쓰레기가 쌓이는 해안가의 땅을 헐값에 사들였다. 그러고는 자신들이 땅을 매입했다는 사실조차 까맣게 잊어버렸다. 그렇게 수많은 세월 동안 버려져 있던 땅에서 엄청난 매장량의 석유가 발견된 것이다.

아내를 병으로 잃고 작은 식료품 가게를 운영하며 외동딸을 키워온 루이사의 아버지는 하루아침에 어마어마한 부자가 되었다. 그녀의 아버지는 곧바로 이시도르 하인즈 목장의 감독관 주택에 살고 있는 딸을 불러들였다.

아버지 집으로 돌아간 루이사는 시가지가 내려다보이는 언덕에 땅을 사들여 아르누보 형식의 대저택을 건축하기 시작했다. 이시도르 같은 전통 부자들이 생각할 수 없는 화려한 저택이 완성되자 루이사는 다시 시가지 중심가에 대형 호텔을 짓는 일에 착수했다.

목장에 홀로 남은 네레오는 주말이 되어서야 루이사의 저택을 찾아갔다. 루이사는 빠르게 변하고 있었다. 바람 불면 날아갈 듯 여윈 팔과 다리에 살이 붙기 시작했고 한순간 폭발하듯 몸집이 불어나면서 불가사의한 일이 벌어졌다. 소아마비로 절뚝거리던 다리가 정상인처럼 걸을 수 있게 된 것이다. 의사조차 믿을 수 없는 놀라운 변화였다. 오랫동안 상실했던 균형을 회복한 루이사는 하루가 다르게 달라졌다. 턱이 늘어지고 허리는 통나무처럼 굵어졌고 가녀린 목소리는 탁한 쇳소리로 변했다. 사람들의 시선을 피하던 파란 눈에서 날카로운 안광이 번득였다. 그녀는 거침없이 사람들 속을 헤집고 다니며 거친 쇳소리를 토해냈다. 한때 그녀가 발목까지 내려오는 스커트를 입고 한쪽 다리를 절었다는 사실을 아무도 믿지 않았다. 루이사가 이처럼 걷잡을 수 없이 변해가는 동안 목장에 남은 네레오는 혼자 있는 시간이 점점 늘어났다.

이시도르의 저택에서 아름다운 피아노 소리가 흘러나왔다. 연주가 끝날 때마다 가벼운 박수와 사람들의 수런거리는 웃음소리가 아련하게 들려왔다. 가우초들의 숙소에서는 몰래 술을 마신 일꾼 하나가 신세를 한탄하는 소리가 흐느적거리며 들려왔다.

네레오는 목장을 한 바퀴 돌아보고 포치의 낡은 의자에 앉았지만 잠이 오지 않았다. 루이사가 아이를 데리고 목장을 떠난 뒤 그는 뜬눈으로 밤을 새는 날이 부쩍 늘어났고 새벽 늦게까지 불꺼진 목장을 서성거리는 일이 잦았다. 바람에 흔들리는 외등 불빛을 바라보던 그는 천천히 일어나서 목장을 빠져나갔다.

시가지로 들어간 네레오는 방향을 상실한 사람처럼 발길 가는 대로 밤거리를 돌아다녔다. 밤이 늦었지만 식당과 술집에는 빈자리가 없었다. 사람들은 너도나도 술에 취해 검은 황금에 대해 열띤 주장을 늘어놓고 있었다. 그들을 말없이 지켜보던 네레오는 해안으로 발길을 돌렸다. 어두운 해안에는 시추탑이 고대의 석상처럼 바다를 향해 한 줄로 늘어서 있고 먼 수평선에는 유조선들이 죽은 고래처럼 엎드려 있었다. 검은빛의 질척한 땅을 뚫고 내려간 6.5인치 케이싱*이 고대의 시간을 유린하는 소리가 음산하게 울려 퍼지는 해안에서 네레오는 자신의 삶이 돌이킬 수 없는 곳까지 흘러왔다는 사실을 깨달았다. 영원히 타오를 것 같던 불빛은 이제 마지막 한 가닥만을 남겨두고 있었다.

어두운 공중에서 깜빡거리는 시추탑의 불빛을 바라보자 수많은 상념이 소용돌이치며 떠올랐다. 우리는 무엇 때문에 익숙함에 무너지고 길들여짐에 권태로워지는 걸까. 이것이 우리가 그렇게 간절히 원한 행복의 실체인가. 고작 이것을 얻으려고 모든 것을 희생해왔단 말인가. 네레오는 천천히 돌아섰다. 저 멀리 언덕 위에 루이사의 웅장하고 화려한 저택이 대낮처럼 환하게 불을 밝히고 있었다.

불현듯 네레오는 자신에게 마지막 이야기가 남아 있다는 사실이 생각났다. 루이사에게 말하지 않고 무덤까지 가져가려고 했던 바로 그 이야기였다. 노도처럼 밀려오는 변화의 흐름을 막고 루이사를 제자리로 돌려놓을 수 있는 방법은 그

* 석유나 천연 가스를 뽑아올리는 파이프

이야기밖에 없었다. 그러나 그 마지막 이야기가 꺼져가는 불빛을 다시 타오르게 할 수 있을지는 알 수 없었다.

네레오는 해안을 떠나 언덕을 올라갔다. 밤이 깊었지만 야회복을 입은 남녀를 태운 차들이 줄지어 언덕을 올라갔고 술에 취한 사람들을 가득 실은 차들이 비틀거리며 언덕을 내려갔다.

언덕에 올라서자 활짝 열린 철문으로 악단이 연주하는 경쾌한 음악 소리가 흘러나왔다. 네레오는 비상하는 콘도르 문장이 부착된 철문을 지나 정원으로 들어갔다. 정원 한쪽에서 7인조 밴드가 연주를 하고 있었고 성장을 한 남녀들이 어울려 춤을 추고 있었다. 사람들 사이를 헤집고 다녔지만 인사를 하거나 아는 척하는 사람이 한 명도 없었다. 네레오 역시 처음 보는 낯선 사람들이었다.

그가 초대받지 못한 손님처럼 정원을 서성거릴 때 박수 소리가 터져 나왔다. 저택에서 붉은 드레스를 입은 거구의 여자가 잘생긴 남자의 손을 잡고 정원으로 걸어 나오고 있었다. 네레오는 낯선 여자 같은 아내를 우두커니 바라보았다.

두 사람이 손을 잡고 춤을 추기 시작했다. 마치 한 쌍의 새처럼 밀고 당기고 휘어지며 돌아가는 모습에 정원을 가득 채운 사람들의 입에서 탄성이 흘러나왔다. 차갑고 오만한 미소를 머금은 루이사의 모습은 우아하고 매혹적이었다. 그녀는 아름다움이 아니라 육중한 몸에서 뿜어져 나오는 강한 자신감으로 사람들을 압도하고 있었다. 이제 그녀는 가난한 가우초의 아내가 아니었다. 호기심 가득한 눈빛으로 그의 말에 웃고 울던 그녀가 아니었다. 절뚝거리는 다리를 숨기기 위해 사람들 눈을 피해 다니던 그녀가 아니었다. 지금 루이사는 가만 앉아 있어도 모든 이야기가 몰려드는 세상의 중심이었다.

루이사를 멍하니 쳐다보던 네레오는 천천히 정원을 돌아나가 저택의 문을 두들겼다. 머릿기름을 발라 단정하게 뒤로 넘긴 집사가 얼굴을 내밀고 무표정한 시선으로 그를 쳐다보더니 문을 열어주었다.

현관홀 정면에 긴 날개를 펼친 콘도르가 박제되어 있었다. 현관을 지나 복도로 들어서자 한쪽 벽에 거대한 태피스트리가 걸려 있었다. 은제 갑옷을 입은 여자가 왼손에 왕홀王笏*을, 오른손에 핏물이 뚝뚝 떨어지는 칼을 들고 금박을 두른 의자에 앉아 있었다. 그녀의 발밑에는 죽은 병사들의 잘린 목이 산더미처럼 쌓여 있고 하늘을 새카맣게 뒤덮은 까마귀들이 시체의 눈을 파먹고 있었다. 태피스트리**를 지나자 유리로 막아놓은 벽이 나타났다. 그곳에는 베고, 자르고, 찌르고, 부수는 중세시대의 도검刀劍이 나란히 진열되어 있었다. 날이 시퍼렇게 살아 있는 무기들은 모두 루이사가 직접 고르고 선택한 것들이었다.

목장의 감독관 집에서는 상상조차 할 수 없는 물건들 앞에

* 왕이 손에 쥐는 화려한 지휘봉

** 색실을 짜넣어 그림을 표현하는 직물 공예

서 네레오는 당혹감을 감출 수 없었다. 응접실에는 하얀 다마스크 천이 깔린 긴 탁자가 놓여 있었다. 그 뒷벽에 크고 작은 사진들이 걸려 있었다. 그중 호텔 착공식을 기념한 사진에는 막 몸집이 불어나기 시작한 루이사를 중심으로 시장과 경찰서장, 신부와 석유업체 임원들과 은행장들이 근엄한 표정으로 정면을 바라보고 있었다.

그가 응접실에 들어온 지 반 시간 정도 지나자 대리석 복도를 울리는 구둣발 소리가 들려왔다. 루이사가 소파에 앉자 뒤를 따라온 집사가 위스키와 얼음이 든 유리그릇을 탁자에 올려놓고 돌아갔다. 루이사는 익숙한 동작으로 유리잔에 술을 붓고 얼음을 넣고 흔들어 입으로 가져갔다.

“어쩐 일이야?”

“당신에게 들려주고 싶은 이야기가 있어.”

“그게 뭐지?”

“언젠가 내가 세상을 떠돌아다닌 이유를 알고 싶다고 했지?”

“그런 적 있었지.”

“그 이야기를 들려주고 싶어.”

“그 이야기를 하려고 이 시간에 날 찾아온 거야?”

“그래.”

루이사가 유리잔을 흔들며 그를 물끄러미 쳐다보았다. 네레오는 아내의 파란 눈을 바라보며 끝까지 숨기고 싶었던 이야기를 꺼내기 시작했다. 정원에서 악단의 연주 소리와 사람들의 왁자한 웃음소리가 들려왔지만 개의치 않고 자신의 이야기를 계속했다. 당장이라도 자리를 박차고 응접실을 뛰쳐나갈 것 같았지만 루이사는 의외로 자세를 흐트리지 않고 그의 이야기를 들었다.

이윽고 기나긴 이야기가 끝나자 그녀가 손에 들고 있던 유리잔을 탁자에 내려놓고 그를 뚫어지게 쳐다보았다.

"그 남자를 찾아 세상을 떠돌아다닌 거야?"

"맞아."

네레오는 무거운 짐을 내려놓은 듯 홀가분한 마음으로 아내를 쳐다보았다. 그런데 루이사의 늘어진 턱이 흔들리며 입에서 피식피식 웃음이 새어나왔다. 그러다 갑자기 봇물처럼 터져 나온 쉿소리 섞인 웃음소리가 응접실을 쩌렁쩌렁 울렸다.

네레오는 멍한 시선으로 온몸을 흔들며 웃고 있는 루이사를 바라보았다. 집사가 달려와서 얼굴을 내밀었지만 루이사가 손을 내젓자 빠르게 모습을 감추었다. 묵직한 몸을 흔들며 웃고 있던 그녀가 웃음을 뚝 멈추고 날카로운 눈빛으로 그를 쏘아보았다.

"신화와 전설은 쓸모없는 인간들이 만들어낸 거짓 이야기야. 당신이 그런 말을 믿고 세상을 떠돌아다니며 시간을 탕진했다니 믿을 수 없군. 오늘 우리가 기억해야 할 신화와 전설은 그런 허무맹랑한 이야기가 아니라 지금 저 해변에서 솟아나는 검은 황금이야. 그것이야말로 우리 인간의 영혼과 육신을 지배할 새로운 신이지. 그것을 제외한 나머지는 모두 거짓 상징일 뿐이야."

루이사가 서늘한 눈빛으로 그를 쳐다보았다. 네레오는 그녀가 육중한 몸을 흔들며 응접실을 나가 복도 저편으로 사라질 때까지 꼼짝할 수 없었다. 머릿속이 텅 빈 듯 아무 생각이 나지 않았고 응접실을 빠져나가는 루이사를 붙잡고 자신의 진심을 다시 설명하고 싶었지만 혀가 딱딱하게 굳어 있어 말이 나오지 않았다.

잠시 후 술병과 유리잔을 치우러 응접실에 들어온 집사가 그때까지 넋이 나간 표정으로 앉아 있는 네레오를 자리를 비켜달라는 눈빛으로 쳐다보았다. 어쩔 수 없이 일어나서 그만 목장으로 돌아가겠다고 말하자 집사는 당연하다는 듯 그를 현관으로 안내했다.

가든 파티는 절정을 향해 치달아가고 있었다. 악단의 연주는 더 빨라졌고 춤을 추는 사람들의 움직임은 점점 느려지고 있었다. 어두운 정원 곳곳에 몸을 숨긴 남자들의 은밀한 속삭임과 여자들의 간드러진 웃음소리가 뒤섞여 흘러나왔다.

정원을 돌아 나간 네레오는 언덕을 내려가서 목장을 향해 터벅터벅 걸어갔다. 빛은 한순간에 꺼지지 않았다. 눈에 보이지 않는 빛의 가닥이 하나둘 꺼지고 마지막 남은 한 가닥이 스러지는 순간 우리는 비로소 빛의 소멸을 인식하고 찬란하게 타오르던 빛을 떠올리며 회한의 눈물을 흘렸다. 이렇듯 우리는 언제나 모든 것이 지나간 뒤에야 비로소 경구警句의 진실한 의미를 깨닫고 후회했다.

그날 이후 네레오는 시간이 날 때마다 인적 없는 들판과 해안을 돌아다녔다. 어떤 날에는 자정이 되어서야 목장의 감독관 집으로 돌아왔고 때로는 날이 밝아올 무렵에 돌아와서 곧바로 일을 하러 나갔다. 주말마다 루이사의 저택을 찾아가서 아들을 만나는 일도 그만두었다. 루이사는 감독관 집을 찾아오지 않았고 어쩌다 한 번씩 보는 아들도 점차 그를 모르는 사람처럼 낯설어했다.

어느 날 네레오는 북쪽 해안에서 폐허로 된 집 한 채를 발견했다. 잡초가 무성한 정원에는 용도를 알 수 없는 쇠기둥이 녹슨 채 버려져 있고 주철 창문이 서 있던 벽은 허물어졌고 지붕은 썩어가는 들보에 위태롭게 걸쳐져 있었다. 바닥에는 누군가 마룻바닥을 뜯어 불을 피운 듯 검게 그을려 있고 깨진 샹들리에와 용도를 알 수 없는 도관 장치와 시커먼 벨벳 커튼 조각이 뒹굴고 있었다. 거실 한구석에 놓인 나무 궤짝에는 팔다리가 떨어지고 눈알이 빠진 인형이 쌓여 있고 벽난로에는 타다 남은 종이가 남아 있었다. 위태롭게 서 있는 나무 기둥은 검댕이 잔뜩 묻어 있었는데 누군가 어떤 순간을 기념하기 위해 날카로운 칼로 파낸 듯 우리는 영원할 것이라는 글자가 새겨져 있었다. 네레오는 그 문구를 바라보며 이 집이 온전했던 순간을 상상했다.

맛있는 음식이 풍성하게 차려진 식탁에 한 가족이 둘러앉아 담소를 나누며 식사를 하고 있었다. 서로를 바라보는 눈빛은 자애롭고 음식을 덜어주는 손길은 사랑이 넘쳤다. 사내아이가 불만이 섞인 표정으로 투덜거리자 온 가족이 동시에 웃음을 터뜨렸다. 그러나 곧 웃음을 거두어들인 가족들이 진심어린 말로 위로하자 사내아이의 얼굴이 환하게 밝아졌다. 머리를 양 갈래로 묶은 여자아이가 일어나서 발그레한 얼굴로 노래를 부르기 시작했다. 천상의 노래처럼 울려 퍼지는 노랫소리에 사람들의 얼굴에 온화한 미소가 떠올랐다. 식탁 위에 음식은 정결한 피가 되었고 가슴으로 스며든 노래는 그들의 영혼을 풍요롭게 만들었다. 노래를 끝낸 소녀가 부모에게 다가가서 뺨에 입을 맞추자 나른한 행복이 물결처럼 퍼져나갔다.

지금 그들은 어디에 있는 걸까. 그 따스한 온기는 어디로 가버린 걸까. 이 아름다운 집을 드나들던 사람들은 지금 어디서 무얼 하고 있는 걸까. 폐허에는 썩어가는 잔해만이 남아 있을 뿐 그 어디에서도 그들을 찾을 수 없었다. 시간이 흘러 먼 훗날 폐허 위에 새로운 집이 세워질 것이다. 그리고 바다가 내려다보이는 새 집에서 새로운 사람들이 또다시 풍요로운 일상을 이어나가게 될 것이다. 그들은 우연과 필연을 반복한 끝에 먼지처럼 스러져갈 것이었다. 네레오는 깨진 유리를 밟고 잡초 무성한 정원으로 나왔다. 꽃과 나비는 간데없고 괄태충만이 더러운 흙 속을 기어 다니고 있었다.

정원을 빠져나간 그는 북쪽 해안 절벽을 향해 나아갔다. 거친 바위들이 예상치 못한 곳에서 솟아올랐고 느닷없이 가라앉아 앞을 가로막았다. 그는 궤도 위를 달리는 열차처럼 흔들리는 시선으로 부양하는 빛과 침몰하는 바다를 바라보았다. 그리고 이 지구라는 행성이 거대한 인간의 몸속을 떠다니는 하나의 적혈구일지 모른다고 상상했다.

절벽 아래 바위틈에 바닷새 한 마리가 게의 등을 발톱으로 움켜잡고 있었다. 털이 빠진 새의 날개는 염수鹽水에 젖었고 바람에 닳은 부리는 게의 등딱지에 어떤 상처도 만들지 못하고 자꾸만 미끄러졌다. 죽은 듯 엎드려 있던 게가 꿈틀거리자 새가 다급하게 부리를 내리쳤지만 아무 소용없었다. 게가 바다를 향해 비칠비칠 기어가자 기력을 소진한 새는 날아오르지 못하고 질질 끌려갔다.

기이한 형상으로 한 몸을 이룬 그들이 바닷속으로 들어갈 때 어디선가 날카로운 울음소리가 진혼곡처럼 들려왔다. 너희가 늙고 병들어가는 것을 진심으로 받아들일 때 비로소 나와 가까워질 수 있다고 말했지만 이미 사람들은 나를 버린 지 오래다. 우리에게 진정한 표석을 확인할 권리가 주어지지 않았다면 대체 누가 우리의 운명을 결정할 수 있단 말인가.

네레오는 많은 것을 바라지 않았다. 그저 자신의 소박한 일상이 오랫동안 지속되기를 원했고 서로를 사랑하고 존중하는 마음이 변치 않기를 바랄 뿐이었다. 그러나 끝내 권태로운 일상에 모든 것이 휩쓸려 가버렸다.

목장 일을 그만두고 저택으로 들어오라는 루이사의 권유를 거부한 것은 네레오 자신이었다. 그녀의 풍요로운 삶에 편승하여 안락한 삶을 살아갈 수 있었지만 아무런 이유 없이 거절하고 목장에 홀로 남은 것은 자신의 선택이었다. 네레오는 지금도 그런 자신을 이해하지 못하고 있었다.

먼 바다에서 불어온 바람이 절벽 끝에 선 그의 얼굴을 세차게 때렸다. 바닷새를 삼켜버린 검푸른 바다를 내려다보며 네레오는 이제 두 번 다시 루이사의 부드러운 속삭임과 따스한 손길을 느낄 수 없다는 사실을 깨달았다. 한때 자신을 행복하게 해주었던 그 모든 것이 이제 영원히 돌아올 수 없는 곳으로 흘러가버린 것이다. 그때 불현듯 오랫동안 잊고 있던 한 남자의 초상이 불쑥 떠올랐다.

마구간에서 열제*에 걸린 말의 발굽을 살펴보고 있을 때 땀 냄새를 풍기며 들어온 가우초가 방목지 서쪽 경계의 비탈이 무너졌다고 보고했다. 네레오는 굽칼로 발굽을 도려내고 연고를 듬뿍 발라준 다음 자신의 말을 끌어내서 올라탔다.

말은 익숙한 걸음으로 서쪽을 향해 나아갔다. 해안으로 굽

* 말의 발굽이 갈라지는 병

이쳐 흘러내린 구릉지 끝에 사이프러스가 충직한 초병처럼 늘어서 있고 하늘에는 솜털구름이 한가롭게 떠 있었다. 개울의 물살은 속이 훤히 들여다보였고 하늘에서 세찬 기류가 쏟아질 때마다 천공이 거대한 천처럼 펄럭거렸다. 서쪽 지평선에서 자욱하게 흙먼지가 피어올랐다. 수천 마리의 소들이 살이 투실투실하게 오른 엉덩이를 흔들며 초지를 가로질러 오고 있었다. 그 어떤 둔사도 없이 오로지 앞선 소를 쫓아온 소들은 말고삐를 움켜쥔 그를 흘깃 쳐다보더니 묵묵히 제 갈 길을 나아갔다. 그를 발견한 소몰이꾼이 모자를 벗어들고 환하게 웃었는데 앞니 두 개가 비어 있었다.

소들이 멀어지자 네레오는 다시 박차를 가했다. 성긴 풀이 웃자란 대지에서 흙냄새가 진동했다. 예전에는 이런 날 초지를 달려가면 강한 충일감이 몸속에 차올랐다. 흩어진 영혼의 가닥이 하나로 모아져 한 생명으로 존재함을 온몸으로 느낄 수 있었다. 그러나 지금은 아니었다. 마치 죽은 사람처럼 아무런 감각을 느낄 수 없었다. 루이사가 목장을 떠난 이후 그 희열에 가까운 감각은 가뭇없었다.

한 시간 뒤 서쪽 경계에 도착했다. 한 무리의 소들이 초지에 흩어져 한가롭게 풀을 뜯고 있었다. 오버행에 올라서자 가파른 비탈 아래 습한 기운이 서린 늪지가 한눈에 들어왔다. 저 멀리 아득한 지평선까지 이어진 늪지 곳곳에 짐승의 뼈가 하얗게 빛을 튕겨내고 있었다. 짐승들은 굶주린 배를 채우기 위해 황량한 황무지를 가로질러 드넓은 늪지로 숨어들어 왔다. 그러나 가파른 비탈을 기어올라 목적을 이룬 짐승은 없었다. 그 희박한 확률에도 불구하고 짐승들은 젖과 꿀이 흐르는 약속의 땅을 향해 끝없이 몰려왔고 늪에 빠져 죽어갔다. 그 죽음의 늪지 위로 콘도르 두 마리가 먹이를 찾아 교차 비행을 하고 있었다.

오버행에서 내려온 그는 유실된 울타리를 살폈다. 짐승의 노략질과 소들이 실수로 추락하는 것을 방지하기 위해 설치한 철책 기둥이 비탈 중간에 내려앉아 있었다. 마사토로 이루어진 비탈이 해마다 빠르게 안쪽으로 깎여 들어오는 것이 원인이었다. 유실된 유자 철선의 길이가 2킬로에 달해 철주 설치 작업에 꽤 많은 시간이 소요될 것 같았다.

곧바로 목장으로 돌아온 네레오는 이시도르에게 유자 철선 보수를 알리고 작업 준비에 들어갔다. 다음 날 인부들을 데리고 온 그는 새 철주를 박고 유자 철선을 설치하는 작업을 진두지휘했다.

며칠 뒤 해머로 철주를 땅에 박아 넣던 인부 한 명이 쭈뼛거리며 다가와서 소 한 마리가 이상한 행동을 한다고 알려왔다. 네레오는 그 소를 알고 있었다. 목장에서 가장 번식력이 왕성한 황소를 자신이 선별하여 암소 무리에 넣었기 때문이었다. 그 황소가 무너진 비탈 가장자리에서 늪지를 내려다보고 있었다. 사람들이 몰려오자 소는 아무 일도 아니라는 듯 돌아서서 암소 무리에 슬쩍 끼어들었다. 그러나 친근하게 다가오는 암소들이 성가시고 귀찮은 듯 거칠게 밀어냈다.

철책 보수 작업을 하는 동안 혹시라도 실수로 미끄러지는 불상사를 방지하기 위해 주변을 얼쩡거리는 소들을 안전한 초지로 밀어냈지만 그 소는 틈날 때마다 무리를 벗어나서 비탈 주변을 어슬렁거리며 돌아다녔다.

며칠 뒤 작업 현장에 도착한 그는 한 인부의 다급한 보고를 받고 아직 철책을 치지 않은 경계로 달려갔다. 그리고 그곳에서 놀라운 광경을 목격했다. 지난 며칠 동안 지속적으로 유실된 경계 주변을 배회하던 그 소가 가파른 비탈 중간에 위태롭게 서 있었던 것이다. 황급히 안장을 더듬었지만 올가미가 손에 잡히지 않았다. 인부 두 명이 그를 우두커니 쳐다보고 있을 뿐 가우초들이 보이지 않았다. 그러나 올가미와 가우초들이 있어도 600킬로가 넘는 소를 가파른 비탈 위로 끌어올릴 수 있을지 장담할 수 없었다.

그때 인기척을 감지한 소가 비탈 위에 서 있는 네레오를 올려다보았다. 순간 온몸에 전율이 일었다. 네레오는 소가 실수로 미끄러진 것이 아니라 스스로 가파른 비탈을 내려갔다는 사실을 깨달았다. 유자 철선에 둘러싸인 방목지는 풍성한 풀이 있었고 언제든지 달려와서 도와주는 가우초들이 있는, 세상에서 가장 안전한 곳이었다. 무리 지은 곳에 응당 생겨날 수밖에 없는 모순과 부당함이 있었지만 그것은 아주 사소한 일에 불과했다. 소들이 이 모든 안락과 풍요를 누리기 위해 치러야 하는 대가는 단 하나 원치 않는 죽음이었다. 그러나 생명 가진 것들이라면 누구나 겪을 수밖에 없는 과정이기에 결코 그 죽음을 부당하다고만은 할 수 없었다. 그런데 소가 자신에게 주어진 모든 것을 벗어던지고 경계를 넘어간 것이다.

네레오가 머뭇거리는 사이에 소는 다시 가파른 비탈을 내려가기 시작했다. 소의 거대한 몸에서 뜨거운 김이 피어올랐고 거친 숨소리가 늪지에 가라앉은 대기를 흔들었다. 네레오는 아무것도 할 수 없었다. 그저 소가 무사하게 내려가길 바랄 뿐이었다.

소는 그의 마음을 알고 있는 듯 신중하게 발을 내딛을 곳을 확인한 뒤에 갈라진 발굽을 내밀었다. 소의 육중한 몸이 중심을 잃고 휘청거릴 때마다 네레오는 말고삐를 강하게 움켜잡았다. 자신이 가파른 비탈을 내려가는 것처럼 등이 축축하게 젖었다. 몇 번 위험한 순간이 있었지만 마침내 비탈을 내려간 소가 길게 울었다.

그때서야 네레오는 몸의 긴장을 풀고 비탈 아래의 소를 내려다보았다. 소의 검은 눈동자에서 두려움과 공포를 찾을 수 없었다. 오히려 눈빛에는 기대와 희망이 넘쳐흐르고 있었다. 네레오는 소의 확신에 찬 눈빛과 걸음이 어디선가 본 듯하다는 사실을 깨달았다.

그를 올려다본 소가 고개를 돌려 검은빛 늪지를 바라보았다. 한 발 잘못 내딛는 순간 소의 육중한 몸은 깊이를 알 수 없는 늪으로 가라앉아 영겁의 시간을 이어나갈 것이다.

네레오의 마음속에서 일렁거리는 두려움과 달리 소는 일말의 망설임도 없이 늪지를 향해 한 발 내딛었다. 그리고 죽음과 삶의 경계를 밟고 저 아득한 지평선을 향해 한 걸음씩 나아갔다. 네레오는 이 놀랍고 경이로운 광경을 오랫동안 지켜보았다. 소는 시야에서 사라지기 직전 고개를 들고 낮고 길게 울었다. 그 깊은 울림은 늪지를 날아와서 네레오의 가슴을 후비듯 파고들었다. 인부들이 있는 곳으로 돌아가는데 등자에 걸린 발이 미끄러졌다.

그날 밤 강한 바람이 불어왔다. 소들의 울음소리가 섞인 바람이 잠을 이루지 못한 그의 영혼을 흔들었다.

며칠 뒤 유자 철선 작업이 완료되었다. 그런데 어찌 된 것인지 소들은 풀을 뜯지 않고 늪지만을 하염없이 쳐다보았다. 그런 소들을 지켜보는 네레오 역시 깊은 상념에 잠겼다.

그날 오후 늦게 사무실에서 이시도르 하인즈를 만난 그는 몇 달 정도 일을 쉬고 싶다고 말했다. 그가 오랫동안 목장을 위해 헌신해온 것을 아는 이시도르는 아무런 이유를 묻지 않고 긴 휴가를 내주었다.

1969년 1월 중순, 네레오는 이 항구도시에 처음 들어왔을 때처럼 낡은 배낭을 둘러메고 목장을 나섰다.

6

우리의 행복은 저 황량한 들판에
피어난 한 떨기 야생화였다

들판을 가로지른 길은 드넓은 호수를 돌아서 눈 덮인 산을 넘어갔다. 앞선 자들의 흔적과 훗날 뒤를 좇아올 자들의 기대를 품은 길에는 수많은 사람이 살아가고 있었다. 네레오는 그 길을 두 발로 오롯이 걸어갔다.

사흘이 지나자 발이 부어올랐고 무릎에서 칼로 도려내는 듯한 통증이 일어났다. 그뿐이 아니었다. 고작 작은 배낭 하나를 둘러멨을 뿐인데 바윗덩어리를 짊어진 것처럼 온몸이 무거웠다. 이런 극심한 고통에도 불구하고 네레오는 차를 타지 않고 연옥의 형벌을 받아들이는 수인처럼 묵묵히 걸어갔다. 간간이 지나치던 운전자들이 차를 태워주겠다고 친절을 베풀었지만 단호하게 거절했다. 얼마나 견딜지 모르지만 지난

10년 동안 안락한 일상에 길들여진 자신의 육신을 가혹하게 몰아붙이고 싶어서였다. 지친 육신이 고통에 허물어질 때마다 임박한 혼돈이, 가로수의 창백한 그림자에서 자신의 선택이 잘못된 것일지 모른다는 두려움이 엄습해왔지만 네레오는 걸음을 멈추지 않았다.

세상은 변함이 없었다. 사람들은 여전히 자신을 특별한 존재라고 생각하며 살아가고 있었다. 그러나 더 이상 나아갈 곳 없는 곳에 이르러서야 그 진실을 깨닫고는 회한의 눈물을 흘렸다. 우리의 행복은 저 황량한 들판에 피어난 한 떨기 야생화였다. 달콤한 향기가 사라지는 순간 떨어진 꽃잎은 싯누렇게 썩어갔다. 우리가 간절하게 찾고 있는 행복은 이렇듯 너무나 짧고 허망한 도취였다. 우리는 앞서간 자들에게 어떤 교훈도 얻지 못하고 범속한 일상에 떠밀려가고 있었다.

네레오는 뱃고동 소리가 들려오는 선창을 지나 인적 끊어진 옛 마을의 말라버린 우물 앞에 도착하여 잠시 휴식을 취한 다음 다시 길을 떠났다. 용광로의 쇳물처럼 끓어오르던 루이사에 관한 생각이 서서히 가라앉자 성당 종루의 십자가와 플라밍고들의 날갯짓을 바라보던 작곡가와 소금 호수의 벌거벗은 남자와 아득한 산정을 향해 올라가는 구두 수선공 노인과 나병환자의 상처를 만지던 늙은 신부의 손과 만월의 푸른 달빛이 내리비치는 사막에서 자신의 몸을 뱀처럼 감아오던 여자의 축축한 혀와 리아추엘로 강에서 사체로 떠오른 아나의 얼굴과 레콜레타의 묘지 관리인 다비드 아예노의 무덤과 바닷가 절벽에 추락하여 죽은 아버지와 형을 자양분 삼아 생장한 너도밤나무와 당혹스런 표정으로 자신의 앞니를 들여다보던 후안과 흔들리는 노새에서 본 아름다운 야생화들이 차례로 의식의 표면으로 떠올랐다. 그러나 물고기 비늘처럼 반짝거리던 그 모든 편린은 하나둘 용해되어 사라져갔다.

안데스 남쪽으로 내려갈수록 빛의 농도는 옅어지고 대기가 서늘해졌다. 밤에 잠자리에 누울 때만 해도 한 걸음도 걷지 못할 것 같았지만 다음 날 눈을 뜨면 멀쩡하게 나아 있는 발을 보며 네레오는 끝없이 이어진 길을 나아갔다.

어느 날 오후 카디엘 호수에 이르렀을 때 돌연 잿빛 구름이 몰려오면서 굵은 빗방울이 떨어졌다. 호수 주변을 돌아봐도 검은 화강암 덩어리가 성난 남근처럼 솟아 있을 뿐 비를 피할 만한 곳이 보이지 않았다. 사선으로 쏟아져 내린 빗방울이 담갈색 구릉지를 난타하자 그는 바위를 향해 뛰어갔다. 다행스럽게 바위 사이에 작은 동굴 같은 틈이 있었다. 그곳으로 들어가서 앉는 순간 귀를 찢는 굉음과 함께 호수 건너편 구릉지에 벼락이 떨어졌다. 시퍼런 불덩어리가 쉭쉭거리며 들판을 굴러가자 바짝 마른 풀들이 순식간에 재로 변했다.

거칠게 들판을 유린하던 빗방울이 멈춘 것은 그로부터 두 시간이 지나서였다. 지평선을 짓누른 적란운이 물러나자 호수 저편이 오렌지빛으로 물들었다.

바위틈을 빠져나온 네레오는 지나가는 자동차 한 대 보이지 않는 길을 바라보며 다음 마을까지 가기에는 너무 늦었다고 생각했다. 결국 그는 호숫가 주변을 돌아다니며 땔감을 주워 모아 다시 바위로 돌아왔다. 젖은 나무에 불을 붙이고 배낭에 든 빵으로 저녁 요기를 해결하자 어둠의 장막이 삼라만상을 덮어왔다. 한순간 호수 전체가 불을 밝힌 듯 환하게 밝아졌다. 구름 걷힌 밤하늘을 가득 채운 별빛이 만든 반영이었다. 그 불빛을 보자 세상 모든 생명이 절멸하고 홀로 남은 듯한 고독이 밀려왔다.

얼마나 지났을까. 눈을 뜨자 호숫가 바위틈에 한 마리 짐승처럼 몸을 웅크린 자신의 모습이 내려다보였다. 목장을 떠난 지 이제 겨우 반년이 지났을 뿐인데 모닥불 앞에 있는 자신의 모습은 마치 평생 동안 세상을 떠돌아다닌 사람처럼 보였다. 집을 나설 때 몸에 딱 맞던 옷은 어느새 헐렁해졌고 구두는 뒤축이 닳았고 옷깃은 솔기가 터져 있었다. 머리는 헝클어져 있고 여윈 얼굴은 창백했다. 어느덧 해맑은 청년의 모습이 사라지고 세월의 흔적이 여실히 묻어나오는 중년으로 변해 있었다. 그러나 눈빛만은 달랐다. 날마다 계속되는 고통으로 정화된 듯 오래전 맑고 정결한 눈빛으로 돌아와 있었다. 네레오는 투명한 피막에 싸인 자신의 영혼을 오랫동안 들여다보았다.

다음 날 새벽 카디엘 호수를 떠나 남쪽으로 내려간 그는 7월 중순에 리오투르비오에 도착했다. 잿빛 하늘을 배경으로 우뚝 선 목조 건물과 석탄을 가득 실은 무개화차가 늘어서 있는 시가지는 을씨년스러웠다. 희뜩희뜩한 눈발이 날리는 거리를 돌아다니는 사람들의 작업복에는 석탄 채굴회사 YCF의 마크가 선명하게 찍혀 있었다.

네레오는 석탄가루가 흩날리는 좁은 시가지를 돌아본 다음 점심을 해결하기 위해 눈에 띄는 식당으로 들어갔다. 때마침 점심시간이어서 그런지 빈자리가 없었다. 어쩔 수 없이 기다렸다가 바에 자리를 잡고 음식을 주문했다. 유리창 너머로 진눈깨비가 흩날리는 모습을 물끄러미 보는데 옆자리에 앉은 한 사내가 말을 걸어왔다.

"어디서 오시는 길인가요?"

"북쪽에서요."

"일자리를 찾고 있나요?"

"아니오."

"그럼 무슨 일로 이곳까지?"

"그냥 이곳저곳을 돌아다니고 있습니다."

"그렇군요."

사내는 투박한 손으로 덥수룩한 수염을 어루만지며 호기심 섞인 질문을 이어갔다.

"이젠 어디로 가십니까?"

"아무것도 정해진 것이 없습니다."

사내의 코는 바람에 닳아 반질반질했고 그을린 살결에서 짐승의 냄새가 희미하게 묻어나왔다. 이번에는 네레오가 물었다.

"가우초입니까?"

"당신도?"

"목장에서 감독관을 하고 있습니다."

"그렇군요. 어쩐지……."

사내가 자신의 앞에 놓인 접시에 수북하게 쌓인 양고기 뼈를 뒤적거리며 고개를 끄덕거렸다. 네레오는 자신의 몸에서도 짐승의 냄새가 난다는 사실을 알고 있었다. 사내가 계속 말을 걸어온 것은 그 독특한 체취를 맡았기 때문이었다. 평생 동안 짐승을 키우며 살아온 가우초들에게 그 냄새는 아무리 향수를 뿌려도 지울 수 없는 화인火印이었다.

문득 파타고니아의 에스탄시아에서 벌어지던 한여름 밤의 축제가 생각났다. 목조 창고에서 술에 취해 소리치고 발을 구르던 가우초들의 얼굴이 하나둘 떠올랐다. 그들은 지금 어디서 무엇을 하고 있을까. 후안의 마지막 순간을 떠올리자 가슴 한쪽이 무거워졌다.

회한에 잠긴 네레오를 물끄러미 쳐다보던 사내가 가방 속에서 위스키 병을 꺼냈다.

"한잔 하시겠습니까?"

"아닙니다."

네레오가 고개를 흔들자 사내가 식당 주인의 눈치를 살피며 빈 물잔에 술을 붓고 다시 가방에 집어넣었다. 그 모습이 신산하고 애잔했다. 사내의 가방에 나무 조각 하나가 삐죽 튀어나와 있었다.

"이게 뭡니까?"

물잔에 든 술을 마시고 난 사내가 가방에서 나무 조각을 끄집어냈는데 그것은 한 남자의 얼굴이 정교하게 조각된 30센티 크기의 목각인형이었다.

"한번 봐도 되겠습니까?"

"그러세요."

사내가 내민 목상을 받아드는 순간 하마터면 떨어뜨릴 뻔했다. 마치 시뻘겋게 달아오른 쇳덩어리를 만진 듯 손이 뜨거웠던 것이다. 목상을 손에 든 순간 심장이 두근거렸다.

네레오는 당혹스런 눈빛으로 목상을 자세히 들여다보았다. 목상에 새겨진 남자는 인디오였다. 치렁치렁한 긴 머리카락이 어깨에 닿았고 넓은 이마는 반듯했다. 광대뼈가 튀어나왔고 인디오답지 않게 우뚝 솟은 콧날 아래 인중이 깊었다. 시선을 사로잡은 것은 눈빛이었다. 입을 꽉 다문 남자의 눈빛은 피안彼岸의 세계를 바라보는 듯 깊고 강렬했다.

"이 사람은 누군가요?"

"티에라델푸에고 섬의 야흐간 족 전사 오칸입니다."

"오칸……."

난생처음 듣는 이름이었다. 그러나 오칸의 눈빛에 강한 기시감이 들었다. 사내가 술 냄새를 풍기며 푸에고 섬에서 가우초 일을 그만두고 나올 때 우수아이아에 있는 한 잡화점에서 아이들에게 줄 선물로 사 온 것이라고 알려주었다. 사내가 목상에 대해 알고 있는 것은 잡화점 주인에게 전해 들은 인디오 이름이 전부였다.

네레오는 꽉 움켜진 목상에서 눈을 떼지 못했다. 무언가 알 수 없는 기운이 자신을 강하게 끌어당기고 있었다. 어디선가 이 강렬한 눈빛을 본 것 같았다. 그러나 지금까지 만난 사람들을 하나씩 떠올려봤지만 도무지 기억이 나지 않았다.

그때 소란스럽던 식당이 갑자기 찬물을 끼얹은 것처럼 조용했다. 뒤를 돌아보니 테이블의 손님들은 물론이고 주방에서 음식을 만들던 직원들까지 밖으로 몰려나와 한쪽 벽에 설치된 낡은 흑백텔레비전을 주시하고 있었다. 사내가 어리둥절한 표정으로 물었다.

"무슨 일이죠?"

"글쎄요."

두 사람도 자리에서 일어나서 텔레비전을 보았다. 화면에는 하얀 옷을 입은 사람들이 철제 계단을 내려오고 있었다. 회색빛 땅에 내려선 그들은 느린 동작으로 걸어가서 차가운 지표면에 깃발을 꽂았다. 그런 다음 여러 장비를 설치하기 시작했다. 그들은 바로 인류 최초로 달에 착륙한 아폴로 11호선의 우주인들이었다. 가우초 사내가 땀을 흘리며 떨리는 손으로 흑백텔레비전을 가리켰지만 충격 때문인지 말을 잇지 못했다.

우주인들이 달 표면에서 나무늘보처럼 움직이는 모습을 지켜보는 사람들의 표정은 각기 달랐다. 한 노인은 경악스런 표정으로 손에 든 포크를 떨어뜨렸고 옆 테이블의 중년부인은 성호를 그으며 눈물을 흘렸다. 초점 잃은 눈빛으로 자신의 가슴을 주먹으로 치는 사람과 눈을 감고 화면을 쳐다보지 않는 사람도 있었다. 식당 안에 있는 사람들은 자신들이 보고 있는 현실이 믿기 어려운 듯 혼란스러운 기색이 역력했다.

달은 태양 다음으로 인식한 행성이었다. 달은 자신을 확인하고 나아갈 방향을 예측할 수 있는 표석이었다. 고대의 사람들은 달이 태양을 가리면 극심한 혼란과 공포에 빠졌고 달이 태양을 비켜날 때 안락과 평화를 되찾았다. 이처럼 달은 공포의 근원이고 희망의 상징이며 신화와 전설이 시작된 최초의 표석이었다. 그 신화와 전설의 땅에 지금 인간의 발자국이 새겨지고 있었다. 텔레비전 화면을 뚫어지게 쳐다보던 한 남자가 의자를 밀치고 일어나서 성난 목소리로 소리쳤다.

"저들은 누굽니까?"

사람들은 아무도 대답하지 않았다.

"저들은 누구의 허락을 받고 저곳에 갔단 말입니까?"

사람들은 모두 침묵했다.

"저 신성한 땅에서 무슨 짓을 하고 있는 겁니까?"

남자가 마치 실성한 사람처럼 거듭 질문을 던졌지만 사람들은 각자 깊은 생각에 잠겨 있을 뿐 대답하지 않았다. 그러자 남자가 삶이 완전히 무너진 사람처럼 발악하듯 소리쳤다.

“저들은 우리가 넘어갈 수 없는 경계를 침범했습니다. 우리가 절대 발을 들여선 안 되는 신성한 땅을 더럽히고 있습니다. 이제 분노한 신이 우리에게 무서운 벌을 내릴 것입니다.”

남자가 하늘에서 불벼락이 떨어질 듯 두려운 눈빛으로 식당을 돌아보았지만 사람들은 당혹스런 표정을 짓고 있을 뿐 남자의 말에 찬동도 반박도 하지 않았다. 그러자 사람들의 반응에 실망한 남자가 자리에서 일어나서 식당을 나가버렸다. 그때서야 비로소 식당을 짓누르는 흥분과 혼란이 천천히 가라앉기 시작했다. 사람들은 서둘러 자신의 앞에 놓인 접시를 비운 다음 굳은 얼굴로 하나둘 식당을 빠져나갔다.

네레오가 주문한 음식이 나온 것은 그로부터 얼마 후였다. 그는 접시 가득 담긴 양고기와 튀긴 양파를 바라보며 우리 눈에 보이지 않는 어떤 경계를 떠올렸다.

엘 투르비오를 출발한 협궤열차는 검은 연기를 뿜어내며 평원을 가로질러 계곡을 건너 바다를 향해 천천히 달려갔다. 열차가 집 한 채 보이지 않는 들판에 멈춰 서자 어디선가에서 불쑥 모습을 드러낸 사람들이 객차에 올라탔다. 그들은 긴 나무의자에 앉아서 객차에 설치된 난로의 온기를 쬐다 이름 모를 역에서 내려 어딘가를 향해 흩어져갔다.

네레오가 리오가예고스 행 두 칸짜리 협궤열차를 탄 것은 아버지 때문이었다. 아득히 먼 옛날 칠로에 섬을 떠난 아버지가 지금 자신이 앉아 있는 딱딱한 나무의자에 앉아 있었던 것이다. 스무 살의 청년이었던 아버지는 차창 너머로 펼쳐진 이국의 광활한 땅을 바라보며 원대한 꿈과 희망을 품었을 것이다. 그러나 그때 이 협궤열차에 앉아 있던 칠로에 섬 출신의 청년들은 자신들의 정해진 운명에서 단 한 치도 벗어나지 못하고 고원지대 목장으로 흩어져 짐승들을 상대하다 이런저런 이유로 세상에서 사라져갔다. 그들이 세상에 남긴 흔적이라고는 자신과 똑같은 운명의 궤적을 좇아가게 될 가난한 자식들밖에 없었다. 네레오는 좁은 궤도를 툭탁거리며 달려가는 열차의 진동에 몸을 맡긴 채 오래전 아버지가 꿈꿨던 날들을 떠올렸다.

베야비스타 역에서 한 무리의 사람들이 객차에 올라탔다. 그들은 객차의 후끈한 열기에 두터운 외투를 벗고 나무의자에 서로 마주 보고 앉았다. 열 살 전후의 사내와 여자아이를 포함한 여덟 명의 사람들은 일가족으로 보였다. 오랫동안 바람에 닳은 그들의 거뭇한 살결에서 소와 양의 배설물 냄새가 희미하게 풍겼다. 난로의 열기에 적응한 그들은 가방을 열고 술과 음식을 꺼내 나누어 먹기 시작했다.

한동안 웃고 떠들던 그들 중 한 중년 남자가 주머니에서 하모니카를 꺼내 불기 시작했다. 그러자 이를 지켜보던 한 노인이 일어나서 커다란 가죽가방을 열고 반도네온*을 꺼내들

* 탱고 음악에 사용되는 소형의 손풍금

었다. 두 사람이 연주하는 선율이 좁은 객차에 흥겹게 울려 퍼지자 뒤 칸에 타고 있는 승객들이 일어나서 얼굴을 내밀었다. 화물칸에 있던 승무원도 건너왔지만 난로를 조심하란 말을 남기고 돌아갔다. 객차와 화물 각각 두 칸인 협궤열차에 탄 손님이라고는 일가족을 제외하면 열 명 남짓이었다. 파타고니아 열차는 겨울철이 지나고 짧은 봄이 와야 일자리를 찾아가는 가우초들로 반짝 붐빌 뿐이었다. 음악이 고조되자 짙은 쑥색 치마를 입은 한 중년 여자가 일어나서 춤을 추기 시작했다. 아이들이 손뼉을 치며 몸을 흔들었다.

네레오는 딱딱한 나무의자에 등을 기대고 춤을 추며 노래를 흥얼거리는 사람들을 가만히 바라보았다. 그들은 하룻밤 따뜻하게 몸을 눕히고 허기를 면할 수 있는 음식만 있으면 세상 부러울 게 없는 사람들이었다. 술기운에 달아오른 여자의 치맛자락이 빙글빙글 돌아가고 두 팔을 흔드는 아이들의 웃음소리가 아련하게 들려왔다.

차창을 내다보니 하늘에 달이 떠 있었다. 그러나 달은 어제의 그 달이 아니었다. 인간의 발자국이 선명하게 찍힌 달에 우리의 기쁨과 슬픔과 노여움과 즐거움을 집어삼킨 일상의 강물이 흘러가고 있었다. 따라서 달은 더 이상 미지의 세계가 아니었고 불확실한 세계도 아니었다. 그저 우리의 경계 안에 속한 황량한 땅일 뿐이었다. 그 달에 지울 수 없는 흔적을 남긴 우주인들은 지금 무엇을 하고 있을까. 지구의 아름다움에 취해 있는 걸까. 아니면 한 마리 나비가 되어 달콤한 꿈을 꾸고 있는 걸까. 어쩌면 그들은 또 다른 행성을 바라보고 있을지 모른다. 그 광대무변한 시공에 새로운 궤적을 만들며 또 다른 세상으로 나아가는 원대한 꿈을 꾸고 있을 것이다.

그들은 무엇 때문에 새로운 세상으로 나아가려는 걸까. 지금도 세상 어디선가에는 일상에 안주하지 못한 사람들이 무거운 짐을 짊어지고 아무도 오르지 않는 높고 험준한 산을 올라가고 한 줌의 빛조차 없는 심해로 내려가며 인간의 발길이 닿지 않는 오지로 들어갔다. 그들뿐만 아니라 많은 사람이 각자의 분야에서 경계를 넘어 미지의 영역으로 들어가고 있었다. 그들은 왜 안락한 일상을 포기하고 불확실한 세계로 나아가려는 걸까. 죽음의 공포를 무릅쓰고 지구의 경계를 넘어 신화와 전설의 땅을 찾아가는 이유는 무엇일까. 어떤 고귀한 가치가 있기에 자신을 희생하며 나아가려는 걸까. 네레오는 차창 너머 지평선을 경계로 선명하게 나누어진 흐릿한 하늘과 황갈색의 대지를 바라보며 깊은 상념에 잠겼다.

쉬지 않고 동쪽을 향해 240킬로를 달려간 협궤열차는 마침내 종착역인 리오가예고스에 도착했다. 역사를 빠져나온 네레오는 차갑게 얼어붙은 시가지를 돌아본 다음 해안으로 갔다. 인적이 끊어진 해안에는 남극에서 불어온 차가운 바람이 검은빛 자갈을 흔들었고 부표 하나 없는 바다는 이름을 알 수 없는 무기질로 가득 차 있는 듯했다. 수평선에 길게 깔린 음울한 회색 구름 속에서 바다 새들이 불쑥 나타났다. 해수면을 스치듯 날아온 새들이 파도가 물러난 바위에 내려앉았다. 그러나 새들은 부리를 내리지 못하고 다시 몰려오는 파도를 피해 황급히 날아올랐다.

구름을 뚫고 쏟아진 빛의 칼날에 몸을 관통당한 게들이 비틀거리며 젖은 바위틈으로 숨어드는 모습을 지켜보던 네레오는 여정의 마지막 순간이 다가오고 있음을 깨달았다. 리오가예고스는 더 이상 나아갈 땅이 없는 대륙의 끝이었다. 이제 그가 밟지 못한 땅은 티에라델푸에고 섬밖에 없었다. 푸에고 섬을 한 바퀴 돌아본 뒤에는 대서양 연안을 거슬러 올라가서 이시도르 하인즈 목장으로 돌아가야 했다. 그리고 그곳에서 루이사가 만든 새로운 질서에 순응하며 늙어가게 될 것이었다. 그것이 네레오의 정해진 삶이었다.

깊은 무력감이 어깨를 짓눌러왔다. 오래전 웨나를 찾아 세상을 떠돌던 시절에는 아무것도 필요하지 않았다. 굶주림과 갈증도 얼마든지 참을 수 있었고 살을 에는 추위도 발길을 막지 못했다. 걸인 취급을 받는 것도 낯선 집 문을 두들기는 것도 전혀 부끄럽지 않았다. 그것은 웨나를 만나고 싶다는 뚜렷한 목적이 있었기 때문이었다. 집을 떠나기 전 혼란스러운 마음은 차분하게 가라앉았지만 내면으로 침잠할수록 전에 없던 영혼의 갈망이 깊어지고 있었다. 그리고 무엇으로 그 갈망을 채워야 할지 알 수 없다는 사실이 네레오의 걸음을 무겁게 만들었다.

그때 불현듯 엘 투르비오의 식당에서 만난 가우초 사내가 갖고 있던 목상이 생각났다. 리오가예고스에 이르는 동안 인디오의 눈빛은 짙은 해무를 뚫고 길을 비춘 등대의 불빛처럼 내내 머릿속을 떠나지 않았었다. 녹슨 철탑의 차가운 그림자를 밟고 해안을 돌아 나온 네레오는 마지막 행선지인 티에라 델푸에고 섬을 향해 출발했다.

폰타 델가다를 떠난 화물선은 마젤란 해협의 거친 파도를 헤치고 남쪽으로 내려갔다. 예언자라 불리는 큰 바다제비가 어지럽게 뱃머리를 선회했고 해협을 반쯤 지났을 때 등 뒤에서 날아온 가마우지들이 길잡이처럼 파도를 헤치고 남쪽으로 날아갔다. 선실을 가득 채운 사람들은 대부분 칠레인들이었다. 그들은 거친 손으로 뻣뻣한 머리카락을 쓸어 넘기며 불안한 눈빛으로 일렁거리는 파도를 바라보았다.

푸에고 섬에 도착한 네레오는 리오그란데를 들르지 않고 곧바로 우수아이아로 내려갔다. 남극에서 1000킬로 떨어진 지구 최남단의 도시 우수아이아에서 오칸이란 인디오가 누군지 알아보는 것이 이 여정의 마지막이 될 것이었다. 우수아이아로 가는 길의 초입은 흙먼지가 흩날리는 황무지였다. 융기를 끝내지 못하고 주저앉은 듯한 산맥은 찰흔擦痕이 선명했고 대기는 각막이 따가울 정도로 차가웠다.

수천 갈래로 나누어져 대륙을 내려온 길은 이제 하나로 모아져 우수아이아를 향하고 있었다. 이 길의 끝에는 더 이상 나아갈 수 없는 세상의 경계가 기다리고 있었다. 그 경계 앞에서 우리의 모든 욕망은 흔적도 없이 소멸하게 될 것이다.

낮은 덤불 천지인 들판을 가로지른 길을 따라 남쪽으로 내려가자 눈 덮인 마르티알 산맥이 나타났다. 날카로운 칼로 잘라낸 듯한 산맥을 넘어가자 지구의 땅 끝 우수아이아가 나타났다. 뒤에는 마르티알 산맥이 버티고 서 있고 앞에는 호수처럼 잔잔한 비글 수로가 펼쳐져 있는 우수아이아의 거리에는 눈보라가 휘몰아치고 있었다. 바다를 향해 경사진 거리를 헤매고 다닌 끝에 사내가 알려준 잡화점을 찾아냈다.

성에 낀 문을 열자 자수를 놓고 있던 한 중년 여자가 고개를 들었다. 진열장에는 온갖 잡다한 물건이 쌓여 있었다. 나뭇가지와 껍질로 형태를 잡아 양의 힘줄로 기운 카누와 긴 나무에 날카로운 뼈를 붙인 작살과 나무로 깎아 만든 펭귄과 앨버트로스가 있었지만 인디오 목상은 눈에 띄지 않았다. 그가 한참 동안 진열장을 기웃거리자 여자가 물었다.

"무얼 찾나요?"

"인디오 얼굴이 조각된 목상을 찾고 있습니다."

여자가 고개를 가로저었다.

"오칸의 목상은 다 팔리고 남은 게 없어요."

그 말을 듣는 순간 갑자기 목적을 상실한 사람처럼 온몸에서 힘이 빠졌다. 굵은 눈발이 바다에 녹아드는 모습을 지켜보던 네레오는 어쩔 수 없다는 듯 배낭을 고쳐 멨다. 출입문을 열고 나가기 직전 뭔가를 떠올린 그가 여자를 돌아보며 물었다.

"오칸은 어떤 사람입니까?"

"목상의 인디오 말인가요?"

"그렇습니다."

여자가 손에 들고 있던 자수를 내려놓고 그를 의아한 시선으로 쳐다보았다. 잠시 후 그녀가 가게 안쪽에 달린 문을 열고 누군가를 불렀다. 그러자 키가 크고 어깨가 벌어진 중년 남자가 얼굴을 내밀었다.

"오칸의 목상을 찾는다고요?"

"그렇습니다."

"보름 정도 있어야 들어올 겁니다."

"그게 아니라 오칸이 어떤 사람인지 알고 싶습니다."

남자는 미간을 찡그린 채 자신의 아내를 돌아보았다.

"오칸은 야흐간 족의 전사요."

"야흐간 족?"

"그렇소. 한때 푸에고 섬의 주인이었지요. 내가 알고 있는 것은 그게 전부입니다."

"어딜 가야 그 목상을 구할 수 있을까요?"

네레오가 간절하게 부탁하자 잠시 망설이던 남자가 목상을 만들고 있는 곳을 찾아갈 수 있는 방법을 상세하게 알려주었다. 그리고 그곳을 찾아가면 오칸에 대해서 자세히 알 수 있을 거란 말을 덧붙였다. 네레오는 거듭 고맙다는 인사를 하고 잡화점을 나왔다. 그리고 곧바로 배를 타고 비글 수로를 건너 나바리노 섬으로 들어갔다.

오칸의 목상은 그 섬에 살고 있는 펠리페란 이름의 야흐간족 노인이 만든 것이었다. 섬의 해안에는 상아빛 유목이 떠다녔고 거무죽죽한 바위에는 만조의 흔적이 선명하게 남아 있었다. 해군기지를 지나자 옹기종기 모인 판잣집들이 나타났다.

인디오 노인의 집은 판자촌을 지나 비글 수로가 한눈에 내려다보이는 나지막한 언덕 위에 있었다. 문을 두들기자 머리가 하얗게 세고 주름이 자글자글한 늙은 여자가 얼굴을 내밀었다.

"누구요?"

"목상을 사러 왔습니다."

"나무인형 말이오?"

"그렇습니다."

눈발이 흩날리는 날씨에 목각인형을 사러 자신의 집을 찾아온 네레오를 늙은 여자는 이해할 수 없다는 듯 쳐다보았다.

잠시 후 여자가 한쪽으로 비켜서자 네레오는 집 안으로 들어갔다. 생나무 냄새가 코를 찔렀다. 여자가 가리키는 안쪽의 문을 열자 천장 낮은 방에 한 노인이 벽을 등지고 앉아 나무를 깎고 있었다. 얼굴에 검버섯이 잔뜩 핀 노인은 한 손으로 움켜지면 바스러질 듯 왜소했다. 잡화점 주인 남자는 펠리페 노인이 혹시 죽었을지 모른다고 했지만 올해 백 살이 되었다는 노인은 멀쩡하게 살아서 목상을 만들고 있었다. 네레오는 물기 한 점 없는 인디오 노인을 바라보며 상상조차 할 수 없는 아득한 시간을 떠올렸다. 노인은 그를 흘깃 쳐다보았지만 손을 멈추지 않았다.

네레오는 작업대 앞으로 걸어가서 빈 의자에 앉아 조각에 열중한 노인을 말없이 지켜보았다. 실내는 노인의 손에 든 칼날이 가문비나무의 연한 황백색 속살을 깎아내는 소리만 들려올 뿐 고요했다. 무서운 집중력으로 나무를 깎고 있는 노인은 흙으로 인간의 형상을 빚고 있는 것 같았다. 노인의 앙상한 손이 움직일 때마다 구불구불 늘어진 머릿결과 웅혼한 기상이 서린 반듯한 이마가 드러났다. 불굴의 집념이 깃든 우뚝 솟은 콧날과 인중 깊은 입술이 윤곽을 드러냈고 마지막으로 네레오가 강하게 이끌렸던 눈동자가 만들어졌다.

이윽고 손을 멈춘 노인이 칼을 내려놓고 자신이 빚어낸 젊은 남자의 얼굴을 그윽한 눈빛으로 쳐다보았다. 그러고는 입술을 살짝 벌리고 참았던 숨을 길게 내쉬었다.

"무슨 일로 오셨소?"

"오칸의 목상을 사러 왔습니다."

"저쪽에 가서 하나 골라보시오."

노인이 가리킨 곳을 돌아보니 선반에 수십 개의 목상들이 나란히 진열되어 있었다. 일어나 선반 앞으로 다가간 그는 목상이 자신이 본 것과 다르다는 사실을 깨달았다. 그러나 자세히 들여다보니 목상은 전부 오칸이었는데 각기 웃고, 찡그리고, 화를 내고, 절망하고, 고통스러워하는 다양한 표정을 짓고 있었다. 그러나 강렬한 눈빛만은 똑같았다. 네레오는 목상을 하나씩 신중하게 살핀 다음 가우초 사내가 갖고 있던 것과 비슷한 것을 골랐다. 그리고 작업대 앞으로 돌아가서 노인을 바라보며 조심스럽게 질문했다.

"오칸은 야흐간의 전사인가요?"

"아니오."

노인이 머리를 흔들었다.

"그럼 영웅인가요?"

"아니오."

"그렇다면 오칸은 누군가요?"

"오칸은 경계인이오."

"그게 무엇입니까?"

펠리페 노인은 대답 대신 더께 앉은 창밖을 물끄러미 쳐다보았다. 비글 수로 위에 앨버트로스 한 마리가 상승기류를 타고 있었다. 하늘에서 쏟아진 빛이 새의 날개를 황금빛으로 물들였다. 새가 날개를 흔들자 번쩍 튕겨져 나온 빛이 검푸른 바다에 내리꽂혔다. 노인은 앨버트로스가 시야에서 사라진 뒤에야 네레오를 돌아보았다.

"오칸을 알고 싶은 이유가 뭐요?"

엘 투르비오의 식당에서 오칸의 눈빛을 본 순간 지금까지 만난 수많은 사람의 얼굴이 떠올랐다. 성당의 신부, 몸을 파는 창녀, 운동선수, 학자, 작가, 아름다운 처녀를 비롯한 토템을 찾아 세상을 떠도는 사람들, 일상의 속박이 신의 시험이라고 믿는 사람들, 주체할 수 없는 젊음을 가진 가난한 청년들, 세상 모든 부를 소유했지만 젊음을 잃어버린 늙은 노인들, 자신의 교리만이 세상을 구원할 수 있다고 말하는 거짓 선지자의 눈빛이 떠올랐다. 그들은 모두 영혼의 균형을 상실한 사람들이었다. 그러나 오칸의 눈빛은 달랐다. 그의 눈빛은 세상 어디에서도 본 적이 없었다.

"우리 부족을 알고 있소?"

"잘 알지 못합니다."

"오칸이 누군지 알려면 우리 부족에 대해서 아는 것이 먼저요. 그래도 알고 싶소?"

"알고 싶습니다."

네레오가 고개를 끄덕이자 노인이 뼈가 앙상한 손으로 자신의 얼굴을 쓰다듬으며 천천히 입을 열었다.

"아득히 먼 옛날 시베리아 레나 강 유역에 살고 있던 한 무리의 사람들이 베링 해협을 넘어 북미 대륙으로 들어갔소. 알래스카를 통과하여 남쪽으로 내려간 그들은 마침내 오랫동안 고대해온 온화한 기후와 사냥감이 넘치는 땅을 발견하고 각기 흩어져 새로운 집단을 이루고 평화롭게 살아갔소. 그러나 안락하고 풍요로운 정주의 삶에 만족하지 못한 일부의 사람들이 또다시 새로운 땅을 찾아 남쪽으로 이동을 시작하였소. 부모가 죽으면 아들이 뒤를 이어 걷고 또 걸어가는 이 위대한 여정은 무려 5천 년 동안 이어진 끝에 마침내 더 이상 나아갈 길이 없는 지구의 땅 끝 티에라델푸에고 섬에서 걸음을 멈추었소. 그들은 네 부족으로 갈라져서 정착했는데 우리 야흐간 족은 섬의 최남단에 근거지를 마련하고 유구한 세월을 살아왔지요. 영원히 지속될 것 같은 평화는 포르투갈의 항해사 마젤란이 선단을 끌고 대륙과 섬 사이의 좁고 긴 해협에 모습을 드러내면서 깨어지고 말았소. 이 섬에 살고 있는 원주민들의 운명은 이때 결정되었다고 할 수 있소. 그 후 백인들이 유자 철선과 양 떼를 몰고 섬으로 들어오면서 우리의 절멸은 걷잡을 수 없는 파국으로 치달았소. 세월이 흘러 1873년 우수아이아의 원주민 마을에서 매일 아침 수십 명의 사람들이 아무런 이유 없이 죽어나오는 끔찍한 일이 발생했소. 백인들에게 전염된 홍역과 폐렴이 원인이었는데 이런 사실을 알 리 없는 우리는 죽음의 사신이 미쳐 날뛰고 있다고 생각했었소. 그때부터 사람들은 죽음의 사신을 피하려고 원형으로 불을 피워놓고 그 안에서 잠을 자고 바다에 들어가고 높은 바위와 나무에 올라가서 뜬 눈으로 밤을 새며 필사적으로 노력했지만 끝내 죽음을 피하지 못했소. 그런 어느 날 시시각각으로 몰려오는 죽음의 공포를 견디지 못한 한 남자가 가족들을 데리고 영국 국교회 소속의 W. H. 스탈링 목사가 세운 전도소로 몸을 피신했소. 이들이 놀랍게도 일주일을 무사히 견뎌내자 사람들은 해가 떨어지기 무섭게 전도소로 몰려들었는데 여섯 살이던 나도 부모님을 따라 전도소로 들어갔소. 당시 푸에고 섬의 원주민들은 스탈링 목사의 열성적인 활동으로 인해 백인들이 섬기는 신에 대해 알고 있었지만 진심으로 그 신을 믿는 사람은 극소수였소. 그날 밤 석유등 불빛 아래 웅크리고 있던 사람들 중 한 사람이 기도문을 외기 시작하자 수백 명의 사람들이 따라한 것은 신을 믿어서가 아니라 기도문이 죽음을 피할 수 있는 일종의 주술이라고 생각했던 것이오. 그럼에도 불구하고 죽음의 공포는 사라지지 않았소. 그러자 사람들은 날이 밝기를 기다리면서 살아온 삶을 돌아보았는데, 자신이 범한 죄의 경중이 죽음에 영향을 줄지 모른다고 생각했기 때문이오. 우리가 그런 생각을 할 수밖에 없었던 것은 이 무자비한 죽음이 우리가 알고 있는 죽음의 형태와 너무 달랐기 때문이오. 지금까지의 죽음에는 모두 합당한 이유가 있었지만 작금의 죽음은 이해할 수 없는 모순과 불합리로 점철되었기 때문이었소. 어쩌면 자신의 실체를 이렇게 명징하게 드러낸 죽음을 본 적이 없었기 때문일 거요. 그때 나는 이미 죽음을 인식하고 있었소. 며칠 전 아침 눈을 떴을 때 어제까지 울고 웃던 형제가 죽어 있는 모습을 보았기 때문이오. 전도소 밖에서 발자국 소리가 들려올 때마다 사람들은 숨을 멈추고 창백한 얼굴로 몸을 부들부들 떨었고 발자국 소리가 멀어져 가면 안도의 한숨과 함께 여기저기서 흐느끼는 소리가 발작하듯 터져 나왔소. 사실 그 소리는 신의 부재를 의심한 목사의 서성거림이었고 나뭇가지가 바람에 흔들리는 소리였지만 우리는 그 진위를 판별할 능력이 없었지요. 그저 작은 공기의 파장에도 두려움과 공포에 떨었던 것이오. 그때 나는 이제 막 젖을 뗀 여자들의 몸에서 풍겨 나오는 고래 지방 냄새 때문에 밖으로 뛰쳐나가고 싶어 미칠 지경이었소. 수년 전 어머니의 젖을 물었을 때 입에 퍼지던 맛과 냄새가 눈에 보이지 않는 죽음보다 더 끔찍했기 때문이었지요. 그때 뒷문 가까운 곳에서 한 남자의 나직한 목소리가 들려왔소. 처음에는 몰랐지만 곧 남자가 두려움에 떨고 있는 자신의 아이들을 달래기 위해 구전으로 전해오는 전설을 들려준다는 사실을 알았는데 그게 바로 오칸에 관한 이야기였소. 그때부터 사람들은 어른아이 할 것 없이 남자가 들려주는 이야기에 깊이 빠져들었소이다. 이윽고 기나긴 이야기가 끝나자 놀라운 일이 벌어졌는데 한 사람이 천천히 일어나서 문을 열고 죽음이 미쳐 날뛰는 어둠 속으로 나가버린 것이오. 다음 날 아침 스탈링 목사가 떨리는 손으로 문을 열었을 때 전도소에 남아 있던 사람들은 불과 수십 명이었소. 시간이 흐르면서 우리에게 내려진 죽음의 선고는 마침내 막을 내렸지만 원주민들의 절멸은 시위를 떠난 화살처럼 돌이킬 수 없었소. 그리고 94년이 지난 오늘 우리 부족 사람들은 모두 세상을 떠나고 이제 나 혼자만이 살아남아 있소. 내가 눈을 감는 순간 우리 야흐간 족은 이 지구상에서 영원히 사라지게 되는 것이오."

벽에 몸을 기댄 노인의 모습은 사막의 모래에 뿌리를 내리고 한낮의 뜨거운 태양과 한밤의 살을 에는 추위를 견디며 노도처럼 밀려오는 시간에 맞선 늙은 선인장 같았다. 어떤 감정도 읽을 수 없는, 지난 백 년의 시간을 유추할 수 없는 노인의 검은 눈동자는 암연의 핵심이었다. 잠시 숨을 몰아쉬던 노인의 입에서 94년 전 석유등 불빛이 흔들리는 전도소에서 숨을 죽인 채 들었던 오칸에 관한 이야기가 흘러나왔다.

짙은 안개를 헤치고 숲으로 들어가자 정강이가 축축하게 젖어왔다. 오칸은 걸음을 멈추고 강물처럼 흘러오는 유백색의 안개를 향해 손을 뻗었다. 서늘한 느낌만이 감돌뿐 손에는 아무것도 잡히지 않았다. 숲을 가득 채운 안개가 물러나자 박명이 빠르게 스며들었다. 오칸은 그 빛에 의지하여 숲 안쪽으로 들어갔다.

반시간쯤 지나자 갑자기 숲 전체가 환하게 밝아왔다. 하늘에서 쏟아진 빛에 혼곤히 잠들어 있던 나무들이 진저리치며 깨어나고 있었다. 오칸은 눈에 들어오는 나무를 발견할 때마다 다가가서 가만히 끌어안았다. 그리고 뒤로 물러나서 다시 나무를 찾는 일을 반복했다. 오칸은 배를 만들 재목을 찾고 있었다. 그러나 두 달 동안 인근 숲을 뒤졌지만 자신의 영혼을 강하게 끌어당기는 나무를 찾지 못하고 있었다. 세상에서 단 하나밖에 없는 그 특별한 배에 사용될 나무는 반드시 자신의 영혼과 조응해야 했고 그 나무로 만들어진 배만이 그 누구도 넘어가지 못한 세상의 경계를 넘어갈 것이었다.

숲을 빠져나가자 바람에 쓰러진 고사목들이 죽은 짐승처럼 쓰러져 있었다. 오칸은 하얗게 탈색한 고사목들을 하나씩 살핀 다음 개활지로 올라갔다. 산의 정상으로 올라가는 능선에는 편암이 가득했다. 발을 내딛을 때마다 돌이 결대로 푸석푸석하게 갈라졌다. 바람이 강하게 불어오는 날이면 돌들은 온몸을 들썩거리며 기이한 소리를 내질렀는데 마치 죽은 자들의 절규 같았다.

이윽고 정상에 오른 오칸은 숨을 몰아쉬며 발아래 펼쳐진 전경을 바라보았다. 바닷새들이 먹이를 찾아 수면 위를 낮게 선회하고 있을 뿐 해협은 잠잠했다. 그러나 나바리노 섬 뒤편의 짙은 운무에 휩싸인 먼 바다는 성난 짐승처럼 으르렁거리며 날뛰고 있었다. 편서풍이 휘몰아치는 군도群島 너머는 먼 훗날 드레이크 해협으로 명명되는 세상의 경계였다.

일 년 전 야흐간 족장의 장자로 태어난 오칸은 오나 족과의 전쟁에서 승리하고 차례로 아우쉬 족과 알라칼루프 족을 복속시켰다. 마침내 푸에고 섬에서 가장 척박한 남쪽 해안에 삶의 터전을 일구고 살아온 야흐간 족이 명실상부한 섬의 주인이 된 것이었다. 이 위대한 업적은 오칸이 젊은 전사들을 규합하여 오랫동안 면밀하게 준비한 끝에 이뤄낸 성과였다.

푸에고 섬을 통일하고 영토 시찰에 나선 오칸은 가는 곳마다 많은 부족 사람들의 열렬한 환대를 받았다. 이처럼 부족에 상관없이 사람들이 오칸에게 무한한 존경을 보낸 것은 섬의 패권을 차지한 그가 권력을 휘두르지 않고 화합과 평화를 주장했기 때문이었다. 오칸은 가장 먼저 모든 원주민이 각 부족의 영토와 상관없이 자유롭게 사냥할 수 있게 했고 젊은 남녀들이 각자의 능력에 따라 혼인할 수 있도록 공표했다. 오랫동안 부족 간의 갈등과 분쟁을 야기한 원인이 해결되자 각 부족 사람들은 해묵은 반목을 청산하고 모든 원주민이 한 형제라는 사실을 받아들이게 된 것이다. 이런 이유로 오칸을 맞이한 각 부족 사람들은 자신들이 해결하지 못한 현안에 대해 조언과 식견을 구했고 경사스런 자리에 참석하여 자리를 빛내길 간청했던 것이다.

처음에는 자신을 존경하는 사람들에게서 성취의 희열을 느끼던 오칸은 점차 섬의 북단으로 올라가면서 그들의 무조건적인 찬사와 숭배에 회의가 들기 시작했다. 오랫동안 염원해온 일이 막상 이루어지자 원인을 알 수 없는 공허가 물밀듯 밀려들었던 것이다. 그것은 푸에고 섬을 통일한다는 계획을 세웠을 때 예상치 못한 뜻밖의 결과였다. 그리고 또 하나 수없이 많은 난관을 극복하고 얻어낸 성취가 너무나 짧다는 것이었다. 온몸에 구멍이 뚫린 듯한 공허감은 시간이 갈수록 점점 커져갔다.

이윽고 오칸은 섬의 최북단에 도착했다. 검푸른 파도가 넘실거리는 해협 너머에 대륙이 있었다. 그곳에는 아프리카를 출발한 자신의 조상들이 동아시아와 베링 해협을 넘어 지구의 땅 끝까지 걸어온 흔적이 선명하게 남아 있었다. 세상으로 향하는 모든 길이 시작되는 대륙을 앞에 두었지만 아무런 느낌이 들지 않았다. 뜨거운 흥분도 없었고 심장도 고동치지 않았다. 그저 차갑게 식은 영혼만이 해협에서 불어오는 바람을 맞고 있을 뿐이었다.

그 순간 오칸은 거대한 땅이 자신의 욕망을 실현시킬 수 없다는 사실을 깨달았다. 죽고 죽이는 영토전쟁을 통해 얻을 수 있는 것은 아무것도 없었다. 저 광대한 땅에서 살아가는 사람들의 삶이 자신들과 별반 다르지 않다는 사실을 절감한 것이다. 좁고 긴 해협 앞에서 오칸은 헤어 나올 수 없는 절망의 나락으로 빠져들었다.

아버지가 생각났다. 자신이 이룬 이 위대한 업적을 보지 못하고 세상을 떠난 아버지는 자신에게 모든 것을 가르쳐 준 스승이었다. 따오기가 나타나면 곧 춘분의 바람이 불어올 것을 알려주었고 고래 턱이 아니라 머릿속의 뼈로 작살을 만드는 방법을 알려주었고 들판에 핀 꽃과 식물의 용도와 땅을 기어다니는 모든 종류의 벌레와 하늘을 날아다니는 새들의 습성과 바닷속에 살고 있는 물고기들의 특성을 하나도 빠짐없이 전수해주었다. 또 가마우지와 바다표범을 사냥하는 방법과 고래의 숨통을 단번에 끊을 수 있는 기술과 좋은 재목을 찾아 카누를 만드는 방법을 습득할 수 있게 해주었다. 그러나 성취 뒤에 찾아오는 이 아득한 절망 같은 공허를 극복할 수 있는 방법은 알려주지 않았다. 그랬다. 아버지의 모든 가르침은 모두 생존을 위한 것들이었다.

섬의 북단 해협에서 돌아온 오칸은 칩거에 들어갔다. 네 부족의 젊은 전사들이 찾아와서 대륙으로 진출할 시기와 방법에 대해 의논하자고 요청했지만 오칸은 그들을 돌려보내고 매일 상처 입은 짐승처럼 인적 없는 숲과 해안을 돌아다녔다. 그는 초지에 만발한 데이지 꽃의 향기를 맡지 못했고 새끼 갈매기가 날개를 흔들며 날아오르는 것도 보지 못했다.

짧은 여름이 지나가고 나뭇잎이 붉게 물들어가는 가을이 찾아올 무렵 오칸은 아름다운 여자의 웃음과 산해진미와 피로 맺어진 전사들의 우정과 사람들의 무한한 존경과 원하는 것을 전부 가질 수 있는 권력이 결코 영혼의 갈망을 충족시키지 못한다는 사실을 명징하게 자각했다. 그즈음 사람들은 그가 이룬 위대한 업적을 잊어갔고 그 또한 온몸을 태울 듯한 강렬한 성취의 희열을 잊은 지 오래였다.

그런 어느 날 오칸은 해변에서 바다표범 사냥에 성공한 오나 족을 발견했다. 오랫동안 육지에서 과나코를 사냥해온 오나 족은 이제 바다생물을 사냥하는 데 익숙해져 있었다. 몽둥이를 든 대여섯 명의 사람들이 피를 흘리며 죽은 바다표범을 뭍으로 끌어올린 후 괴성을 지르며 덩실덩실 춤을 추고 있었다. 검게 그을린 살결에 시뻘건 피를 묻힌 그들은 곧 다가올 혀끝의 쾌락을 기대한 듯 행복한 표정을 짓고 있었다.

짐승처럼 번들거리는 그들의 눈빛을 본 순간 오칸은 갑자기 견딜 수 없는 수치심에 휩싸였다. 한때 자신이 품었던 가치와 이상이 참으로 보잘것없었다는 참담한 기분에 빠졌다. 인간은 무엇을 위해 존재하는 걸까. 단지 생존하기 위해서인가 아니면 어떤 삶의 목적이 있는 걸까. 만약 있다면 그 진실한 목적은 무엇인가. 끝없는 의문이 꼬리에 꼬리를 물고 일어났다.

그날 오후 오칸은 카누를 타고 남쪽 섬으로 갔다. 섬을 가로지른 그는 남쪽 해안 절벽에 올라섰다. 먼 바다에 잿빛 해무가 장벽처럼 서 있고 거친 해류가 신전을 지키는 파수꾼처럼 포효하고 있었다. 모든 형상이 산산이 깨어지는 바다는 세계의 끝이었고 세상의 경계였다. 파멸의 전조가 드리워진 바다는 인간의 영역이 아니라 신들의 세계였다. 성난 파도가 사악한 겁박처럼 절벽을 난타하는 순간 몸을 부술 듯한 격렬한 충동이 치밀어 올랐다. 온몸이 불덩어리처럼 활활 타올랐다.

오칸은 핏발 선 눈으로 세상의 경계를 노려보며 절벽 가장자리로 주춤주춤 걸어갔다. 마지막 한 걸음 앞에서 무너지듯 주저앉은 오칸의 두 눈에서 뜨거운 눈물이 흘러내렸다. 그날부터 매일 남쪽 섬을 찾아간 오칸은 벼랑 끝에 앉아 광란의 춤사위가 벌어지는 바다를 바라보았다.

바다의 물빛은 하루에 서너 번씩 변했다. 새벽과 한낮의 물빛이 달랐고 어스름이 내려앉는 저녁에 또 다른 물빛으로 변했다. 푸른 바다제비는 세상에 없는 궤적을 그리고 신들의 세계로 날아가서 산더미만 한 고래가 되어 오색찬란한 분기를 뿜으며 돌아오고 신들의 땅에서 밀려온 거대한 유빙이 거친 해류에 갈기갈기 찢어져 산산이 흩어지며 수많은 성단의 별들이 무리지어 천공을 이동하는 모습을 오칸은 오롯이 지켜보았다.

그렇게 반년이 지난 어느 날 남쪽 벼랑으로 밀려온 얼음덩어리 속에서 검은 흙을 발견하는 순간 오칸은 마침내 자신이 해야 할 일이 무엇인지 깨달았다.

오칸은 천천히 돌아서서 산을 내려가기 시작했다. 고사목 군락지를 지나 해안으로 내려온 그는 다시 서쪽 해안에 있는 숲으로 들어갔다. 수령이 작은 나무와 고목이 섞인 숲을 돌아다니던 오칸은 걸음을 멈추었다. 그가 있는 곳에서 100여 미터 떨어진 곳에 나무 한 그루가 서 있었다. 무성한 가지를 뻗은 채 옅은 빛에 휩싸인 나무가 눈을 찌를 듯 다가왔다. 심장이 두근거렸다. 그는 나무를 향해 천천히 걸어갔다. 더 곧고 더 굵은 나무가 앞을 가로막았지만 눈에 들어오지 않았다.

나무 앞에 도착한 오칸은 나무를 조심스럽게 살펴보았다. 수백 년 시간을 품은 나무의 껍질은 두껍고 단단했고 사방으로 뻗은 나뭇가지는 굵었고 잎은 넓고 풍성했다. 나무둥치를 끌어안고 눈을 감았다. 어디선가 새들이 날카롭게 우는 소리가 들려왔지만 이내 잠잠해졌다. 두근거리던 심장이 가라앉으면서 나무의 생장하는 약동이 물처럼 몸으로 스며들었다. 오칸은 마치 나무와 한 몸이 된 것처럼 오랫동안 나무를 끌어안았다.

잠시 후 눈을 뜬 그는 뒤로 물러나서 다시 한 번 나무를 살펴보았다. 지난 몇 달 동안 간절하게 찾고 있던 바로 그 나무였다. 자신의 영혼과 교감하고 조응하는 바로 그 나무였다. 순간 오칸은 무거운 사슬에서 풀려난 영혼이 무성한 나뭇가지를 뚫고 한 마리 새처럼 비상하는 모습을 보았다. 오랫동안 자신을 억눌러온 절망과 번민이 흔적도 없이 사라지는 순간이었다.

다음 날 오칸은 숲 입구에 비바람을 피할 수 있는 작은 움막 한 채를 지었다. 그리고 본격적으로 벌목에 들어갔다. 사람들의 손을 빌리면 단숨에 나무를 자를 수 있지만 그렇게 하지 않았다. 시간이 걸리더라도 순수한 자신의 힘만으로 나무를 잘라낼 생각이었다. 그날 해가 저물어갈 무렵이 되어서야 아름드리나무가 굉음을 울리며 쓰러졌다. 손가락 하나 움직일 수 없을 정도로 지친 오칸은 움막으로 들어가서 날이 밝아올 때까지 혼절한 듯 잠이 들었다.

다음 날 아침 눈을 뜬 그는 나뭇가지를 쳐내고 용도에 맞게 잘라내는 작업에 들어갔다. 그는 절대 서두르지 않았다. 신에게 바치는 제물을 다루듯 아주 조심스럽게 나무의 껍질을 벗기고 결을 다듬었다.

오칸은 지금까지 수많은 카누를 만들었다. 카누에서 잠을 잔다는 뜻의 오칸이란 이름을 얻은 것도 그 때문이었다. 지금까지 만든 카누가 사냥을 하기 위해서라면 지금 자신이 만들고자 하는 배는 그런 용도가 아니었다. 이것은 세상의 경계를 넘어 신들의 땅을 찾아갈 배였다. 따라서 지금까지 만든 카누와 전혀 다른 형태가 될 것이었다. 길이도 늘어나고 몸집도 커지고 배의 절반에는 지붕이 덮일 것이었다. 그 모든 설계도가 이미 오래전에 머릿속에 준비되어 있었다.

그날부터 오칸은 매일 아침 일찍 일어나서 바다로 들어가 몸을 정결하게 씻은 후에 영혼을 빚어내듯 나무를 잘라 깎아내고 다듬는 작업에 들어갔다. 하루 종일 일하다 해가 지면 움막으로 돌아가서 죽은 듯 깊은 잠에 빠져들었다. 배를 만드는 과정은 더디고 힘들었다. 바람이 심하게 불어오고 비가 쏟아지는 날이면 일을 멈추고 움막에 앉아서 명상에 잠겼다. 공연히 마음이 불안하고 일손이 잡히지 않는 날이면 카누를 타고 남쪽 섬으로 갔다. 절벽 끝에서 신들의 세상에서 들려오는 소리에 귀를 기울이면 마음속에서 일렁거리는 불안이 씻은 듯 사라지고 새로운 힘이 용솟음치듯 솟아났다. 그것은 온몸이 타올라 한 줌의 재가 되어도 후회하지 않을 강렬한 열망이었다. 잘라낸 나무의 껍질을 벗겨내고 말린 다음 다시 이어붙이는 지루한 작업 끝에 용골과 선수, 만곡재와 가로대가 만들어졌다.

배가 조금씩 형체를 갖추어갈 무렵 소문을 들은 전사들이 해변의 숲을 찾아왔다. 길이 9미터에 지붕이 반쯤 덮인 기괴한 형상의 배를 확인한 그들은 당혹감을 감추지 못했다. 그들이 배의 용도를 물었지만 오칸은 묵묵부답이었다. 한 전사가 침묵을 견디지 못하고 물었다.

"혹시 남쪽 바다로 가려는 겁니까?"

오칸이 어쩔 수 없다는 듯 입을 열었다.

"맞네. 나는 그 경계를 넘어갈 것이네."

전사들이 놀란 표정으로 동시에 말했다.

"그곳은 세상의 끝입니다."

남쪽 바다가 세상의 끝이라는 사실은 푸에고 섬에 살고 있는 사람이라면 누구나 알고 있었다. 푸에고 섬의 사람들은 고래를 쫓아 남쪽 바다로 들어간 배들이 갈기갈기 찢어져 흔적도 없이 사라지는 것을 수없이 목격했다. 조상들이 이 섬에 정착한 이후 남쪽 바다는 삶과 죽음을 가르는 경계였다. 그것은 절대 변하지 않는 절대적인 진실이었다. 그런데 이제 하나로 통합된 부족을 이끌어야 할 수장이 그 경계를 넘어가려 하고 있었다. 오칸은 불안에 떨고 있는 전사들을 맑은 눈빛으로 돌아보며 말했다.

"남쪽 바다는 세상의 끝이 아니네."

전사들이 믿을 수 없다는 표정으로 그를 바라보았다.

"그 경계 너머에는 지금까지 우리가 알지 못한 새로운 땅이 존재하고 있네."

"새로운 땅이 있다고요?"

"그렇다네."

오칸이 고개를 끄덕이자 전사들이 다급하게 외쳤다.

"지금까지 그런 말을 한 사람은 없습니다."

"그것은 아무도 경계를 넘어가지 못했기 때문이네."

오칸의 말에 전사들은 경악을 금치 못했다. 오칸을 만류하기 위해 갖은 노력을 기울였지만 전사들은 끝내 실패하고 돌아갔다. 다음 날 오칸이 남쪽 바다 경계를 넘어가려 한다는 소문이 푸에고 섬 전체로 들불처럼 퍼져 나갔다. 이 소식을 전해들은 각 부족의 원로들이 노구를 이끌고 해안을 찾아왔다. 그들은 이구동성으로 그의 생각과 판단이 잘못되었음을 적시하며 철회해줄 것을 요구했지만 오칸은 요지부동이었다. 급기야 형제들과 늙은 어머니가 나섰지만 결과는 마찬가지였다.

사람들은 오칸을 이해할 수 없었다. 그들이 생각하기에 오칸은 자신이 원하는 것을 전부 가질 수 있는, 세상에서 가장 행복한 사람이었다. 그런 그가 모든 것을 내던지고 죽음의 바다로 들어가려 하고 있었다. 이와 같은 사람들의 근심과 우려에도 불구하고 오칸은 묵묵히 작업을 해나갔고 마침내 누구의 도움도 없이 순수한 자신의 힘만으로 배를 완성했다.

오칸이 섬을 떠나는 날 해안은 인산인해를 이루었다. 그가 배를 몰고 떠나는 모습을 지켜보기 위해 사람들은 일주일 전부터 해안을 찾아와서 진을 치고 기다렸다. 그들은 밤이면 불을 환하게 밝혀놓고 노래하고 춤추며 오칸의 무사귀환을 빌었다. 여자들은 자신들이 가장 소중하게 여기는 물건을 뱃전에 매달았고 남자들은 자신이 기원하는 문양을 배에 새겼다.

이윽고 오칸이 가족들과 함께 해안에 나타났다. 그는 자신을 지켜보는 사람들을 향해 가볍게 머리를 숙인 후 곧바로 배에 올랐다. 어떤 절차와 형식도 없는, 가까운 바다에 고기잡이를 나가는 듯한 출행이었다. 그가 탄 배가 해안을 떠나 미끄러지듯 바다로 나아가자 이를 지켜보던 사람들의 낯빛이 어두워졌다. 그가 탄 배가 시야에서 사라지는 순간 늙은 어머니가 흐느끼며 주저앉았다. 여자들이 참았던 울음을 터뜨리자 수많은 사람들의 눈에서 눈물이 흘러내렸다.

바다를 향해 튀어나온 바위가 맞물린 좁은 수로는 보석을 쏟아 부은 듯 반짝거리고 수면에 머리를 처박은 섬들의 굽은 등에서 신록이 흘러넘쳤다. 오칸에게 푸에고 섬은 날카로운 말조개 껍질에 탯줄이 잘려나간 이후 세상의 전부였다. 이곳에 그가 원하는 모든 것이 있었다. 조건 없는 헌신과 사려 깊은 존중이 있었고 순수하고 확고한 의지에 따른 생의 충만함이 있었다. 사랑과 기쁨이, 삶의 도락과 유희가 넘치는 풍요로운 일상이 있었다. 우리가 이루고 희망하는 모든 것이 언제나 그를 기다리고 있었던 것이다. 그러나 그 모든 것은 결코 영혼의 결핍과 갈망을 충족시켜주지 못했다. 성취의 희열은 한 줌의 먼지처럼 허망했고 쾌락은 짧은 도취에 불과했다.

수로를 빠져나간 오칸의 배는 지구 최남단의 군도를 향해 빠르게 나아갔다. 수면 위로 솟구친 섬들의 윤곽이 눈을 찌를 듯 다가오자 돌연 머릿속이 어지럽고 노를 잡은 손이 미끄러졌다. 내 생각이 옳은 걸까. 내 판단이 맞는 걸까. 저들은 몰려오는 시간에 굴종하고 운명에 순응하는 것만이 진정으로 행복해질 수 있는 길이라고 말했다. 그러나 정말 그러할까. 일상에서 기쁨을 찾는 것만이 우리가 할 수 있는 전부일까.

주저하는 손길에 배의 속도가 떨어졌다. 군도의 마지막 섬을 지날 무렵 베링 해협을 건너 푸에고 섬까지 위대한 여정을 이어온 조상들의 얼굴이 떠올랐다. 그들이 위대한 여정을 이어온 것은 단지 사냥감을 쫓아온 걸까. 아니면 높은 곳에서 본 미지의 세계에 대한 호기심과 동경에 이끌린 걸까. 대체 무엇이 그들은 안락하고 풍요로운 일상을 포기하고 수만 킬로 떨어진 지구의 땅 끝으로 나아가게 만든 걸까. 오칸은 머릿속의 우문을 떨쳐내듯 세차게 머리를 흔들며 으스러지듯 노를 움켜잡고 힘껏 저었다.

대양에 들어서자 물빛이 달라졌다. 먼 바다에서 세상에 한 번도 모습을 드러낸 적 없는 짐승이 울부짖는 소리가 들려왔다. 그 광란의 울음은 삶과 죽음의 경계를 알리는 징후였다. 오칸은 배를 부술듯 달려드는 거친 물살을 헤치고 세상의 경계로 나아갔다. 그는 점차 자신이 어디서 왔는지, 누구인지를 잊었다. 두려움도 공포도 없었다. 오직 자신을 향해 달려드는 파도를 헤치고 앞으로 나아갈 뿐이었다.

이윽고 세상의 경계에 들어서는 순간 형언할 수 없는 기쁨과 행복이 영육을 적셔왔다. 오칸은 비로소 깨달았다. 범속한 욕망의 속박에서 벗어났다는 사실을. 그리고 조상들이 5천 년에 걸쳐 위대한 여정을 이어온 이유를 깨달았다. 오칸의 영혼과 한 몸이 된 배는 지금까지 세상 누구도 도달한 적 없는 지구의 마지막 대륙을 향해 힘차게 나아갔다.

"자신이 알고 있는 사람들이 하나둘 죽어가는 모습을 지켜보는 심정이 어떤지 아시오. 그것은 뜨거운 햇볕이 내리쬐는 신작로에 내던져진 물고기가 느끼는 절망과 같소. 마른 흙 위에서 몸부림칠 때마다 벗겨진 비늘을 파고드는 고통은 죽음보다 더 큰 절망이오. 자신에게 주어질 물이 한 방울도 없다는 사실은 부당함의 극치라고 할 수 있소. 처음에는 두려웠고 마지막에는 걷잡을 수 없는 분노가 치밀어 올랐소. 그런데 피를 토할 듯한 분노를 쏟아낼 대상이 없었소. 타협할 상대도 없었고 맞서 싸워야 할 적이 없었던 것이오. 그래서 나는 파멸의 소리가 음산하게 울려 퍼지는 산상에서 죽음이 우리의 눈물을 집어삼키고 휩쓸어가는 것을 지켜보고만 있을 수밖에 없었소. 이미 외부에서 날아온 절멸의 씨앗이 우리 내부에 뿌리를 내리고 발아를 시작했던 것이지요. 한 종種의 절멸이 생식 능력이 사라진 한 늙은이의 손에 달렸다는 것이 어떤 기분인지 아시오. 살아 있으나 죽었고, 죽었지만 살아 있는, 깊은 묘혈에 누워 그 크기만큼의 세상을 바라보는 것과 같소. 내가 낳은 아이들과 그 아이들의 아이들까지 전부 내 곁을 떠나갔소. 세상에 그들을 대신할 수 있는 것은 아무것도 없소. 그들이 남긴 추억을 곱씹으며 짓쳐 밀려오는 시간에 맞서는 것만이 내가 할 수 있는 전부요. 우리의 삶은 웅덩이와 같소. 우리의 모든 욕망이 뒤섞인 혼탁한 물로 가득 차 있는 웅덩이 말이오. 태양이 내리비치면 웅덩이를 가득 채운 물이 조금씩 증발하기 시작하고 어느 순간에 이르면 흘수선吃水線에 도달하오. 이때 우리는 처음으로 한 번도 보지 못하고 생각지도 못한 바닥을 떠올리게 된다오. 물이 가득 차 있을 때 절대 드러나지 않는 진실과 대면할 시간이 가까워진 것이오. 우리가 믿었던, 어쩔 수 없이 믿을 수밖에 없는 것들의 진실이 드러날 시간이 다가온 것이오. 그러나 우린 그 바닥에 더러운 오물이 있을지, 어떤 고결한 것이 있을지 알지 못하오. 그걸 확인할 수 있는 것은 오로지 모든 물이 증발하고 바닥이 드러났을 때뿐이오. 흘수선을 통과한 물은 점차 빠르게 증발하는데, 여기서 중요한 것은 물의 증발을 막을 방법이 없다는 것이오. 오칸의 이야기가 생각난 것은 이처럼 내 웅덩이에 고인 물이 흘수선을 통과하여 무서운 속도로 바닥을 향해 내려갈 때였소. 일엽편주에 몸을 싣고 혼 곶 너머 세상에서 가장 무서운 해류가 흐르는 드레이크 해협을 뚫고 미지의 세계로 나아가던 오칸의 모습이 머릿속에 떠오른 것이었소. 그때부터 나는 오로지 오칸 생각밖에 없었소. 그리고 그 아득한 옛날 오칸이 배를 만들던 숲에서 나는 그의 초상을 만들기로 결심했소. 오칸의 목상이 하나둘 만들어지면서 비로소 나는 살아남은 자의 슬픔에서 벗어날 수 있었소. 이 목각인형은 비록 오칸의 얼굴을 하고 있지만 동시에 내 곁을 떠나간 우리 부족 사람들의 얼굴이기도 하오. 살아생전 웃고 울던 그들의 초상인 것이요. 이처럼 내가 나무를 깎는 것은 단순하게 목상을 만드는 것이 아니라 아이들과 내 형제들과 친구들의 영혼에 영속한 문장을 새겨 넣는 지난한 작업이기도 하오. 한 줌의 먼지로 사라진 그들을 영원히 살려내는 작업인 것이오. 오칸의 목상은 우리 야흐간이 세상에 존재했다는 사실을 알려주는 증표이며 범속한 조류에 휩쓸려 사라져간 우리 모두를 위한 소박한 상징이기도 하오."

네레오는 손에 든 오칸의 초상과 주름 깊은 노인의 얼굴을 번갈아 바라보았다. 오칸은 실제 인물일까. 아니면 노인의 상상이 만들어낸 인물일까. 그건 알 수 없었다. 그러나 분명한 것은 오칸의 초상이 지금까지 길에서 만난 세상 사람들의 얼굴과 같다는 사실이었다. 세상 모든 사람의 삶이 목상에 축약되어 있었던 것이다. 네레오는 허공의 한 점에 고정된 노인의 검은 눈동자를 바라보며 물었다.

"오칸은 돌아왔습니까?"

노인이 천천히 고개를 가로저었다.

"그렇다면 그는 저 절규하는 해협을 넘어 남극 대륙을 발견했을까요?"

"나는 그가 지구의 마지막 남은 대륙인 남극을 발견했을 거라고 믿고 있소."

노인은 그렇게 말하고 자신이 금방 깎아낸 목상을 손으로 부드럽게 어루만졌다.

"혹시 웨나를 알고 있습니까?"

"바람의 남자 말이오?"

"그렇습니다."

노인의 주름 깊은 얼굴이 희미하게 움직였다.

"우린 그를 웨이나(wejna)라고 부른다오. 웨이나는 우리 야흐간 말로 세상에 존재하고 있다는 뜻이오."

"웨이나……."

네레오는 침착한 눈빛으로 노인을 쳐다보며 다시 물었다.

"그렇다면 웨이나는 누구입니까?"

"그는 바람을 만드는 남자요."

"그는 현실에 존재합니까?"

짧은 침묵을 지키던 노인이 건조한 목소리로 되물었다.

"당신 생각은 어떻소?"

"나는……."

네레오가 길게 숨을 내쉬며 대답했다.

"웨이나가 세상 어딘가에 존재한다고 믿고 있습니다."

"그렇다면 그는 존재하는 것이오."

"실제 한다고요?"

"그렇소."

비글 수로에서 가마우지들의 날카로운 울음소리가 들려왔다.

"당신 얼굴을 만져봐도 되겠소?"

"내 얼굴을 말입니까?"

"그렇소."

네레오가 대답을 하기도 전에 노인의 손이 머리에 닿았다. 그의 헝클어진 머릿결을 어루만지던 차가운 손이 이마와 콧날을 더듬고 두 눈에서 잠시 멈추었다가 뺨과 입술을 만지고 턱으로 내려갔다. 가문비나무를 깎아내듯 부드럽고 섬세한 노인의 손이 얼굴을 떠나는 순간 네레오는 마주 앉은 백 살의 노인이 앞을 보지 못한다는 사실을 깨달았다.

"당신의 얼굴에 아득히 먼 옛날 이곳까지 걸어온 우리 조상들의 흔적이 남아 있소. 배를 몰고 절규하는 바다를 향해 나아간 오칸의 피가 당신 몸에 면면히 흐르고 있소. 우리 야흐간은 그런 사람들을 가리켜서 경계인이라고 부른다오. 세상의 모든 경계를 넘어 누구도 도달하지 못한 미지의 세계를 향해 나아가는 사람들을 일컫는 말이오."

노인의 말을 듣는 순간 네레오는 자신의 웅덩이 바닥에 있는 것이 무엇인지 알 수 있었다. 혼탁한 물이 걷히자 그 바닥이 명징하게 드러난 것이었다. 네레오는 노인의 초점 없는 눈을 바라보며 다시 물었다.

"웨이나는 어디에 있나요?"

"그는 당신이 생각하는 곳에 있소."

그 순간 네레오는 아득히 먼 옛날 베링 해를 넘어 지구의 땅 끝까지 걸어왔던 사람들의 위대한 여정이 끝난 것이 아니라는 사실을 깨달았다. 지금 이 순간에도 그들의 여정이 계속되고 있었던 것이다. 어쩌면 그들의 여정은 세상 모든 사람이 절멸하는 순간까지 이어질 것이었다.

네레오는 자리에서 일어나서 눈먼 노인을 향해 머리를 깊이 숙였다. 허공을 응시하던 노인이 손을 뻗어 새 나무 조각을 집어 들고 깎기 시작했다. 네레오는 문을 열고 나가기 직전 뒤를 돌아보았다. 유리창을 뚫고 들어온 희미한 빛이 백 년의 시간을 견뎌온 노인의 왜소한 몸을 비추고 있었다. 생사의 경계에 발을 걸친 노인의 시선은 오칸의 눈빛처럼 또 다른 피안을 응시하고 있었다.

나바리노 섬을 돌아 나와 우수아이아를 거쳐 대륙에 도착한 네레오 앞에 수많은 길이 놓여 있었다. 이제 그는 자신의 길을 선택해야 했다. 그 길은 세상 그 누구도 알려줄 수 없는 길이었다. 따라서 네레오 역시 앞서간 자들처럼 순수한 자의지로 자신이 나아갈 길을 결정해야 했다.

대부분의 사람은 확연하게 검증된 길을 선택했다. 그러나 소수의 사람은 모든 사람이 나아간 길을 거부하고 자신만의 새로운 길을 찾아 나아갔다. 그들이 미지의 세계에 새로운 표석을 세울 때 우리 인식의 경계가 확장되었다. 세상의 모든 경계는 그렇게 만들어진 것이었다.

세상 모든 길이 시작되는 출발점에 선 네레오의 머릿속에 한 사람의 초상이 떠올랐다. 웨나였다. 자신의 내면에서 완전히 사라졌다고 생각했던 웨나였다. 그때서야 네레오는 자신이 루이사의 풍요로운 삶에 편승하려고 할 때마다 주저하고 뒤를 돌아보게 만들던 불안감의 실체가 바로 웨나였다는 사실을 깨달았다. 그랬다. 웨나는 결코 자신의 내면에서 사라진 것이 아니었다. 여전히 심연 깊은 곳에 남아 있었던 것이다.

마침내 네레오는 자신의 길을 선택했다. 이제 그 선택에 따른 결과의 책임은 온전히 자신의 것이었다. 그러나 미련도 후회도 없는 선택이었다. 네레오는 대서양 연안을 따라 북상해서 루이사의 세계로 돌아가는 길을 포기하고 여덟 살 때 노새를 타고 낯선 사내를 따라 올라갔던 길을 거슬러 올라갔다.

이윽고 고원에 올라서자 광활한 평원이 나타났다. 오랜만에 보는 익숙한 풍광이었다. 그 텅 빈 시공으로 바람이 불어오고 있었다. 네레오는 눈을 감고 오랜 세속에 물든 때를 씻어내듯 온몸으로 바람을 맞았다. 어머니의 자궁으로 다시 돌아온 듯한 나른한 안락감이 전신을 휘감았다. 비로소 그는 갓난아이의 정결한 시선으로 평원을 바라볼 수 있었다.

파타고니아는 인간의 삶이 단순해지는 땅이었다. 모든 욕망의 속박을 벗어난, 삶과 죽음의 경계가 사라진 무위의 세계였다. 이 광대무변한 땅의 주인은 바람이었다. 웨이나가 존재할 수 있는 곳은 바로 이곳 파타고니아였다. 이곳만이 그가 존재할 수 있는 유일한 세상이었다. 바람에서 웨이나의 숨결이 희미하게 느껴졌다. 이제 앞을 보지 못하고 귀가 들리지 않을 때까지 그를 향해 한 걸음씩 나아갈 것이다. 그것만이 삶의 기쁨이며 즐거움이 될 것이었다.

네레오는 오래전 자신이 일했던 에스탄시아를 찾아가서 외딴 오두막에 짐을 풀었다. 오랫동안 비워져 있던 함석집의 내려앉은 마루를 고치고 틀어진 돌쩌귀를 새로 달았다. 지붕의 함석에 단단하게 못을 박고 차갑게 식은 난로의 재를 퍼내고 새 장작을 지폈다. 그런 다음 나바리노 섬에서 가져온 오칸의 목상을 가장 눈에 띄는 선반에 올려놓았다. 말끔하게 정돈된 함석집을 돌아보자 잠시 집을 비웠다가 돌아온 기분이었다.

금박을 두른 호리병박에 마테 차를 듬뿍 넣고 느긋하게 마시고 나서 문을 열자 새로운 주인을 맞이한 양치기 개들이 꼬리를 흔들며 달려들었다. 마구간에서 말을 끌어내서 안장을 얹고 뱃대끈을 조였다. 박차를 가하자 말은 뜨거운 숨결을 토해내며 평원을 달려갔다.

다시 파타고니아의 목동으로 돌아온 네레오는 모든 가우초가 그렇듯 가장 단순한 삶을 살아갔다. 아침에 일어나서 마테 차를 마시며 〈파타고니아 뉴스〉를 들었고 뉴스가 끝나면 양떼를 몰고 초지를 찾아 나섰다. 해가 뉘엿하게 저물어오면 함석집으로 돌아와서 늦은 저녁을 먹고 권총을 기름칠하고 홀로 카드놀이를 하다 잠이 들었다. 아무도 자신의 삶에 관여할 수 없고 속박할 수 없었다. 지난 시간을 그리워하지 않았고 다가올 시간을 기다리지 않았다. 어떤 것에도 얽매이지 않고 자유롭게 살아갔다. 그리고 시간이 날 때마다 사람의 발길이 닿지 않는 고원 깊숙한 곳을 돌아다니며 웨이나의 흔적을 찾아다녔다. 웨이나의 흔적은 좀처럼 발견되지 않았다. 그러나 그는 실망하지 않았고 불안해하지 않았다. 언젠가 그와 만날 순간이 도래할 것을 믿어 의심치 않기 때문이었다.

아프리카를 떠난 사람들이 동아시아와 시베리아를 걸쳐 북미 대륙을 남하하여 수만 킬로를 걸어 지구의 땅 끝 티에라델푸에고 섬에 도착했고 야흐간의 전사 오칸이 다시 남극대륙을 찾아 드레이크 해협을 넘어갔듯이 자신의 여정 또한 죽는 날까지 계속될 것이었다. 그 어떤 신성보다 깊은 믿음으로 웨이나를 향해 한 걸음씩 나아가는 것이 바로 자신의 운명이었다.

어느 날 새벽 눈을 뜬 네레오 코르소는 자신이 어느덧 예순여덟 살이 되었다는 사실을 깨달았다.

7

새들의 날카로운 부리에 허망하게 사라져간 우리의 꿈과 이상들

그는 햇볕을 가릴 모자도, 바람을 막아줄 겉옷도 없이 평원을 걸어가고 있었다. 이따금 지친 걸음을 멈추고 침하된 땅과 햇볕이 닿지 않는 바위 뒤쪽을 살폈다. 물 한 모금 먹지 못한 지 벌써 사흘째였다. 아득한 지평선까지 이어진 황량한 평원에는 아무것도 없었다. 오직 묵직한 고요만이 젖은 담요처럼 잿빛 땅을 짓누르고 있을 뿐이었다. 서쪽 지평선에 낮게 깔린 회색 구름이 점차 부풀어 올라 거대한 장벽으로 변하자 지난 닷새 동안 표석으로 삼은 눈 덮인 고산이 사라졌다. 그는 당혹스런 표정으로 사위를 둘러보았다. 평원에 들어선 지 5일 동안 조금도 변하지 않는 풍광이 펼쳐져 있었다.

잠시 후 강한 바람에 거대한 벽이 무너져 산산이 흩어져 눈부신 산정이 모습을 드러냈다. 그제야 그는 안도의 한숨을 내쉬며 다시 걸어가기 시작했다. 고원에 들어선 이틀은 운이 좋았다. 가는 곳마다 옅은 쇠 맛이 나는 빙하수가 흐르는 개울을 발견할 수 있었기 때문이었다. 그러나 물을 담을 수 있는 용기가 없어 배가 출렁거릴 때까지 물을 마시는 것이 전부였다. 사흘째가 되자 개울은 흔적도 없이 사라졌다. 처음부터 그러한 것처럼 오직 황량한 땅이 기다리고 있을 뿐이었다. 갈증이 심해지자 잊고 있던 허기가 맹렬하게 몰려왔다. 그는 타는 목과 쓰라린 배를 움켜잡고 서쪽을 향해 걸어가면서 저 앞 어딘가에서 차가운 빙하수가 흐르고 있을 거란 기대와 희망을 품었다. 그러나 아무리 걸어가도 물은 나타나지 않았다.

먼 지평선에서 지축이 흔들리는 듯한 굉음이 터져 나왔다. 그는 불안한 눈빛으로 잔향이 이어지는 지평선을 응시하다 더 이상 소리가 들리지 않자 다시 걸음을 옮기기 시작했다. 뜨거운 햇살을 쏟아내던 태양이 비틀거리며 지평선 너머로 사라지고 헐벗은 땅에 어둠이 내려앉았다. 그러나 한시도 걸음을 멈출 수 없었던 그는 어느새 떠오른 별빛에 의지하여 비틀거리며 앞으로 걸어갔다. 바람이 점점 더 강하게 불어왔다. 바람은 마치 고리대금업자처럼 한낮의 태양이 남기고 간 온기를 무자비하게 거두어들였다. 몸은 빠르게 식어가고 걸음은 점점 더 느려졌다.

바람에 날려온 모래가 쌓인 언덕이 나타났다. 그는 모래언덕에 털썩 주저앉아 거친 숨을 몰아쉬었다. 뱃속이 쓰라리고 머리가 어지러웠다. 바람이 옷깃을 파고들 때마다 살을 칼로 도려내는 듯 아팠다. 그는 두꺼운 이불을 덮듯이 모래를 파고 들어갔다. 그러나 이미 모래는 차갑게 식어버린 지 오래였다.

모래 알갱이가 얼음조각처럼 살갗에 달라붙자 그는 외마디 비명을 지르며 벌떡 일어났다. 온몸이 와들와들 떨리고 턱이 덜거덕 흔들렸다. 곳곳에 바람에 날려온 나뭇가지와 썩은 뿌리가 널려 있었지만 불을 피울 화기가 없었다. 그는 겨드랑이에 양손을 넣고 휘청휘청 어두운 평원을 걸어갔다. 온기를 유지할 수 있는 방법은 지쳐 쓰러질 때까지 몸을 움직이는 것뿐이었다.

그는 고통을 잊기 위해 자신이 찾아가는 서쪽을 생각했다. 그곳은 젖과 꿀이 흐르는 지상의 낙원이었다. 산해진미와 향기로운 술이 잔뜩 쌓여 있고 반라의 관능적인 여인들이 붉은 입술로 기다리는 천국이었다. 이제 조금만 더 가면 지난 10년 동안 하루도 빠짐없이 상상했던 안데스 산맥이 그 웅장한 모습을 드러낼 것이다. 그 산은 천국으로 가는 관문이었다. 그 산을 넘어가면 지금까지 상상해온 모든 것이 전부 이루어질 것이었다.

밤이 깊어지자 바람이 더 거칠어졌다. 단 한순간도 멈추지 않고 불어온 바람이 머릿속의 기억을 하나씩 지워갔다. 그는 자신이 지난 10년 동안 감옥에 갇혀 있었다는 사실을 잊었고 형장으로 이송되어 가던 중 산사태로 전복한 호송차에서 탈출했다는 사실도 빠르게 잊어갔다. 허기도 잊었고 갈증도 생각나지 않았다. 오직 살점을 뭉텅뭉텅 잘라내는 바람을 피하고 싶은 생각밖에 없었다.

마침내 고대하던 바람이 멈춘 것은 몇 시간 정도 지났을 때였다. 바닥에 털썩 주저앉았다. 귀가 먹먹했고 머리가 어질어질했다. 목이 타는 듯 아팠고 종잇장처럼 붙어버린 위에서 묵직한 통증이 일어났다. 얼굴을 쓰다듬자 마른 흙먼지가 우수수 떨어져 내렸다. 땅바닥에 드러누워 밤하늘을 올려다보았다. 기다렸다는 듯 차고 건조한 대기가 몸을 짓눌러왔다. 그 차가운 공기는 혹독한 바람을 겪은 그에게 따스한 솜털이불처럼 느껴졌다. 잠이 쏟아졌다. 혼절하듯 잠이 든 그는 꿈을 꾸었다.

푸른 제복의 군인들이 그를 끌고 와서 형장 틀에 밧줄로 묶었다. 그는 눈을 부릅뜨고 자신은 죄가 없다고 외쳤지만 그들은 묵묵부답이었다. 어깨에 번쩍거리는 견장을 단 장교가 손을 내리자 군인들이 그를 향해 방아쇠를 당겼다. 그러나 철컥거리는 소리만 들려올 뿐 총알이 발사되지 않았다. 수염을 기른 장교가 화를 내며 소리치자 총을 집어던진 군인들이 달려들어 밧줄을 풀고 질질 끌고 가서 교수대에 매달았다. 장교가 다시 명령을 내리자 발밑이 쑥 꺼지며 올가미가 목을 조여왔다. 그는 교수대에 대롱대롱 매달린 자신의 모습을 똑똑히 보았다. 납빛처럼 창백한 얼굴에 혀를 길게 빼문 자신이 삐거덕삐거덕 소리를 내며 바람에 흔들리고 있었다. 그는 그 모습을 보고 너무 슬퍼서 흐느껴 울었다. 두 눈에서 흘러내린 눈물이 강물처럼 흘러갔다.

새벽녘 그는 혼곤한 꿈에서 깨어났다. 동쪽 지평선에서 붉은 빛이 너울거리고 있었다. 빛은 빠르게 싯누런 대지로 퍼져나갔다. 어둠이 걷히자 풀 한 포기 없는 평원이 실체를 드러냈다. 불어오는 바람은 약했다. 그러나 언제든지 돌변할 수 있는 징후를 품고 있었다. 그는 딱딱하게 굳은 관절을 펴고 일어났다. 흙을 뒤집어쓴 온몸이 서걱거렸다.

서쪽을 향해 반시간쯤 걸었을 때 갑자기 등 뒤에서 태양이 불쑥 솟구쳐 올랐다. 그는 천천히 돌아서서 차갑게 식은 대지에 따스한 온기가 내려앉은 모습을 지켜보았다. 입 안에서 모래가 서걱거리고 머리가 어지러웠다. 뱃가죽이 아프고 허리 아래가 아무런 감각이 없었다. 그러나 그 환한 빛을 보는 순간 새로운 희망이 솟아났다.

그는 따스한 빛을 받으며 영원히 쉬고 싶다는 충동을 누르고 결연한 의지로 점차 밝아오는 평원을 향해 한 걸음씩 나아갔다. 건조한 대기를 헤치고 앞으로 나아가며 끝없이 되뇌었다. 이제 곧 저 앞으로 맑은 물이 흐르는 개울이 나타날 것이고 조금만 더 걸어가면 그토록 간절하게 바라던 천국의 관문에 도달할 수 있을 것이다. 그는 그렇게 자신을 다독이며 바람을 헤치고 서쪽을 향해 걸어갔다.

집으로 돌아가던 날, 거리의 단풍나무는 핏빛처럼 붉었고 해안으로 밀려오는 파도는 검푸른 빛이었다. 샛노란 은행잎이 흩날리는 언덕을 올라가서 저택 앞에 선 순간 그는 자신의 내면에서 완전히 사라진 유년 시절의 불안감이 다시 엄습해 오는 것을 느꼈다.

정원의 수목은 절정이었다. 열매를 맺은 가지는 축축 늘어졌고 잎들은 성기고 뿌리는 그악스러웠다. 현관문을 열자 천장 높은 한 벽 전체가 꽃으로 장식되어 있었다. 코를 파고드는 아찔한 향기 속에 기묘한 냄새가 섞여 있었다.

늙은 집사가 나타나서 그를 감회어린 눈빛으로 쳐다보았다. 그는 집사의 근심어린 눈빛을 외면하고 꽃송이에 파묻힌 어머니를 향해 다가갔다. 어머니는 새하얀 드레스를 입고 손목까지 올라오는 브리티시 탠 장갑을 낀 두 손을 가지런히 모으고 마호가니 관 속에 누워 있었다. 집을 떠난 이후 처음 보는 어머니의 모습이었다. 분을 두텁게 바른 얼굴은 화사했고 향수 냄새가 은은하게 풍겨 나왔다. 그러나 언제나 매혹적이고 신비스러웠던 두 눈을 꼭 감고 있었다.

그는 어린 시절 어머니의 눈을 볼 때마다 알 수 없는 죄의식에 사로잡히곤 했었다. 어머니의 눈빛은 언제나 자신의 모든 것을 꿰뚫어 보고 있었다. 자신의 생각은 물론이고 앞으로 범하게 될 행동까지 훤히 알고 있었던 것이다. 그래서일까. 어머니 앞에 서면 언제나 발가벗고 있는 듯한 기분이 들었다. 어머니의 강렬한 눈빛을 볼 수 없어서일까. 이상하게도 슬픈 마음이 들지 않았다. 오히려 오랫동안 자신을 옭아맨 무서운 사슬에서 풀려났다는 해방감이 들었다. 동시에 억제할 수 없었던 방종의 욕구가 사라졌다는 사실도 깨달았다. 그 주체할 수 없던 욕망이 모두 어머니 때문이었단 말인가.

그는 마호가니 관을 잡고 허리를 숙여 속삭이듯 어머니의 이름을 불렀다. 공기의 울림이 어머니의 몸으로 스며드는 순간 그는 두려움을 느꼈다. 어머니가 눈을 번쩍 뜨고 대답할 것 같아서였다. 그러나 그런 기적은 일어나지 않았다. 한 걸음 뒤로 물러나서 꽃송이에 파묻힌 어머니를 다시 한 번 바라보았다. 모든 것이 분명했다. 어머니는 이제 자신의 삶에 관여할 수도 없고 영향력을 행사할 수가 없었다.

그때서야 그는 한 세계의 상징이 사라졌다는 사실을 절감했다. 어머니는 세상의 중심이었다. 어머니가 입을 열면 모든 사람이 귀를 기울였다. 사람들은 가벼운 농담에도 박장대소했고 슬픈 이야기에 눈물을 뚝뚝 흘렸다. 진실이 거짓으로 변하고 거짓이 진실로 바뀌어도 그들은 이의를 제기하지 않았다. 이처럼 어머니는 모든 질서의 중심이었다. 그 강한 힘에 이끌린 사람들은 아낌없이 자신의 시간과 열정을 어머니에게 쏟아 부었다. 그들은 어머니의 다정한 속삭임에 행복해했고 어머니의 차가운 시선에 하늘이 무너진 듯 절망했다. 어머니는 그 깊이를 알 수 없는 눈빛으로 그들의 영혼을 앗아갔다. 그는 그런 어머니를 누구보다 존경하고 사랑했다.

어머니와의 불화는 너무나 단순했다. 어머니가 자신의 시원始原을 열었듯 자신의 운명까지 결정하려 했기 때문이었다. 어머니는 그가 세상 어떤 사람보다 월등하게 뛰어난 사람이 되기를 원했지만 그의 생각은 달랐다. 그는 스스로의 힘으로 자신만의 세계를 구축하고 싶었다. 그것이 어머니와의 돌이킬 수 없는 불화의 원인이었다. 그때부터 어머니는 그의 내적인 균형을 와해시키려 했다. 그때 그는 어머니에게 순응하고 싶은 마음과 멀어지고 싶은 두 개의 상반된 감정에 혼란을 느꼈다. 결국 그는 집을 떠나는 길을 선택했다. 그리고 지금까지 어머니의 시선이 미치지 않는 곳에서 자유롭게 살아왔는데 갑자기 어머니의 죽음을 알리는 소식이 날아온 것이었다.

다음 날 장례를 주도한 신부의 추도사는 짧았다. 그러나 관리들과 사업가들의 지루한 애도가 끝없이 이어졌다. 그들은 어머니와 얽힌 추억을 장중한 어조로 늘어놓으며 자신의 슬픔을 부각시켰다. 그들 중에는 한때 어머니와 가깝게 지내다 멀어진 사람들도 있었다. 그들은 어머니를 원망하는 대신 자신들을 소유했던 군주를 그리워하며 눈물을 흘렸다. 그러나 그들은 보이지 않는 곳에서 어머니가 남긴 막대한 부와 영향력의 향배에 관해서 수군거리고 있었다.

장례가 끝나자 어머니를 위해 일했던 사람들이 기약 없는 휴가를 떠났다. 만약 돌아갈 곳이 있었다면 늙은 집사마저 저택을 떠났을 것이다. 그는 늙은 집사의 시중을 받아가며 하루 종일 텅 빈 저택을 유령처럼 돌아다녔다. 아무도 간섭하지 않았지만 결코 마음이 편안하지 않았다.

일주일째가 되던 날 한 무리의 경찰관들이 문을 부수고 들어와서 그의 손에 수갑을 채웠다. 그 순간부터 그는 자신의 어머니를 살해한 살인범으로 전락했다. 어머니와의 불화는 사실이었다. 그러나 그 정도의 불화는 어느 집에서나 흔히 있는 일이었다. 그런 사소한 일로 어머니를 살해했다는 저들의 주장은 어불성설이었다. 그가 완강하게 반항하자 형사들은 그가 범인이라는 사실을 알려주는 확실한 증거물을 제시했다. 누군가의 음모라고 반발했지만 그들은 그의 말을 믿어주지 않았다.

그는 심문을 받을 때마다 점점 공포에 사로잡혔다. 자신이 기억하지 못한 죄를 범했을 것 같아서였다. 그만큼 저들이 내놓은 증거가 명확했던 것이다. 두려움에 점차 잠식당한 그는 마침내 저들의 주장에 동의하고 말았다.

법정에서 사형선고가 내려진 순간 미망에서 깨어났지만 이미 모든 것이 끝난 뒤였다. 하루아침에 사형수가 된 그는 차가운 감옥에서 유년 시절의 기억을 하나씩 잊어갔다. 저택의 은밀하고 어두운 곳에서 소곤거리던 여자들의 목소리와 대리석 복도를 떠돌던 불온한 공기와 채광창으로 들어온 빛의 굴절과 벽에 걸린 유화의 꺼칠한 촉감과 자신의 영혼을 빨아들이던 어머니의 눈빛까지 전부 망각해갔다. 그리고 모든 불순물이 증발하고 남은 순수한 결정結晶처럼 홀로 세상에 남았다.

정오 무렵 무언가에 발이 걸려 넘어졌다. 설화석고 같은 뼈 하나가 흙 속에 묻혀 있었다. 뼈를 집어 들고 한참을 들여다보았지만 하얗게 탈색된 뼈로는 그 온전한 형상을 짐작할 수 없었다. 주위를 돌아봤지만 다른 뼈는 보이지 않았다. 그는 뼈를 들고 다시 걸어갔다. 먼 지평선이 흐물흐물 녹아내렸다. 목구멍이 불이 붙은 것처럼 뜨겁고 발을 딛을 때마다 땅이 출렁거렸다. 마치 공중을 허우적거리는 기분이었다. 앞으로 나아갈수록 고통은 심해졌고 희망은 덧없이 사라지고 있었다. 제법 큰 바위덩어리가 나타났다. 손바닥만 한 그늘로 들어가서 숨을 헐떡거리던 그는 갑자기 생각난 듯 뼈로 땅을 파기 시작했다. 그러나 물기 한 점 없는 푸석푸석한 흙이 나올 뿐이었다. 뼈가 툭 부러졌다. 동강 난 뼈를 내던지고 맨손으로 땅을 팠지만 마찬가지였다.

그때 서쪽 지평선에서 새 한 마리가 날아올랐다. 새는 긴 날개를 흔들며 날아와 그의 머리 위에 그림자를 드리웠다. 그때부터 콘도르는 집요하게 그를 쫓아왔다. 그가 지쳐 쓰러지면 날개를 접고 내려앉아 매서운 눈으로 지켜보았고 그가 걸어가면 날아올라 천천히 뒤를 따라왔다.

한순간 동쪽 지평선이 어두워지더니 흙먼지가 섞인 돌풍이 불어왔다. 하늘을 가득 채운 싯누런 흙먼지에 눈을 뜰 수 없었다. 그는 땅바닥에 몸을 엎드리고 머리를 숙였다. 몸이 휘청거릴 때마다 소리 없는 비명을 내질렀다. 해일처럼 휘몰아쳐 오던 돌풍은 한 시간이 지나서야 서서히 가라앉았다. 몸이 무거웠다. 물을 먹은 솜처럼 축축 늘어졌고 눈꺼풀이 내려앉았다. 이대로 그냥 잠들고 싶었다. 그는 자신의 살을 꼬집으며 간신히 몸을 일으켰다. 그리고 다시 비틀거리며 걸어갔다.

반시간쯤 지났을 때 그는 흙 속에 묻혀 있는 해골을 발견했다. 하얗게 빛나는 해골의 머리에 날카로운 상처가 나 있었다. 눈구멍과 싯누런 이빨에도 긁힌 상처가 선명하게 남아 있었다. 그는 새들의 날카로운 부리가 상처를 만들었다는 사실을 깨달았다. 주변에는 크고 작은 뼈들이 흙 속에 묻혀 있었다. 그때서야 그는 조금 전 주운 뼈가 죽은 자의 것임을 알았다. 대체 이 사람은 누구인가. 왜 아무도 없는 이 황량한 땅에서 죽어간 걸까.

굶주림과 갈증에 시달리며 비틀거리며 평원을 걸어오는 한 사람의 모습이 떠올랐다. 그가 쓰러지자 검은 새들이 나타나서 딱딱한 부리로 살점을 뜯어먹기 시작했다. 새들은 결코 죽은 자에게 용서와 시혜를 베풀지 않았다. 새들의 날카로운 부리는 한때 뜨겁게 약동하던 심장을 갈기갈기 찢었고, 한때 아름다운 세상을 바라보던 눈을 파먹었다. 한 사람의 꿈과 이상이 새들의 탐욕스런 부리에 허망하게 사라져갔다. 새들은 단 한 점의 살점도 남기고 않고 깨끗하게 먹어치우고 나서야 무거운 날개를 흔들며 지평선 너머로 사라져갔다.

그는 이제 순수한 뼈로 남았다. 다리를 약간 벌린 채 오른쪽을 쳐다보며 엎드려 있었다. 비록 살은 없지만 아직 한 인간의 형상을 갖추고 있었다. 기다렸다는 듯 뜨거운 햇볕과 바람이 그를 서서히 파괴하기 시작했다. 갈기갈기 찢어진 옷들이 바람에 날려가자 형체를 갖춘 뼈들이 서서히 허물어졌다.

해골을 들여다보던 그는 불현듯 깨달았다. 이 사람을 죽음으로 몰고 간 것은 굶주림과 갈증이 아니었다. 바람이었다. 이 끝없이 불어오는 바람이 한 사람의 정신과 육신을 모두 거두어간 것이었다. 그는 하얗게 탈색된 해골을 어루만지며 중얼거렸다. 이것이 나의 운명인가. 정녕 이것이 나의 마지막이란 말인가. 그는 바람이 불어오는 평원을 바라보며 넋이 나간 사람처럼 혼잣말을 되뇌었다.

그는 해골을 내려놓고 비틀거리며 걸어갔다. 가만히 앉아서 죽음을 맞이할 수 없었다. 바람에게 모든 것을 빼앗길 수 없었다. 서쪽으로 한 걸음이라도 더 나아가서 죽음을 맞이할 것이다. 뒤를 돌아보았지만 새가 보이지 않았다. 돌풍에 몸을 피한 모양이었다. 그러나 새는 다시 찾아올 것이다. 오늘 안으로 물을 찾지 못하면 자신도 해골의 주인처럼 죽어갈 것이다. 그는 머릿속에 남은 생각이 한 점으로 빨려 들어가는 것을 느끼며 힘겹게 한 걸음씩 앞으로 나아갔다.

몇 시간 뒤 덤불지대가 나타났다. 그는 땅바닥에 주저앉아 덤불을 뽑아 뿌리를 질겅질겅 씹었다. 강한 쓴맛이 바짝 마른 혀를 바늘처럼 찔렀다. 덤불을 내던지고 손으로 흙을 팠다. 축축하게 젖은 흙이 나타났다. 그때부터 그는 미친 사람처럼 주변을 헤집고 다닌 끝에 마침내 죽은 덤불로 뒤덮인 작은 웅덩이를 찾아 얼굴을 처박고 정신없이 물을 마셨다. 배가 불룩할 정도로 물을 마시고 나서야 뒤로 벌렁 드러누웠다. 죽어가던 세포가 빠르게 살아나자 정신이 돌아왔다. 그때서야 그는 맑은 정신으로 주변의 지형을 주의 깊게 살폈다. 자신도 의식하지 못한 사이에 지형이 변해 있었다.

그로부터 얼마 후 그는 흙 속에 묻혀 있는 판초를 발견했다. 아마도 죽은 사람의 것 같았다. 흙을 털어내고 판초를 걸쳐 입었다. 비록 찢어졌지만 판초는 불어오는 바람을 막기에 충분했다. 발을 내딛을 때마다 뱃속이 출렁거렸다. 웅덩이의 물이 아쉬웠지만 어쩔 수 없었다. 거의 포기할 뻔했던 삶의 의지가 다시 타올랐다. 잠시 소강 상태를 보이던 바람이 불어왔다. 이 광대한 땅에서 자유로운 것은 오로지 바람과 새들뿐이었다. 나머지는 그저 작은 흙 부스러기에 불과했다. 그들의 의식은 허망했고 육신은 한없이 초라했다. 이 평원에서 살아남을 수 있는 유일한 방법은 바람을 견뎌내는 것뿐이었다. 그러나 누가 이 끝없이 불어오는 바람을 견디며 살아남을 수 있단 말인가.

작은 둔덕을 넘어가자 뱃대끈이 끊어진 말안장이 나뒹굴고 있었다. 그 옆에는 배가 불룩한 가죽가방과 야영장비가 버려져 있었다. 가죽가방을 열자 말린 양고기가 가득 들어 있었다. 허겁지겁 양고기를 입에 넣고 씹고 또 씹었다. 단단한 육질이 풀어지며 육즙이 배어나오자 머릿속이 아득해졌다. 말린 양고기와 가죽 물통에 든 물로 배를 채우고 나자 흐릿하게 보이던 사물이 선명해졌다. 주위를 돌아보았지만 더 이상의 물건은 없었다.

그는 야영 장비와 가죽가방을 둘러메고 한결 가벼운 걸음으로 다시 길을 걸어갔다. 협곡이 나타났다. 남북으로 갈라진 협곡은 그 끝이 보이지 않았고 곡벽의 높이는 수백 미터가 넘었다. 그는 협곡의 가장자리를 따라 북쪽으로 올라갔다. 가파른 산등성이를 올라가자 넓은 개활지가 나타났다. 그는 그곳에서 총알이 장전된 권총과 칼 두 자루가 꽂힌 끊어진 가죽벨트를 발견했다. 그리고 산등성이 뒤편 가파른 사면 아래에 쓰러져 있는 한 노인을 찾아냈다. 노인은 두 발목이 완전히 부러졌고 어깨의 상처가 깊었지만 죽은 것은 아니었다.

*

사내는 흙더미에 등을 기댄 노인을 바라보았다. 노인의 창백한 얼굴에서는 식은땀이 흘러내리고 꽉 다문 입술 사이로 고통스런 신음 소리가 새어나왔다. 만약 노인이 내일 아침까지 견디지 못한다면 어떻게 되는 걸까. 혼자 힘으로 산을 넘어갈 수 있을까. 사내는 고개를 절레절레 흔들었다. 노인의 경고를 무시하고 협곡으로 내려갔다가 혼비백산했던 사내는 노인의 도움 없이는 이 광대한 고원을 벗어날 수 없다는 사실을 알고 있었다. 그렇다면 지금이라도 길을 알려달라고 해야 하는 걸까. 하지만 낮에 혼절했던 노인을 떠올리자 엄두가 나지 않았다. 결국 날이 밝아올 때까지 노인이 살아남기를 기다리는 것만이 최선의 방법이었다.

사내는 밤하늘을 올려다보며 날이 밝기까지 남은 시간을 헤아려보았다. 정확한 시간을 알 수 없지만 그리 오래 걸리진 않을 것이다. 지금 앞에는 모닥불이 피워져 있고 충분한 식량과 물이 있었다. 하나 부족한 것이 있다면 노인이 버틸 수 있는 시간이었다. 그것 말고는 아무것도 필요하지 않았다.

온몸에서 강한 힘이 솟아났다. 말린 양고기 덕분에 완전히 고갈된 체력이 정상으로 돌아온 것이었다. 이런 몸 상태라면 아무리 높고 험준한 안데스라도 얼마든지 넘어갈 자신이 있었다. 차갑게 식어가던 심장이 다시 뜨거워졌다. 행운은 아직 자신의 편이었다. 산사태가 호송차를 덮친 것이 첫 번째였고 두 번째 행운은 죽어가는 노인을 만난 것이었다. 그렇다면 마지막 남은 행운은 협곡을 건너 안데스를 넘어가는 것이 될 것이었다.

한 줄기 서늘한 바람이 스쳐 지나갔다. 사내는 불안한 눈빛으로 바람이 불어오는 어두운 평원을 바라보았다. 고원의 바람은 혹독했다. 바람은 굶주림과 갈증보다 더 무서웠다. 그런데 노인이 그보다 더 강력한 푸엘체라는 바람이 불어올 수 있다고 경고했다. 그 끔찍한 상황을 상상한 사내는 자신도 모르게 몸을 움츠렸다. 어깨가 내려앉으면서 눈꺼풀이 감겼다. 하루 종일 걸어온 피로가 한꺼번에 몰려들었다. 사내는 점차 희미해지는 노인의 신음 소리를 들으며 천천히 잠 속으로 빠져 들어갔다.

그는 악단의 연주가 울려 퍼지는 대형 홀에서 여자의 손을 잡고 춤을 추고 있었다. 자신의 주변에는 성장을 한 남녀가 환한 미소를 머금고 음악에 맞춰 춤을 추었다. 여자들의 풍성한 치맛단이 물결치듯 흔들리자 달콤한 향기가 퍼져 나왔다. 수백 개의 구둣발이 동시에 마룻바닥을 내리치자 높은 천장에 매달린 샹들리에가 출렁거리며 번쩍 빛을 튕겨냈다. 그들은 서로 눈이 마주칠 때마다 황홀한 표정으로 하얀 이를 드러냈다. 손을 당기자 아름다운 여자의 붉은 입술이 다가왔다. 그는 달콤한 과육을 깨물듯 여자의 입술을 물었다. 음악 소리가 점점 빨라졌다. 리듬을 탄 사람들이 선율이 분절될 때마다 동시에 두 손을 치켜들고 환호성을 질렀다. 여자들이 한 줄로 늘어선 남자들의 옆을 파고들어갔다. 그들은 바뀐 파트너의 손을 잡고 빙글빙글 돌아갔다. 음악이 점점 빨라지자 남녀들이 발을 구르며 소리를 내질렀다. 한껏 고조된 선율이 정점에 도달한 순간 사람들이 손에 든 꽃송이를 공중으로 던졌다. 짙은 향기를 발산하는 꽃들이 선율을 타고 공중을 둥실 날아다녔다. 한순간 악단이 연주하던 음악이 뚝 멈추자 공중에 떠 있던 꽃송이가 우수수 떨어져 내렸다. 그는 깜짝 놀라 주위를 돌아보았다. 자신 혼자 홀 한가운데 서 있을 뿐 그 많던 사람이 사라지고 없었다. 천장에서 이상한 소리가 났다. 위를 올려다보니 빛을 튕겨내던 샹들리에가 산산조각으로 깨어지고 있었다. 유리알이 파편처럼 튕겨져 나가는 순간 그는 번쩍 눈을 떴다.

사위어가는 모닥불 너머에 노인의 모습이 보였다. 노인은 몸을 약간 돌린 채 어두운 눈빛으로 동쪽 지평선을 바라보고 있었다. 그는 그때서야 자신이 어디에 있는지 깨달았다. 무언가 이상했다. 젖은 공기에서 불길한 기운이 느껴졌고 어둠 속 은밀한 곳에 몸을 숨긴 짐승들의 숨소리가 거칠었다. 그는 몸을 돌려 다시 주변을 돌아보았다. 짙은 구름이 하늘을 가리고 있을 뿐 달라진 것은 없었다. 그러나 분명 조금 전과 다른 불온한 공기가 주위를 감돌고 있었다. 눈에 보이지 않는 것이 서서히 몰려오는 느낌이었다.

그때 한 줄기 바람이 고요를 흔들며 불어왔다. 섬뜩하고 차가운 바람이 얼굴을 스치는 순간 남쪽 평원에 마른벼락이 떨어졌다. 귀를 찢는 굉음이 울부짖음처럼 어둠을 선명하게 갈랐다. 건조한 풀이 경련하듯 타올랐고 바짝 마른 돌들이 파르르 흔들렸다. 순간 눈앞에서 모닥불이 천천히 흔들리면서 푸르스름한 불길이 치솟았다. 그리고 보이지 않는 손에 들어올려진 듯 불씨가 천천히 공중으로 떠올랐다. 공중에 떠 있던 불씨가 어둠의 바다에 긴 궤적을 남기며 사라지는 순간 강한 바람이 천지간을 흔들며 휘몰아쳐왔다. 어둠의 장막이 갈기갈기 찢어지는 소리가 사위에서 난무했다. 사내는 벌떡 일어나서 노인에게 뛰어갔다.

그런데 바람이 뚝 멈추었다. 하지만 짧은 정적에는 무서운 기운이 살아 움직이고 있었다. 노인의 침울한 목소리가 귓전을 파고들었다.

"곧 다시 시작될 거요."

"푸엘체입니까?"

"아무래도 그런 것 같소."

어두운 밤하늘을 올려다보던 노인이 모든 걸 체념한 듯 고개를 끄덕거렸다. 사내의 머릿속에 100여 미터 떨어진 남쪽에 큰 바위들이 늘어서 있던 기억이 떠올랐다. 노인의 힘없는 목소리가 이어졌다.

"어서 몸을 피하시오."

노인의 봄바챠 바지를 뚫고 나온 뼈가 어둠 속에서 하얗게 빛났다. 사내가 입을 여는 순간 어둠 속에서 수천 마리의 말들이 짓쳐 달려오는 소리가 들려왔다. 주변의 공기가 쉭쉭거리며 빨려 들어갔다. 숨이 턱턱 막히고 몸이 날아갈 듯 휘청거렸다. 옷깃을 뚫고 들어온 바람이 칼날처럼 살갗을 찔렀다. 노인의 상의가 부풀어 올라 찢어질 듯 펄럭거렸다.

사내는 몸을 낮추고 판초를 바짝 끌어올렸다. 옆을 돌아보니 어느새 바닥으로 밀려난 노인의 몸이 나뭇잎처럼 흔들리고 있었다. 목도리를 끌어올려 얼굴을 덮어주었지만 이미 축 늘어진 노인은 반응이 없었다. 어쩔 수 없었다.

사내는 몸을 최대한 낮추고 앞으로 뛰었다. 그러나 불과 서너 걸음도 못 가서 몸이 돌아가며 바닥에 내동댕이쳐졌다. 사내는 필사적으로 땅바닥을 기어갔다. 몇 번이나 옆으로 밀려나고 바닥을 뒹군 끝에 간신히 바위에 도착할 수 있었다. 바람은 엄혹한 형리였다. 그 무자비한 칼날에 죽어나간 가엾은 영혼들의 절규가 어둠을 흔들었다. 판초로 얼굴을 감싸고 바람이 가라앉기를 기다렸지만 바람은 더 맹렬해지고 있었다.

사내가 자신의 삶에서 가장 참담했던 순간은 감옥에서 처형을 기다리던 순간이었다. 자신의 운명이 타자의 손에 결정

된다는 사실이 견딜 수 없이 치욕스러웠다. 그러나 지금 이 어두운 평원으로 몰아쳐오는 바람에 비하면 그 치욕과 절망은 아무것도 아니었다. 자신의 운명을 나락으로 밀어 넣은 어머니조차 아무 의미가 없었다. 노도처럼 밀려오는 바람 앞에 모든 형상이 산산이 흩어졌다. 복속은 한낱 거짓이었고 진실은 오로지 죽음으로만 증명할 수 있었다. 시간이 느리게 흘러갔고 몸은 빠르게 식어갔다. 사내는 자궁 속의 갓난아이처럼 몸을 둥글게 말고 저 멀리 바람에 흔들리는 노인을 쳐다보았다.

어린 시절 아버지는 매일 저녁 포치의 낡은 의자에 앉아 먼 곳을 바라보고 있었다. 아버지의 어깨너머로 보이는 풍광은 언제나 똑같았다. 지붕 낮은 집들의 굴뚝에서 피어오른 연기가 저녁 어스름 속으로 흩어져가고 성당의 종소리가 고단한 일과를 마친 사람들의 머리 위로 축복하듯 퍼져나가고 있었다.

이윽고 붉게 물든 서쪽 하늘에서 어둠의 장막이 드리워져 오면 아버지는 느릿하게 일어나서 집안으로 들어와서 저녁 식사가 차려진 식탁에 앉았다. 실내는 환한 불빛에 휩싸여 있고 일렁거리는 그림자는 문 밖에 있었다. 그때 아버지는 일상의 중심이었다. 그러나 그 질서에는 언제 무너질지 모르는 모호한 불안이 깔려 있었다. 그는 먼 곳을 바라보는 아버지의 시선에서 그것을 느꼈다. 아버지는 검은색 잉크가 풀려나가는 저녁 어스름을 보고 있지 않았던 것이다.

어느 날 그는 아버지의 등에 지푸라기 하나가 매달려 있는 것을 발견했다. 말의 먹이로 사용되는 마른 쐐기풀이었다. 붉은색 체크무늬 셔츠에 꽂힌 지푸라기는 바람이 불어올 때마다 살아 있는 것처럼 꿈틀거렸다. 그 순간 그는 눈에 보이지 않는 무언가가 지푸라기를 흔들고 있다는 사실을 깨달았다. 처음으로 바람을 인식한 순간이었다.

그는 꼼짝도 않고 지푸라기를 지켜보았다. 어머니가 저녁 식사를 준비하는 소리도 들리지 않았고 먼 수평선에서 짙은 구름이 기이한 형상으로 뭉쳤다가 흩어지는 광경도 보이지 않았다. 그는 오직 금방이라도 떨어질 듯 나풀거리는 지푸라기를 지켜보았다. 그 지푸라기가 아버지와 눈에 보이지 않는 어떤 세계를 이어주고 있다는 생각이 들었기 때문이었다. 몇 번이나 떼어내려다 손을 멈춘 것은 지푸라기를 떼어내면 어떤 불행이 찾아올 것 같아서였다. 그때 어디선가 불어온 강한 바람에 지푸라기가 떨어져나갔다. 바람을 타고 저녁노을 속으로 사라져가는 지푸라기를 바라보며 그는 알 수 없는 불길한 느낌에 몸을 떨었다.

노인이 이대로 숨을 거둔다면 자신은 이 황량한 고원에서 절대 살아남을 수 없었다. 노인의 죽음은 곧 자신의 죽음을 의미했다. 머릿속에 낮에 본 해골이 떠올랐다. 해골은 정수리에 작은 상처가 나 있었다. 상처를 중심으로 실핏줄 같은 균열이 생기더니 빠르게 번져나갔다. 두 개의 공동을 쪼개고 내려온 균열이 입에 닿는 순간 싯누런 이빨이 와르르 쏟아져 내렸다. 순간 사내는 앞으로 뛰어나갔다. 그러나 곧바로 바람에 떠밀려 바닥을 뒹굴었다.

사내는 몸을 바짝 엎드리고 노인을 향해 기어갔다. 바람에 날려온 덤불을 떼어내자 혼절한 노인의 얼굴이 드러났다. 몸은 얼음장처럼 차가웠고 심장의 박동이 희미했다. 한참 동안 몸을 쓰다듬고 문지르자 노인이 눈을 떴다. 사내는 노인을 일으켜 앉힌 다음 단숨에 들쳐 업었다. 그리고 바람을 뚫고 바위를 향해 걸어갔다. 노인의 부러진 다리가 고장 난 시계추처럼 덜렁거렸다. 허리가 끊어질 것 같았지만 이를 악물고 걸어갔다. 바람은 단순한 공기의 흐름이 아니었다. 살아 움직이는 생명이었다. 등이 따뜻했다. 사내는 그 희미한 온기에 힘을 얻어 한 걸음씩 나아간 끝에 마침내 바위에 도착할 수 있었다.

노인을 바위틈에 밀어 넣고 몸으로 바람을 막았다. 찢어진 판초가 얼굴을 때렸다. 판초를 걷어내자 총알처럼 날아갔다. 바람이 점점 더 강해졌다. 사내는 아이처럼 노인의 가슴을 파고들어갔다. 얼마나 지났을까. 귀에 익은 목소리가 희미하게 들려왔다.

"곧 바람이 멈출 테니 조금만 견디시오."

노인의 말대로 한 시간쯤 지나자 거짓말처럼 흉포하게 날뛰던 바람이 순한 양으로 변해갔다. 그리고 한순간 언제 그랬

나는 듯 잠잠하게 가라앉았다. 너무나 갑작스런 변화에 놀란 사내는 입을 다물지 못했다. 하늘을 올려다보니 짙은 구름이 흩어지며 별들이 하나둘 모습을 드러내고 있었다. 사내는 바위틈에 구겨진 종이처럼 앉아 있는 노인을 돌아보며 떨리는 목소리로 물었다.

"끝난 건가요?"

"이제 시작일 뿐이오. 날이 밝으면 지금보다 더 강한 바람이 불어올 것이오."

노인의 목소리는 조금 전까지 죽어가던 사람이었다는 사실이 믿어지지 않을 정도로 차분하고 담담했다. 자신의 부러진 발목뼈를 쳐다보던 노인의 말이 계속 이어졌다.

"난 더 이상 견딜 수 없소."

"무슨 말입니까?"

"시간이 없으니 지금부터 내가 하는 말을 잘 들으시오."

사내는 노인의 말에 반문할 수 없었다. 먼 지평선에서 굉음이 들려왔지만 사내는 오직 노인의 말에 정신을 집중했다. 말은 점점 알아듣기 힘들어졌다. 노인의 입에 귀를 바짝 갖다 대고 숨소리마저 죽였다. 그러나 끊어졌다 이어지기를 반복하던 말소리가 알아들을 수 없을 정도로 희미해지더니 긴 침묵이 찾아왔다.

그때서야 사내는 고개를 들고 심장이 멈춘 노인의 주름 깊은 얼굴을 물끄러미 들여다보았다. 갑자기 가슴 깊은 곳에서 뜨거운 것이 치밀어 올랐다. 사내는 자신도 모르게 노인의 가슴에 얼굴을 파묻었다. 참으로 이해할 수 없는 슬픔이었다. 노인을 만나지 못했다면 자신은 지금쯤 죽은 목숨이었다. 그러나 그것만으로 생전 처음 본 노인의 죽음에 심장이 찢어지는 고통을 느끼는 자신을 설명할 수 없었다. 사내는 그렇게 노인의 가슴에 얼굴을 묻고 날이 밝아올 때까지 눈물을 흘리며 울고 또 울었다.

이윽고 동쪽 지평선에서 붉은 태양이 떠올랐다. 사내는 양손에 굵은 돌을 들고 솟구쳐 오르는 거대한 불덩어리를 지켜보았다. 모든 것이 명백해진 대지로 또다시 바람이 불어오고 있었다. 아직은 부드러운 바람이었다. 그러나 바람 속에는 흉포한 인자가 살아 숨 쉬고 있었다. 지난밤의 바람은 서막에 불과했다. 이제 곧 더 강력한 바람이 고원으로 불어닥칠 것이다. 노인은 오래전 어머니가 그러했던 것처럼 두 손을 모으고 반듯하게 누워 있었다. 온몸이 상처투성이지만 표정은 기나긴 여정 끝에 마침내 목적지에 도달한 사람처럼 편안해 보였다.

사내는 손에 든 돌을 하나씩 노인의 가슴에 올려놓았다. 그렇게 광활한 평원에 돌무덤 하나가 만들어졌다. 수백 마리의 콘도르가 몰려와도 절대 침범할 수 없는 무덤이었다.

8

흘수선을 통과한 당신의 웅덩이 바닥에 무엇이 있는가

고산의 날카롭게 솟구친 마루와 흘러내린 줄기에 쌓인 눈은 그대로였다. 그러나 거뭇거뭇한 속살을 드러낸 암석에는 해빙의 기운이 완연했다. 발터는 어느새 천공을 장악한 구름 속에서 번쩍거리는 섬광을 우려스런 시선으로 바라보았다. 짧은 봄기운이 넘실거리는 평원 곳곳에는 지난겨울 푸엘체가 휩쓸고 간 흔적이 흉측한 상처처럼 선명하게 남아 있었다.

푸엘체가 불어 닥치던 때의 〈파타고니아 뉴스〉에서는 매일 아침마다 저지대의 나무들이 뿌리째 뽑혀나가고 부러진 나뭇가지가 수백 킬로를 날아가고 거대한 메사가 통째로 사라졌으며 협곡이 무너져 물길이 바뀌었다는 소식이 봇물처럼 쏟아져 나왔다. 그중에서도 청취자들을 가장 놀라게 한 뉴스는 수십 마리의 양들이 바람에 날아간 사건이었다. 목격자들의 말에 따르면 양들은 우아하게 다리를 흔들며 마치 새처럼 공중을 날아갔다고 했다. 라디오를 듣고 있던 사람들은 기괴한 형상으로 공중을 날아가는 양들을 상상하며 당혹스러워했다. 처녀비행에 나선 양들이 수십 킬로 밖에서 죽은 채 발견되었다는 소식이 다시 전해왔지만 사람들은 그 사실을 믿지 못하는 기색이 역력했다. 그러나 고원지대에 살고 있는 사람들은 그 소식을 믿었다. 이 상상할 수 없는 광대한 땅에서 인간의 상상력이 얼마나 초라하고 허망한지 알고 있기 때문이었다.

만물상 발터는 25년 동안 고원지대 목장을 돌아다니고 있었지만 아직도 고원에 들어설 때면 알 수 없는 불안감이 엄습해왔다. 발터는 명명된 것들이 공간을 채우고 있을 때 비로소 마음의 평화를 느낄 수 있었다. 또 하나 익숙해지지 않는 것은 바람이었다. 시작도 끝도 없이 불어오는 바람은 아직도 견디기 힘들었다.

발터가 세상에서 가장 무서운 바람인 푸엘체와 맞닥뜨린 것은 사촌에게 트럭을 인수하고 첫 장사에 나섰을 때였다. 평원 한가운데서 바람을 만났다. 처음에는 금방 지나갈 거라고 가볍게 생각했는데 자욱한 흙먼지를 동반한 돌풍은 시간이 갈수록 거칠고 강하게 휘몰아쳐왔다. 결국 앞을 볼 수 없어 트럭을 세웠다. 총알처럼 날아온 흙이 차창을 때리고 차가 뒤집어질 듯 요동치자 발터는 공포에 질렸다. 검붉은 흙먼지가 떨어졌다가 솟구쳐 오르는 광경은 마치 지옥을 보고 있는 듯 무시무시했다. 트럭 속에 꼼짝 못하고 갇혀버린 발터는 신에게 바람을 멈추게 해달라고 진심으로 기도했다.

그의 기도를 들었는지 한순간 죽음 같은 정적이 찾아왔다. 그러나 바람은 멈춘 것이 아니었다. 그 짧은 정적이 끝나자 광풍이 휘몰아쳐왔던 것이다. 그 이후 한동안 머릿속을 텅텅 울리는 이명耳鳴에 시달리던 발터는 푸엘체라는 말이 들려올 때마다 진저리를 쳤다.

소변을 보고 지퍼를 올린 발터는 뒤를 홱 돌아보았다. 암갈색의 평원에는 아무것도 없었다. 그러나 누군가 숨어서 자신을 지켜보고 있는 듯한 기분을 떨쳐버릴 수 없었다. 발터는 어딘가에 숨어 있는 관조자를 향해 경고하듯 트럭 문짝을 주먹으로 쾅쾅 두들긴 다음 운전석에 올라 시동을 켰다.

지난겨울 내내 그의 만물상 트럭은 정비공장 한구석에 먼지가 쌓인 채 세워져 있었다. 처음에는 고장 난 엔진 부품을 구하지 못해서였고 나중에는 처우 개선에 불만을 품은 정비사들이 파업을 벌이는 바람에 정비공장이 문을 닫아버렸기 때문이었다. 이런 이유로 발터는 페레스 목장 주인에게 살인 퓨마 가죽을 갖고 오겠다고 한 약속을 지키지 못했다.

약속한 2주가 지나자 〈파타고니아 뉴스〉에서 살인 퓨마에 막대한 현상금이 걸렸다는 소식이 발표되었다. 그러나 겨울 한철이 다 지나갈 때까지 퓨마가 잡혔다는 소식은 들려오지 않았다.

마침내 트럭을 수리했다는 연락을 받은 발터는 곧바로 물건을 잔뜩 싣고 고원으로 올라갔다. 발터는 네레오 노인이 퓨마 사냥에 성공했을 거라고 믿고 있었다. 다른 사람이라면 몰라도 노인의 사냥 실력이라면 충분히 가능했다. 더구나 노인은 살인 퓨마와 직접 만난 적 있는 유일한 가우초였다. 〈파타고니아 뉴스〉에서 살인 퓨마를 잡았다는 소식이 들려오지 않은 것으로 보아 네레오 노인이 자신과 한 약속을 지키기 위해 페레스 목장을 찾아가지 않은 것이 틀림없었다.

발터는 조수석에 놓인 망원경을 흘깃 쳐다보며 엑셀을 힘껏 밟았다. 저 멀리 완만하게 이어진 언덕 위로 양치기 개 한 마리가 불쑥 모습을 드러냈다. 콜리종의 양치기 개는 흙먼지를 날리며 달려오는 트럭과의 거리를 가늠한 뒤에 허공을 향해 크게 두 번 짖었다. 그러자 언덕 아래에서 수천 마리의 양들이 꾸물거리며 올라왔다. 양 떼는 개가 지켜보는 가운데 느릿하게 언덕을 올라와서 평원을 가로질러 나아갔다.

멀찌감치 떨어진 곳에 트럭을 세운 발터는 이제 막 목장을 떠나는 양들의 행렬을 지켜보았다. 어린 양들은 낯선 풍광을 돌아보느라 정신이 없었고 어미 양들은 갓 돋아난 새순을 기대한 듯 입맛을 다시고 있었다.

행렬의 마지막에 말을 탄 가우초가 나타났다. 검은 모자를 눈썹까지 푹 눌러쓴 가우초는 뒤늦게 발터의 트럭을 발견하고는 모자를 벗어 고맙다는 인사를 했다. 에스탄시아를 떠난 가우초는 고원을 떠돌다 여름철 양털 깎기 시즌이 다가오면 털이 투실투실하게 자란 양 떼를 몰고 저지대 목장으로 내려올 것이다.

발터는 가우초들이 사냥한 퓨마 가죽을 장당 그들의 한 달치 급여에 해당하는 250페소에 사들여서 부에노스아이레스로 가져가 1000페소에 되팔았다. 가우초들은 발터가 많은 이익을 남기고 있다는 사실을 알고 있었지만 아무도 불만을 제기하지 않았다. 1980년대 초반 인플레이션으로 은행에 저금해둔 돈이 휴지조각으로 변하는 것을 지켜본 뒤에는 더 그러했다.

발터는 고원지대에 흩어져 있는 목장을 돌아다니며 가우초들을 상대로 장사를 하지만 아직도 그들의 삶을 이해하지 못했다. 예나 지금이나 사람들은 소유를 통해 자신의 정체성을 확보하고 우월성을 드러내며 존재적 의미를 확장해나아갔다. 소유하지 못한 자는 사회적 낙오자였고 인생의 패배자였다. 새로운 문명의 이기를 만든 사람들이 모든 부와 권력을 독점하는 것은 바로 그런 이유 때문이었다.

남들이 갖지 못한 무언가를 소유한다는 것은 인간에게 가장 원초적인 욕망의 실현이었다. 그런데 일 년 내내 바람만 불어오는 고원에서 양을 키우며 살아가는 가우초들은 그런 소유의 욕망에서 철저하게 배제되어 있었다. 그 어떤 욕망도 충족하지 못한 채 홀로 쓸쓸하게 살아가는 저들의 삶의 방식을 그는 도저히 이해할 수 없었던 것이다.

발터는 트럭 한쪽에 붙여놓은 사진을 흘깃 쳐다보았다. 가장자리가 닳아 너덜너덜한 사진은 우연히 손에 들어온 독일 잡지에서 오려내어 붙여놓은 것이었다. 한 호텔 계단 앞에서 조리사복을 입은 남자와 인상 좋은 중년 부인이 환하게 웃고 있었다. 두 사람은 검은 철제 발코니와 샛노란 차양이 달린 객실이 스무 개 정도인 작은 가족호텔을 운영하는 부부였다. 트럭에 사진을 붙여놓은 것은 자신도 그들처럼 작은 호텔을 갖고 싶었기 때문이었다.

그러나 20년이 지났지만 그 꿈을 실현할 가능성은 점점 요원해지고 있었다. 그 계획이 매번 어긋나고 틀어진 것은 예상치 못한 불행이 찾아왔기 때문이었다. 어두운 골목에 숨어 있다가 슬며시 손을 내미는 불행을 피할 방법이 없었다. 발터는 함께 호텔을 운영할 동료였던 아내를 그렇게 수년 전에 병으로 잃었다. 그렇다고 마냥 불행을 원망할 수도 없었다. 동전의 양면처럼 행복이 따라왔기 때문이었다.

목장으로 들어서자 고산으로 떠날 채비가 한창이던 가우초들이 어리둥절한 표정으로 몰려들었다. 발터의 방문이 예정에 없었던 탓이었다. 가우초들의 푸석푸석한 얼굴에는 혹독한 겨울을 보낸 흔적이 뚜렷했다. 낯선 얼굴들도 많이 눈에 띄었다. 그러나 그들 중 절반은 계절이 한 바퀴 돌기도 전에 짐을 싸서 고원을 내려갈 것이 분명했다.

발터는 화물칸을 열었다. 화물칸에는 여느 때보다 많은 물건들이 실려 있었다. 지난겨울 망친 장사를 만회하기 위해 미리 잔뜩 주문해놓은 물건들이었다. 가우초들이 트럭에 올라 필요한 물건을 골랐다. 한 가우초는 자신이 사냥한 퓨마 가죽을 가져와서 위스키와 담배로 바꾸어갔다.

가우초들이 모두 떠나자 발터는 서둘러 화물칸을 닫고 네레오 노인의 오두막을 향해 출발했다. 완만한 경사지를 올라가니 헐벗은 나무 몇 그루가 서 있는 호숫가에 오래된 함석집 한 채가 서 있었다. 거친 바람에 시달린 지붕의 함석은 배가 불렀고 창틀과 출입문의 페인트는 벗겨진 지 오래였다. 굴뚝에서 새하얀 연기가 피어오르는 것을 봐서 노인이 집에 있는 것 같았다.

트럭을 세우자 양치기 개들이 달려나와 크게 짖었다. 성가시게 달라붙는 개들을 밀쳐내고 출입문을 두들겼지만 대답이 없었다. 다시 한 번 문을 두들기는데 낯선 목소리가 들려왔다.

“누구십니까?”

“발터입니다.”

함석집 안에서 침묵이 이어졌다. 발터가 고개를 갸웃하는데 문이 열리며 젊은 사내가 얼굴을 내밀었다. 처음 보는 얼굴이었다. 사내는 당혹스런 표정으로 서 있는 발터를 쳐다보며 물었다.

“당신이 만물상 발터입니까?”

“그렇습니다만.”

열린 문틈을 슬쩍 들여다보았지만 네레오 노인이 보이지 않았다.

"네레오 씨는 어디 갔습니까?"

"차 한 잔 하시겠습니까?"

사내는 대답 대신 엉뚱한 말을 늘어놓았다. 발터는 낯선 사내를 따라 함석집으로 들어갔다.

무쇠 난로의 열기가 가득한 실내는 따뜻했다. 사내가 차를 준비하는 동안 발터는 재빨리 실내를 돌아보았다. 벽에 걸린 가죽벨트에 꽂힌 브라질 산 권총과 파콘 두 자루와 고물 트랜지스터라디오는 노인의 것이었다. 신줏단지처럼 모셔놓은 목각인형도 난로 뒷벽 선반에 놓여 있었고 탁자 위 금박의 호리병박도 노인이 애지중지 아끼던 물건이었다. 모든 것이 그대로였다.

"그는 어디 있습니까?"

"먼저 차를 드시지요."

사내가 마테 차가 듬뿍 담긴 호리병박을 앞으로 내밀었다. 난생처음 보는 두 사람은 주인없는 함석집에 마주앉아 묵묵히 차를 마셨다. 이따금 덧창이 덜컹거리는 소리가 들려올 뿐 낡은 함석집의 실내는 고요했다. 호리병박을 반쯤 비웠을 때 사내가 입을 열었다.

"그는 이제 이곳에 없습니다."

"그게 무슨 말이오?"

"죽었습니다."

발터는 눈을 휘둥그렇게 뜨고 사내를 쳐다보았다.

"지난겨울 퓨마 사냥을 나갔다가 사고를 당했습니다."

"퓨마에게 당했단 말이오?"

"그렇습니다."

사내의 말에 충격을 받은 발터는 한동안 말을 잇지 못했다. 함석집의 자질구레한 물건들은 그 위치조차 변하지 않는 그대로였다. 달라진 것이라고는 눈앞에 앉아 있는 낯선 사내뿐이었다. 발터는 침통한 표정으로 다시 한 번 실내를 돌아보았다. 아무리 생각해도 노인의 죽음이 믿어지지 않았다. 지금이라도 당장 환하게 웃으며 문을 열고 들어설 것만 같았다. 자신의 물욕이 네레오 노인을 죽음으로 몰고 갔다는 죄책감이 어깨를 짓눌러왔다. 그때 낯선 사내가 물었다.

"그는 어떤 사람이었나요?"

"그게 무슨 말이오?"

"네레오 코르소란 사람에 대해 알고 싶습니다."

발터의 얼굴이 잔뜩 일그러졌다. 산 자든 죽은 자든 과거를 묻지 않는 것이 가우초들의 불문율이었다. 오랫동안 그들을 상대로 장사를 해 온 발터는 자신도 모르게 가우초들의 관습에 익숙해져 있었다. 그는 고개를 절레절레 흔들었다.

"나는 아무것도 모릅니다."

발터의 딱딱하게 굳은 표정에 사내가 곤혹스런 표정을 지으며 덧붙였다.

“당신이 그에 대해 많이 알고 있다고 들었습니다.”

“누가 무슨 말을 했는지 모르지만 난 그에 대해서 아는 것이 아무것도 없소.”

발터의 예상치 못한 반응에 사내는 당혹감을 감추지 못했다.

“그는 수많은 가우초들 중 한 명일 뿐이오.”

발터는 그렇게 말하고 일어나서 출입문을 향해 걸어갔다. 막 손잡이를 잡는 순간 사내가 다급하게 외쳤다.

“잠시만 기다려 주십시오.”

사내가 한구석으로 가더니 싯누런 퓨마 가죽 한 장을 들고 와서 내밀었다.

“이걸 한 번 봐주시겠습니까?”

발터는 사내가 내민 퓨마 가죽을 쳐다보며 인상을 찡그렸다. 몇 겹으로 접은 가죽은 군데군데 찢어지고 검게 말라붙은 살점까지 너저분하게 붙어 있었다. 초보자가 벗겨낸 듯한 퓨마 가죽은 상품가치가 전혀 없었다. 발터는 악취를 풍기는 가죽을 쳐다보며 손을 내저었다.

“그냥 갖다 버리는 게 좋을 것 같소.”

“한 번만 자세히 봐주십시오.”

사내의 거듭되는 부탁에 발터는 어쩔 수 없다는 듯 퓨마 가죽을 받아들였다. 아무렇게나 접힌 가죽을 펼친 발터는 깜짝 놀랐다. 오른쪽 눈 밑에 길게 찢어진 상처가 있었던 것이다. 가죽을 벗겨낼 때 생긴 상처가 아니라 오래전에 만들어 진 것이었다. 발터는 놀란 눈으로 사내를 쳐다보았다. 자신이 들고 있는 가죽은 분명 페레스 목장 주인의 딸을 물어 죽인 살인 퓨마의 가죽이었다. 그러나 순식간에 눈빛을 바꾼 발터는 가죽에 관심이 없다는 듯 무덤덤하게 말했다.

"상태가 너무 좋지 않소."

그렇게 말하고는 선심 쓰듯 덧붙였다.

"하지만 그냥 버리기엔 아까우니 처분한다면 가져가겠소."

사내는 무표정한 얼굴로 서 있을 뿐 대답이 없었다.

"100페소 드리겠소."

사내가 천천히 돌아서서 탁자를 향해 걸어갔다. 발터는 퓨마 가죽을 들고 뒤를 따라가서 다시 탁자에 앉았다.

"값을 조금 더 쳐 드리지요."

사내가 반응을 보이지 않자 발터는 장사꾼 특유의 웃음을 흘리며 다시 제안했다.

"200페소 드리겠소."

발터가 계속 가격을 올려가며 흥정을 시도했지만 사내는 반응을 보이지 않았다. 잠시 후 남의 옷을 빌려 입은 듯 가우초 복장이 어색한 사내가 희고 부드러운 손으로 탁자 위에 올려놓은 퓨마 가죽을 접으면서 말했다.

"네레오 코르소란 사람에 대해 알려주십시오."

"대체 뭐가 알고 싶은 거요?"

"진짜 이름은 무언지, 고향은 어디인지, 가족은 있는지, 당신이 알고 있는 것을 하나도 빼지 말고 전부 알려주십시오."

"대체 그걸 알고 싶은 이유가 무엇이오?"

"그저 그가 누군지 알고 싶을 뿐입니다."

발터는 탁자 위에 놓인 호리병박을 집어 들었다. 봄빌라를 빨자 차갑게 식은 마테 차가 금속관을 타고 올라왔다. 그는 노련한 가우초처럼 찻물을 입에 머금고 충분히 맛을 음미한 뒤에 목구멍으로 넘겼다.

빈 호리병박을 내려놓은 발터는 자리에서 일어나서 실내를 천천히 돌아보았다. 발밑 아귀 틀어진 마룻바닥에서 삐걱삐걱 소리가 났다. 함석집에는 익숙한 냄새가 떠다니고 있었다. 노인이 남긴 물건에서 배어나온 냄새였다. 그러나 이제 곧 그 냄새는 사라지고 낯선 사내의 체취로 가득 찰 것이다.

발터의 걸음이 무쇠난로 앞에서 멈추었다. 선반에 놓인 목각인형을 보자 오래전의 일들이 머릿속에 떠올랐다.

네레오 코르소란 가우초를 알게 된 것은 만물상인 사촌을 따라 고원지대에 처음 발을 들여놓았을 때였다. 네레오가 사람의 발길이 닿지 않는 험준한 오지를 돌아다니며 고대인들이 숨겨놓은 황금을 찾아다니고 모세가 미디안의 광야를 40년 동안 헤맨 끝에 신탁을 받았듯이 그 역시 영생의 묘약을 찾아다니고 있다는 소문이 나돌았다. 그 밖에도 네레오가

1920년대에 칠로에 섬에서 온갖 악랄한 짓을 저질렀던 부루제리아의 일원이라고 말하는 사람도 있었다. 그러나 소문만 무성할 뿐 명확하게 밝혀진 것은 아무것도 없었다.

발터가 네레오를 직접 만난 것은 그로부터 몇 년이 지나 사촌에게 만물상을 인수받은 후였다. 트럭을 인수하면서 막대한 빚을 진 발터는 돈벌이가 되는 퓨마 가죽 매입에 몰두했는데 그때 네레오가 퓨마 사냥 실력이 뛰어나다는 말을 듣고 찾아갔다.

네레오의 함석집에 도착한 것은 해가 막 기울어가는 오후였다. 마침 그는 출입문 계단에 앉아서 호수 저편을 바라보고 있었는데 가슴 양쪽에 큰 포켓이 달린 붉은색 셔츠를 입고 콘서티나*처럼 주름진 장화를 신었고 두툼한 콧등이 바람에 닳아 반질반질했다. 네레오는 발터가 바로 옆까지 왔는데도 알아차리지 못하고 유리처럼 반짝이는 호수와 그 뒤편의 눈 덮인 산봉우리를 바라보고 있었다.

그의 얼굴을 바라본 발터는 깜짝 놀랐다. 네레오의 얼굴에 굶주린 아이가 젓을 문 것처럼 포만감이 넘쳤고 눈빛은 자아를 벗어난 구도자의 눈빛처럼 맑고 깊었던 것이다. 그것은 영혼과 육신이 산화하는 몰아의 경지였다. 발터는 그렇게 충만한 기쁨에 빠져 있는 사람을 본 적이 없었다. 발터는 곧 네레오가 호수를 보고 있는 것이 아니라는 사실을 깨달았다. 그

* 아코디언의 일종

는 자신만이 알고 있는, 자신만이 믿고 있는 어떤 대상과 영혼의 교감을 나누고 있었던 것이다.

발터는 오랫동안 만물상 트럭을 몰고 고원지대 목장을 돌아다니며 헤아릴 수 없이 많은 가우초들을 만났다. 그들은 꿈꾸지 않았고 고뇌하지 않았으며 내일을 위해 어떤 계획도 세우지 않았다. 소외는 무딘 칼날이었고 고독은 오랜 친구였다. 누구의 환심을 살 필요가 없었기에 술잔을 들고 건배를 외치지 않았다. 누구와 소통할 필요가 없었기에 거짓 찬사를 늘어놓을 필요도 없었다. 그들의 삶은 화려한 수식어가 배제된 대화처럼 지극히 단순했다. 그러나 깊은 밤 처량한 모습으로 문을 두들기는 방기한 욕망 앞에서 소리 없이 무너지는 것이 그들의 삶이었다.

그런데 햇볕에 삭고 바람에 무너져가는 낡은 함석집에서 거친 음식을 먹고 홀로 살아가는 중년 남자가 세상에서 가장 행복한 표정을 짓고 있었다. 저녁 햇살을 받아 황금빛으로 빛나는 전신에서 기쁨의 희열이 폭죽처럼 터져 나오고 있었다. 그 행복은 우리가 누리는 어떤 기쁨과도 비교할 수 없는 행복이었다. 발터는 아직도 그날 본 네레오의 모습이 선명했다. 어쩌면 죽는 날까지 영원히 잊을 수 없는 광경이었다.

발터가 정신을 차렸을 때 네레오가 그윽한 미소를 머금고 자신을 바라보고 있었다. 그때서야 발터는 자신이 누구인지 밝히고 찾아온 이유를 상세하게 설명했다. 그러자 네레오는 자신이 사냥한 퓨마 가죽을 발터에게만 주겠다고 선뜻 약속했다. 감당하기 힘든 까다로운 조건을 내걸 것을 예상했던 발터가 당황할 정도의 흔쾌한 수락이었다. 그때부터 발터는 한 달에 두 번 네레오의 함석집을 찾아가 퓨마 가죽을 수거하고 함께 차를 마시며 이런저런 이야기를 나누는 친구가 되었다.

네레오가 사람들이 들어가지 않는 깊은 오지를 돌아다니는 것은 사실이지만 소문처럼 고대인들이 숨긴 황금과 영생의 묘약을 찾아다니는 것은 아니었다. 그가 깊은 협곡과 빙하지대와 눈 덮인 산맥을 헤매고 다니는 이유는 바람의 남자 웨나의 흔적을 찾기 위해서였다.

그가 들려주는 이야기는 너무나 신비하고 매혹적이었다. 수백 개의 붉은 바위가 체스 판의 말처럼 늘어서 있는 협곡과 밀로돈*의 뼈가 산더미처럼 쌓여 있는 늪지와 세상에 알려진 적 없는 물고기가 살고 있는 호수 이야기를 듣고 있노라면 마치 꿈을 꾸는 듯했다. 그때 비로소 발터는 그날 네레오의 온몸에서 흘러넘치던 심원한 기쁨의 원천이 무엇인지 알 수 있었다.

그러나 돌아서서 생각하면 네레오의 이야기는 너무나 비현실적이었다. 우선 웨나는 현실에 존재하는 사람이 아니었다. 웨나는 이 척박한 땅에서 혹독한 바람을 견뎌내며 살아가는 사람들이 만들어낸 상상의 인물이었다. 따라서 고원으로 불어오는 바람이 웨나의 손에서 만들어진다는 것은 허구였다.

* 빈치목의 화석 동물

고원 어디에서도 검은 말을 타고 질주하는 바람의 남자는 존재하지 않았다.

바람은 공기의 흐름이었다. 그것은 세상 모든 사람이 알고 있는 절대적인 명제였다. 그런데 단 한 사람 네레오 코르소는 그 불변의 명제를 믿지 않았다. 그는 웨나가 상상의 인물이 아니라 이 고원 어딘가에 실제 한다고 믿었고 그것을 증명하기 위해 시시포스처럼 고원 곳곳을 헤매고 돌아다녔던 것이다.

우리가 유년 시절에 상상하는 환상은 성인이 되면서 저절로 깨어진다. 그러나 네레오는 그렇지 못했다. 유년의 환상에서 벗어나지 못한 것이다. 그날 자신이 본 네레오의 행복은 거짓이고 허상이었다. 그는 무엇 때문에 전설과 신화의 인물을 좇아 소중한 시간을 탕진한 걸까. 웨나는 신이 아니었다. 따라서 황금과 권력은 물론이고 영생을 약속할 수도 없었다. 그럼에도 불구하고 웨나를 찾아다니는 이유는 무엇일까. 진실한 행복을 원해서인가. 그렇다면 네레오의 생각과 판단은 잘못되었다.

진실한 행복은 경계 밖에 있는 것이 아니라 우리가 쌓아 올린 성채 안에 있었다. 그 안에 우리가 원하는 모든 것이 있었다. 사랑하는 연인의 달콤한 입맞춤과 친구들의 다정한 위로가 있었고 가족들의 대가 없는 사랑과 헌신적인 보살핌이 있었다. 상처받은 영혼을 치유할 수 있는 성가와 축복의 기도가 있었고 육신의 허기를 채울 수 있는 온갖 음식과 포도주가 있었다. 그래서 우리는 성채 안에서 노래하고 춤추며 일상의 행복을 누리며 살아가는 것이다.

그러나 성채 밖은 그렇지 않았다. 그곳에는 어리석은 미망에 빠진 짐승들이 무거운 사슬을 발목에 매달고 안식처를 찾아 끝없이 방황하고 있었다. 네레오는 황야의 이리처럼 그 어둡고 음습한 땅을 헤매고 다녔던 것이다. 대체 무엇이 그를 경계 밖으로 내몰았던 걸까. 그 어떤 유혹이 그를 미망의 세계로 끌고 간 걸까.

발터가 알고 있는 것은 이것이 전부였다. 그는 네레오 노인이 고원으로 올라오기 전에 어디서 누구와 살았는지 알지 못했다.

"웨나라는 전설의 인물을 찾고 있었군요."

"그렇습니다."

잠시 생각에 잠겨 있던 사내가 발터를 똑바로 쳐다보며 물었다.

"당신은 신화와 전설을 믿습니까?"

"세상의 모든 신화와 전설은 사람들이 필요에 의해 만들어낸 한낱 이야기에 불과합니다. 나는 내가 보고 듣고 만져본 것만 믿을 뿐입니다."

발터가 단호한 표정으로 대답했다. 사내가 고개를 끄덕거리며 다시 질문했다.

"바람이 무엇이라고 생각하십니까?"

"공기의 흐름이지요."

"만약에 말입니다."

발터가 의아한 눈빛으로 사내를 쳐다보았다.

"웨나가 존재한다면 어디에 있을까요?"

발터는 탁자 위에 놓인 퓨마 가죽을 쳐다본 다음 신중한 표정으로 되물었다.

"만약이라고요?"

"그렇습니다."

"그렇다면 바람의 남자가 있을 곳은 세상 모든 바람이 시작되는 이곳 파타고니아밖에 없습니다."

"그렇군요."

사내가 천천히 일어나서 창가로 걸어갔다. 그는 흐릿한 유리창 너머에 펼쳐진 평원을 한동안 지켜보다 돌아서서 말했다.

"그가 주는 마지막 선물이니 가져가세요."

"예?"

발터는 잘못 들은 줄 알았다. 그러나 사내의 시선이 탁자 위에 놓인 퓨마 가죽을 가리키고 있음을 확인하고는 정신이 번쩍 들었다. 발터는 황급히 퓨마 가죽을 집어 들고 등을 돌리고 서 있는 사내를 흘깃 쳐다본 다음 문을 열고 밖으로 나갔다.

출입문을 닫고 트럭까지 걸어가는데 발걸음이 자꾸만 꼬였다. 짐승 냄새에 흥분한 개들이 사납게 달려들었다. 발터는 개들에게 뺏길까 싶어 가죽을 높이 들고 달려드는 개들을 마구 걷어찼다. 트럭에 올라 문을 걸어 잠그고 나서야 가슴을 쓸어내리며 함석집을 돌아보았다.

네레오 노인이 30년 동안 살아온 낡은 함석집은 이제 새로운 주인을 맞아 에스탄시아 변방으로 불어오는 바람을 견디게 될 것이었다. 발터는 앞으로 다시 찾아올 일이 없어진 함석집을 쓸쓸한 눈빛으로 쳐다보며 시동을 켜고 천천히 핸들을 돌렸다. 차창 너머로 너무나 익숙한, 그러나 여전히 적응하기 힘든 풍광이 스쳐 지나갔다.

목장을 빠져나왔을 때 불현듯 발터는 자신이 무언가를 놓쳤다는 생각이 들었다. 그러나 아무리 생각해도 그게 무언지 알 수 없었다. 다만 노인의 물건을 제 것처럼 능숙하게 다루던 젊은 가우초의 두툼한 콧등과 맑은 눈빛만이 머릿속에 떠오를 뿐이었다.

발터는 머리를 흔들며 조수석에 놓인 퓨마 가죽을 흐뭇한 눈으로 바라보았다. 전혀 예상치 못한 행운이었다. 살인 퓨마의 가죽이 어떤 경로를 통해 사내가 갖고 있었는지는 알 필요가 없었다. 지금 이 순간 살인 퓨마의 가죽이 자신에 손에 있다는 사실이 중요했다. 그것이 진실이고 행복이었다. 어쩌면 지난겨울 망친 장사를 만회하는 것은 물론이고 이 지긋지긋한 고물 트럭을 팔고 새 트럭을 장만할 수 있을 것이다. 발터는 온몸으로 퍼져가는 나른한 행복을 만끽하며 엑셀을 힘껏 밟았다.

한 아이가 울고 있었다. 창문이 흔들리고 지붕의 함석이 덜컹거릴 때마다 아이는 비명을 지르며 울었다. 두 눈에서 흘러내린 눈물이 빗물처럼 담요를 적시고 마룻바닥에 뚝뚝 떨어져 내렸다.

이윽고 바람이 멎었다. 그때서야 눈물을 훔치고 일어난 아이가 문을 열고 밖으로 나갔다. 고요 속에 침잠한 평원에 오직 하나의 빛이 존재하고 있었다. 아이는 하얀 맨발로 흙을 밟고 나아가서 하늘에서 쏟아진 한 줄기 빛 앞에 섰다. 푸른 빛이 몸을 휘감자 아이는 마치 불멸의 비상체처럼 공중으로 떠올랐다. 발아래에 태초의 대지가 장대하게 펼쳐졌다.

훗날 세상의 운명이 기록된 종자種子가 땅속 깊은 곳에서 발아하자 땅이 갈라져 협곡으로 변하고 땅이 융기하여 산이 되었으며 온갖 형상의 짐승들이 흙을 털고 일어나서 평원 곳곳으로 퍼져나갔다. 이제 갓 싹을 틔운 종자는 그 어떤 난관에도 굴하지 않고 종국에 이를 것이었다.

동쪽과 서쪽에서 각각 몰려온 구름이 강하게 부딪쳤다. 그 야성의 절규에 세상의 믿음이 둘로 갈라지고 무서운 혼돈으로 빠져들었다. 그때 홀연히 북쪽에서 나타난 적란운이 회색 구름을 향해 징벌의 채찍을 휘둘렀다.

구름이 물러나자 고대하던 북극의 달이 나타났다. 별들이 소용돌이치며 몸으로 스며들자 아이의 몸이 푸른빛으로 발광했다.

하늘에서 굵은 눈송이가 쏟아져 내렸다. 눈송이는 어떤 도움도 없이 오직 자신의 힘으로 지상을 향해 내려왔다. 눈은 드넓은 호수와 깊게 갈라진 땅과 융기한 산을 덮고 점차 세상을 하얗게 물들여갔다. 마침내 온 세상이 하얗게 변하는 순간 아이가 두 팔을 벌리고 어두운 밤하늘을 날아갔다.

그는 혼곤한 꿈에서 깨어났다. 온몸이 땀에 흠뻑 젖어 있었다. 잠시 누웠다가 그만 잠이 든 모양이었다. 함석집 실내가 유리창을 뚫고 들어온 달빛에 희붐했다.

어둠 속에서 무언가 반짝거렸다. 무쇠 난로 앞에서야 푸른빛을 발산하는 것이 선반에 놓인 목상의 눈빛이란 것을 알았다. 석유램프를 켜자 목상의 푸른 눈빛이 사라졌다. 가문비나무에 정교하게 조각된 인디오의 얼굴을 들여다보았다. 순간 목상의 눈빛이 조금 전 꿈에서 본 아이의 눈빛과 닮았다는 사실을 깨달았다. 그는 손을 뻗어 목상의 구불구불한 머릿결과 우뚝 솟은 콧날과 윤곽이 뚜렷한 입술을 오랫동안 어루만졌다.

윗옷을 걸쳐 입고 집 밖으로 나갔다. 양치기 개들이 뛰어나와 꼬리를 흔들었다. 개들의 머리를 쓰다듬어주고 마구간에서 말을 끌어냈다. 안장을 얹고 뱃대끈을 단단하게 묶은 다음 말에 올랐다. 말은 뜨거운 숨결을 토하며 달려갔다.

완만하게 경사진 언덕을 올라가니 사위가 트인 평원이 나타났다. 구름 한 점 없는 하늘에서 쏟아진 달빛이 바닷물처럼 출렁거렸다. 박차를 가하자 말은 질풍처럼 달려갔다. 질주하는 말의 발굽에 바다가 갈라지고 바람이 산산이 흩어졌다.

깊이 잠든 대지를 달려간 그는 협곡의 가장자리에서 고삐를 당겼다. 은빛의 물줄기를 따라가자 검은 화강암에 둘러싸인 빙하 호수가 나타났다. 구름을 뚫고 쏟아진 빛이 수면에 수직으로 내리꽂히고 있었다. 어디선가 불어온 바람이 수면을 흔들자 빛이 파편처럼 튀어올랐다.

바람이 불어왔다. 온전한 형상을 이루지 못한 바람이 서로 다투고 희롱하다 물러나서 다시 강하게 부딪쳤다. 바람이 수축과 팽창을 반복할 때마다 천공에 수많은 상흔이 생겨났다. 한순간 격렬하게 부딪쳐 한 덩어리가 된 바람이 천지간을 흔들며 몰아쳐왔다.

협곡에 흘러내리는 물줄기가 은빛 파편처럼 공중으로 튀어올랐다. 빙하수를 타고 짓쳐 달려온 바람이 수백 미터 곡벽 위로 솟구쳐 올라 그의 몸을 강하게 흔들었다.

그때 저 아득한 곳에서 얇은 금속이 부딪치는 찰캉거리는 소리가 들려왔다. 그는 어둠을 밀어내며 다가오는 그 청명한 소리를 향해 천천히 돌아섰다.

추천의 글

남미 파타고니아의 고원 지대, 압도적으로 불어오는 바람이 신의 현현顯現처럼 느껴지는 그곳에서, 바람을 만드는 존재 '웨나'에 대한 전설을 들은 한 소년이 그의 실체를 찾아 평생을 떠도는 이야기. 윗세대에게는 헤르만 헤세의 철학적 구도소설을, 아랫세대에게는 파울로 코엘류의 영적 로망스를 떠올리게 할 이런 이야기를 나는 본래 좋아하는 편이 아니었다. 소설에 미달하는 교훈담이 되거나, 소설을 낮춰보는 형이상학을 자임하는 경우를 더러 봤기 때문이다. 그러나 이 소설은 달랐다. 내가 변했기 때문일까, 이 작가가 워낙 잘해냈기 때문일까. 내가 알기로 늘 어딘가로 떠나기를 주저하지 않는 이 작가가 그만의 '천로역정天路歷程'을 써낸 것은 이상한 일이 아니지만, 내가 책상머리에 앉아 이 소설을 기이한 절박

함 속에서 완독한 것은 뜻밖이었다. 예전 같으면 추상이나 관념으로 느껴졌을 주인공 네레오 코르소의 필생의 여정을 연민과 긴장 속에서 따라갔고, 그 장중한 행로가 마감될 때는 마치 내 남은 삶을 당겨 살아버린 것처럼 먹먹한 피로감마저 느꼈으니 말이다. 지금의 나 역시 '웨나'를 찾고 있기 때문이다. 우리 삶에 불어오는 저 바람이란 무엇이며 그 바람을 만드는 존재란 또 누구인지를, 그러니까 생의 궁극적 의미가 어디에 있는지를 묻고 있기 때문이다. 이 소설이 현명하게 보여주듯 종교의 위안, 혁명의 성취, 가정의 행복, 이성의 확신, 그 밖의 그 어떤 것도 그에 대한 절대적인 답을 독점하지는 못한다. 그러나 이 소설은 감동적으로 알려준다. 누구도 답을 알지 못하는 질문은 그것을 간절하게 묻는 것만으로도 인생을 조금은 달라지게 한다는 것을.

신형철 (문학평론가)

작가의 말

지난 2002년 어느 초여름 날 나는 오랫동안 재발을 거듭해 온 위궤양 치료를 받기 위해 한 개인병원 대기실에 앉아 있었다. 그날따라 병원을 찾은 환자들이 많았고 무료한 대기 시간을 견디기 위해 서가에 꽂힌 잡지 한 권을 꺼내 펼쳤다. 내게 운명처럼 찾아온 기사는 잡지의 후반에 실려 있었는데 독일 슈피겔지의 기자인 폴커 한트로이크가 아르헨티나 남부의 파타고니아 고원에 올라가서 그곳에서 양을 키우며 살아가는 목동들의 일상을 취재한 르포였다. 꽤 긴 분량의 글을 읽어 내려가던 중 한 장의 사진이 내 시선을 강하게 사로잡았는데, 예순여덟 살의 목동 네레오 코르소가 자신의 오두막 계단에 앉아 낡은 브라질산 권총을 닦고 있는 모습이었다.

그로부터 10년 뒤 나는 장편소설 한 권을 발표하고 늦깎이 소설가가 되었다. 이듬해 준비한 작품을 출간하는데 실패하고 새로운 작품을 써야 한다는 중압감에 시달리던 어느 날 친구로부터 자신이 참여하는 종교행사에 동참해달라는 부탁을 받고 동행했다. 넓은 회당은 평일 저녁임에도 불구하고 몰려든 사람들로 발 디딜 틈이 없었다. 잠시 후 어렸을 때 교회에서 본 익숙한 광경이 펼쳐졌다. 차례로 연단에 오른 사람들이 간증하는 모습을 지켜보다 무심코 주위를 돌아보았는데 묘한 기시감이 들었다. 연단을 뚫어지게 쳐다보는 사람들의 경건하고 엄숙한 표정과 눈빛 때문이었다. 빈자리 없이 회당을 채운 사람들은 한 사람도 빠짐없이 무언가를 간절하게 갈구하고 있었다. 아니 무언가를 절실하게 찾아 헤매고 있었다. 그 순간 심연 속에서 한 노인의 온화한 얼굴이 떠올랐다. 오래전 병원 대기실에 놓인 잡지에서 본 네레오 코르소라는 늙은 목동이었다. 연중 내내 거친 바람이 불어오는 저 황량한 고원에서 살아가는 노인의 눈빛이 어찌 이리 명경처럼 맑은가. 친구도 가족도 없이 뜨거운 햇살과 바람에 삭아가는 작은 오두막에서 홀로 살아가는 노인이 어째서 이렇게 행복을 표정을 짓고 있는 걸까. 나는 이런 의문을 품고 2013년 8월 중순부터 지구 반대편, 파타고니아 평원으로 불어오는 거친 바람을 상상하며 이 소설을 쓰기 시작했다.

우리는 매일 인터넷이란 창을 통해 세상을 들여다본다. 그 창에는 세상 곳곳에서 일어나는 수많은 사건과 사람들의 삶의 편린이 떠올랐다 빠르게 사라져간다. 수만 명이 죽어가는 전쟁과 도저히 이해할 수 없는 사람들의 삶이 몇 장의 사진과 축약된 단문으로 나타났다 끝없이 밀려오는 새로운 소식에 밀려 휩쓸려가는 것이다. 그래서일까. 오늘의 기억은 새롭지만 어제의 기억은 언제나 모호하고 흐릿하다. 모든 현상은 행간의 의미와 진실을 이해할 틈도 없이 순식간에 옳고 그름이 결정되어 눈앞에서 소멸한다. 지난 수년 동안 우리는 수많은 사건사고를 경험했다. 슬퍼하고 좌절하며 고통스러울 때마다 나는 아득히 먼 옛날 아프리카를 떠나 베링해협을 넘어 지구의 땅끝까지 걸어간 사람들의 지난한 여정을 떠올리며 글을 이어나갔다. 그들은 대체 무엇 때문에 젖과 꿀이 흐르는 땅을 버리고 새로운 세상을 향해 나아간 걸까. 학자들은 사냥을 위해서라고 주장하지만 나는 그렇게 생각하지 않았다. 그 단순함만으론 아버지에서 자식으로 이어지는 반만 년에 달하는 위대한 여정을 설명할 수 없었다. 안락한 정주의 삶을 버리고 그 누구도 도달하지 못한 미지의 세계를 향해 나아간 그들의 의식에는 간단하게 설명할 수 없는 무언가가 있었다. 나는 그들이 만든 새로운 표석을 떠올리며 3년이란 긴 시간 끝에 마침내 소설을 완성할 수 있었다.

한 줄의 글이 우리에게 무엇을 해줄 수 있느냐고 반문하는 시대에 지구 반대편 파타고니아 고원의 한 목동의 이야기가 과연 어떤 의미가 있을지 모르겠다. 그러나 세상 곳곳에는 계절이 변하면 농부들이 들판으로 나가 땅을 갈고 씨를 뿌리듯, 작가들은 책상에 앉아 묵묵히 한 줄의 글을 써나간다. 그들은 뜨거운 여름이 지나가고 탐스런 열매를 수확할 수 있는 가을을 기대하지 않는다. 그저 움직일 수 있는 육신과 생각할 수 있는 영혼이 있기에 하얀 여백을 채워 나아간다. 한 가지 바람이 있다면 수많은 번민과 고통 속에서 만들어진 한 줄의 글이 우리 가던 걸음을 멈추고 지금 서 있는 곳이 어디인지 잠시 돌아보는 계기가 되었으면 하는 작은 소망이 있을 뿐이다.

파타고니아에 관한 기사를 쓴 폴커 한트로이크(Volker Handloik)는 그 이듬해 겨울 아프가니스탄 북부에서 취재를 하던 중 탈레반 패잔병이 쏜 총에 맞아 마흔 살로 생을 마감했다. 영국 선데이 타임스 기자로 일하다 갑자기 파타고니아로 떠난 부르스 채트윈(Bruce Chatwin)은 6개월 간의 여행에서 돌아와서 〈IN PATAGONIA〉란 책을 발표했다. 이 소설은 폴커 한트로이크가 쓴 기사로부터 시작되었고 부르스 채트윈의 『파타고니아(도서출판 달과 소)』를 통해 완성되었다. 두 사람의 기사와 책에서 많은 부분을 인용하고 변주하지 않았다면 결코 이 소설은 쓰여지지 못했을 것이다.

소설을 쓰는 동안 많은 분들에게 도움을 받았다. 인생식당을 운영하는 내 오랜 친구 철호, 최진영, 윤유민, 박종희, 장성래, 신정숙, 김향수와 지면상 일일이 소개하지 못한 많은 친구들을 비롯한 동료 작가들은 내가 지쳐 힘들어 할 때 기꺼이 달려와서 함께 술잔을 나누며 계속 앞으로 나아갈수록 위로와 용기를 주었다. 이 모든 분들에게 다시 한 번 머리 숙여 고마움을 전한다.

바람을 만드는 사람

초판 1쇄 인쇄일 | 2017년 7월 21일
초판 1쇄 발행일 | 2017년 7월 28일

지은이 | 마윤제
펴낸이 | 사태희
편집인 | 한승희
디자인 | 씨오디
마케팅 | 최금순

펴낸곳 | (주)특별한서재
출판등록 | 2017년 2월 22일 제2017-000024호
주 소 | 07400 서울시 영등포구 신길로119, 103-101
전 화 | 070-8883-0001
팩 스 | 0505-832-0042
e-mail | specialbooks@naver.com
ISBN | 979-11-961499-0-1 (03810)

이 도서의 국립중앙도서관 출판예정도서목록(CIP)은 서지정보유통지원시스템
홈페이지(http://seoji.nl.go.kr)와 국가자료공동목록시스템(http://www.nl.go.kr/kolisnet)에서
이용하실 수 있습니다. (CIP제어번호: CIP2017017645)